———— 阅读之前 没有真相

午夜文库

恶寒

[日] 伊冈瞬 著
金静和 译

新 星 出 版 社　NEW STAR PRESS

目录

1	恶寒
5	第一部
205	第二部

恶寒

——东京地区法院八一二号法庭。

"那么,我再询问被告人一次。你在殴打被害者时,有意识到'他有可能会死'吗?"

"我不记得了。"

"你有没有想让他去死?"

"这我也……不记得了。"

"你的意思是你不想说,对吗?"

"不,我是真的不记得,因为我当时太兴奋了。"

"你的意思是,你在一气之下失去了理智?"

"是的。"

"然而你的确打了他,对吗?"

"是的。"

"原来如此。记忆这东西还真是方便。说起来,被告在犯罪时殴打了被害者两次,从后面这样'哐'地打了一次,随后又'哐'地打了一次。第一次的确有可能是因为气血上头,然而第二次,难道不是带着明确杀意的殴打行为吗?你知道世人管这种行为叫什么吗?"

"不知道。"

"补刀。"

"我不太明白。"

"原来如此,先是'我不记得',又是'我不明白'——那么,我换一个问题,你是否打从以前就对被害者抱有憎恨之情?"

"呃……"

"怎么了？请正面回答。"

"我应该，是恨过他的。"

旁听席上响起了窃窃私语声，又立刻恢复了平静。

"被告人，不好意思，请声音大一点，清楚地回答。"

"我应该是，曾经恨过他。"

"恨到想杀了他吗？"

"法官，我有异议。从刚才开始，检察官一直在肆意解读被告暧昧不明的记忆……"

"是的。"

被告突然插进来的回答，引来法庭内的一片骚动。

"抱歉，刚才你说什么？由于辩护人不经大脑地发言干扰，导致我没有听清。请你再说一遍，说清楚一些，让法官和陪审团也能听到。"

"我，曾经憎恨被害人到想杀了他的地步。我不记得自己在打他时是否抱有杀意，但那个男人死了真是太好了，直到现在我仍这样觉得。"

"原因是什么？"检察官追问。

"原因是……"

听到被告的回答，法庭内的骚动声更大了。

"肃静。旁听席上的各位，请保持安静。"

法官提高了声音。

记者们记笔记的窸窣声响彻整个法庭。

第一部

1

处理完必须在早上完成的工作后,藤井贤一轻叹一口气,看向墙上的挂钟。

指针正指向九点四十分。

挂钟旁边是用图钉固定的纸条,上面写着:"时间就是金钱,早上要迅速出动!""干脆利落的言行举止是成交的第一步!"这是松田分店长的口头禅,也是他亲笔所写。

贤一出勤的时间比之前出勤最早的老员工还要早三十多分钟,但即便如此,将早上的工作处理完毕,无论如何也得做到这个时候了。

贤一名片上的头衔是"代理分店长",实际却是一线营业人员,每天的工作与去年春天刚入职的营业部新人没什么差别。

不仅如此,他还要负责管理层的工作。在东京总部早已被废止的纸质文件每天都像山一样飞来。贤一心里觉得这就是浪费时间和资源,但即使向分店长反映,那人也不会听,搞不好被那人知道后,文件量还会更多。

贤一一边转动僵硬的脖子,一边环视办公室。

除了他以外,剩余六名营业部员工都出去跑外勤了,店里还剩两名兼任总务经理的女性、两名负责营业部内勤的女性,以及松田分店长。

松田分店长今年四十五岁,比贤一年长三岁。虽然他正瞪着屏幕敲键盘,但贤一明显能感到,他在用余光关注着这边的情况。差不多该到他开口挖苦的时候了。

——从东京来的人，气量就是不一样。就算没完成指标，也不会打乱自己的节奏。

这大约八个月里，类似的话贤一已经不知道听了多少遍。

松田嘴里的"东京"一般都不是指城市，而是指贤一调来前所在的总公司。

贤一也知道最好早点儿从公司出发，但他还是很想在出外勤前喝一杯咖啡。为了这短暂一刻，他甚至不惜每天提早出门。

贤一轻轻站起身，走向茶水区。他推开办公区的门，简陋狭小的卫生间和茶水区就设在通往后门的过道边。

水池周围的空间窄到哪怕只站两个人都觉得窒息的程度。贤一从角落里小得像过家家摆设般的餐具架上拿出自己的马克杯，杯子上画着一只微笑着的大熊，脖子上还骑着一只小熊。这是一年前贤一和妻子在百货商场购物时抽中的三等奖还是四等奖奖品。

妻子曾说"总觉得这只熊给人的感觉和你很像"，但贤一怎么看都不觉得有哪里像。最近他开始觉得，搞不好那只是妻子想让他带一个即使摔裂也不心疼的杯子而想出的借口。

贤一从公司提供的廉价速溶咖啡瓶里取了两勺咖啡粉，放进大熊马克杯里。以前他买过一瓶自己常喝的咖啡放在这里，但立刻就被同事们喝光了。

他摁下热水壶的出水钮，但水只出来了一瞬，之后再摁，水壶就只是发出像是用吸管吮吸杯底仅剩的果汁一般的"咕噜咕噜"声。似乎是壶里没水了。

融了一半的咖啡粉像沥青一样贴在杯底。这下不仅没喝成咖啡，还得花工夫洗杯子。

"真是没办法啊。"贤一自言自语，这时有人从后面搭话。

"不好意思……藤井代理。"

正慌张地朝茶水区跑过来的,是营业部的高森久实,她是贤一的直属部下。

"马上就要三十岁了"是她的口头禅。她是负责内勤的女性员工中最有活力的一个,也不像其他人那样,对贤一刻意保持冷淡。近一个月里,她向贤一搭话的频率似乎还增多了。

其实贤一不太喜欢"代理"这个称呼,他曾经拜托营业部成员叫他的名字,却被轻巧地搪塞"这是分店长的指示"。

"没有热水了吧?"

高森久实往贤一手中的马克杯看去的那一刻,一股化妆品的味道冲进贤一的鼻子。

"我刚才想加水来着,结果有电话打来了。"

她笑着说,带有东北地区特有的句末微妙上扬的口音,说完还吐了吐舌头。

高森久实仿佛要把贤一推开般地挤了进来,拿起水壶去水龙头下接水。两人在狭窄的空间换位时,她的胸部擦过了贤一的后背。

虽然隔着衣服,但时隔许久又感受到的女性身体的柔软触感仍让贤一有些慌乱,随后立刻转为警戒。

她该不会到处去说"藤井代理那个家伙,在茶水区用身体挤我"之类的话吧?再加上最近她态度莫名亲近,让贤一不得不猜测,这是松田分店长下的圈套。

我在想些什么啊——

但自那件事之后,贤一便习惯性地对他人抱有戒心。

高森则似乎完全没注意到胸部被碰到,她吹了吹刘海,用爽朗的声音搭话。

"您把马克杯放在那里吧,等水烧好了,我帮您冲一杯。"

担心时间的贤一看了看手表。这手表是结婚十周年时与妻子的交换礼物,虽然是国产货,但他很喜欢这款机械表指针轻柔移动的感觉。

"没事,不用了,我也该出去了。"

"哎呀,是吗?真是遗憾。"

"谢谢,下次吧。"

贤一正想回办公区取公文包,又听到从背后传来了高森的声音。

"那个,您女儿的考试怎么样了?"

这里的员工很少问贤一的私事,更何况还是令人高兴的话题,就更少见了。

"听说考上了。"他回过头,微笑着回答。

"太好了,您不回去为她庆祝吗?"

"其实……我正在想要不要这周末回去。"

"回去吧,即使分店长叽叽歪歪,您也要坚持哦。"

"是啊。"贤一以笑容回应。

松田分店长讨厌贤一这件事,似乎在分店里已经传开了。

要是被松田看到自己正在这种地方聊闲天,又会被揶揄了——丸之内出身的精英都是这副德行,不知道该说是优雅还是没有危机感,一大早就在茶水区闲聊,是吧?

贤一回到办公区,尽量避免与松田对上视线,拿起被营业宣传册塞得满满当当的皮包快步离开,走向停车场。

最近两周都是晴天,连背阴处都没什么残雪了。

听说分店所在的这栋三层建筑原本是一家信用金库[①]的分

[①] 信用金库是以一九五一年六月制定的《信用金库法》为准则的地区性信用合作金融组织,营业范围有地域限制,服务对象仅限中小企业和个人。

店。这里距离ＪＲ酒田站前的十字路口约一百米，临县道，对面是一家配备宽阔停车场的小弹珠店。

来这里赴任之前，贤一倒是也听说过"酒田市"这个名字，但对于几乎没出过东京，也不喜欢旅游的他来说，连这个地方究竟是在秋田县还是山形县都不太清楚，更不用说酒田市的主要产业和总人口之类的，简直一窍不通。

他只是模糊地联想到唯一出差住宿过的城市——仙台，心想即使没有仙台那么大，热闹程度应该也与东京郊外的车站周边差不多吧？

然而，等来到这里，他才发现酒田与他心中的想象大相径庭。

天空太辽阔了，这是他的第一印象。距离车站仅一百米左右的地方就是普通住宅区，而且几乎没有会遮挡视野的高层建筑。车站前没有分发纸巾的年轻人，也看不到刺眼的看板。

一栋栋极为普通的民宅与车站距离极近，顺风时连车站的广播都能听到。

风柔和而冰冷，天空湛蓝，道路两边几乎没有高层建筑，极具开放感。这种环境应该会令讨厌市中心杂乱无章景色的人向往不已，然而，即便是没有光顾卡拉ＯＫ或酒吧习惯的贤一，也还是感到有些寂寞。

唉，算了，贤一想着，又不是来玩的，本来也没想趁着身边无人，享受突如其来的独居生活。

"买家庭药箱，就认准给您信赖与安心的东诚药品。"贤一坐上印着宣传语和公司Ｌｏｇｏ的小型汽车，感受着坚硬的座椅和紧涩的安全带。心里还想着上午的咖啡喝不成了，倒是可以中途停车买自动贩卖机里的罐装咖啡喝，但又不能连口都不漱，满嘴咖啡味地见客人。

他按下空调开关,送风口吹出的风似乎还带着前任使用者身上的香烟气息。

"我们家不放那种东西。"

访问的第一家就让他进了门,实属罕见。然而一说到正题,果然还是遭到了拒绝。

应门的是独自在家的老妇人,年过七十,一脸夹杂抱歉与困惑的苦笑。

这附近的住家,每户几乎都占一大片水泥地,宽敞的空间加上不连续的对话,让人感觉体感温度比实际气温更冷。

贤一自然而然地把手中的塑料药箱放在了玄关处。药箱里满满当当的,全是常备药品。

现在正是需要加一把力,一决胜负的时刻。

"药箱放在您家是不收钱的,一分钱都不收。您在用过药之后再付钱就可以了,我们会在每月上门补充药品时顺便收取费用,完全不用麻烦您。您没遇到过下雪天或下雨天突然发烧或腹泻的情况吗?虽然很失礼,但您能在深夜亲自驾车出去,还要找那时还营业的药局吗?"

对方姑且一边"嗯嗯"地应声,一边听着。

但对于吃惯了闭门羹的贤一来说,这已经很令他感激了。然而,如果最终没能把药箱放在对方家里,就还是失败。

"可是,现在我家没人啊……"

贤一,准确来说是他们公司所瞄准的,正是这一点。要特意选择家人不在的时间段上门拜访,这点甚至写在了公司手册上。

如果丈夫或儿子在家,肯定一开始便会拒绝。别说聊两句,就连公司名称都不会听吧。虽然也分人,但通常只要对年长女性动之以情，就会有很大的可能把药箱放进对方家。

由于老妇人似乎有点耳背，贤一便提高了声调。

"伯母，不然这样吧，您看我都拿到这里了，就先放在您家里吧。要是就这么拿回去，我会被公司骂的，好吗？就这样吧。如果您家人回来后觉得'还是算了'，请您给我打电话，我会立刻过来取的，好不好？这样就没有问题了吧？啊，对了，我们现在正好在做活动，可以送您通便药的小样。还有，虽然会被分店长骂，但我可以把这个暖宝宝、保鲜膜和垃圾袋也一并送给您。"

明明身上还觉得冷，额头和脖子根儿却在说话间浮出了汗水。贤一用手帕偷偷擦拭。

刚开始上门推销时，贤一连这段台词的一半都说不出来。都已经是四十二岁的人了，还要用亲昵的语气说什么"会被公司骂的"，还管陌生人叫"伯母"，这一切都令贤一非常排斥。

不过，不断遭到拒绝，不断被松田分店长训斥后，他竟不知不觉地把这段话背了下来，现在已经可以不用费力地说出口了。只是他自己听来，还是会感到身体深处发热。

"唉，伯母，求求您了。"

"你都说到这个份儿上了，那就……"

太棒了，时隔三天，终于要成功一次了。就在贤一内心握拳时，一个人影进了门。

"您是哪位？"

是一个年龄在五十五岁左右，皮肤黝黑，体格健壮的男性。

"啊，康夫，这个人拜托我把这个东西放在咱们家，说如果我们不放的话，他会被公司骂的。"

那个名叫康夫，看起来是这位老婆婆儿子的男人眼神变得锐利起来。

2

藤井贤一就职的"东北诚南医药品销售公司"——简称"东诚药品"——的总部位于仙台，从事家庭药箱销售业务。

业务模式是发展客户，把一整箱成套的家庭常备药放在家庭或办公室。然后公司业务员每月上门进行一次访问，收取客户使用了的药品的费用。

这家东诚药品，是贤一直到八个月前还在供职的著名制药公司"诚南 Medicine"的关联公司。

出于个人情感，贤一总是把"诚南 Medicine"称为"总部"，但实际上两家公司没有直接的投资关系，并不是所谓"母公司"与"子公司"的关系。从人事角度来看的话，像贤一这种"下放"的情况是可能的，但反过来，"升进总部"的情况，是绝对不可能发生的。

而且，贤一被调到的还不是仙台总部或山形县总店，而是被调到了实质上只算是一个营业所的酒田分店，担任代理分店长。

在被派到这里之前，贤一得到了"一年之内，早的话在四月的例行调动，晚的话到满一整年的六月时，一定会把他调回去"的口头承诺。

工作内容的急剧变化，加上生活习惯的改变，使贤一的身体出了一些状况。赴任之后的一个月里，他除了煮乌冬面以外吃不下任何东西。

不知不觉已经过了半年，新一年的二月也已过半，大型超市和商场都被女儿节和白色情人节的商品占领，春天马上就要来了。

然而，贤一依旧没有接到人事调动的通知。是不是出了什么差错？人事发布的调令文件是不是混到别的地方去了？他甚至会如此浮想联翩。

他也有过冲动,想向同期入职的总务部同事打听,但人事调动信息在企业中是最敏感的机密,他害怕因此打草惊蛇,把事情搞砸,便一直犹豫不决。

贤一把车停在最近常去的国道沿线的荞麦面店前,又点了熟悉的煮乌冬面。

他用桌上微热的毛巾擦了擦脸。这一个早晨,贤一一直在孜孜不倦地敲门、推销,却没有任何成果。午饭时间登门拜访会惹客户不快,于是他选择在这个时段用餐。

早上那家真是可惜了……

此时他依旧在为第一家惋惜不已。九成九要成功时,儿子康夫突然回家,令一切化为泡影。

"这种东西我们根本不需要!"

康夫无视贤一的存在,冲母亲吼道。

感到无地自容的贤一丢下一句"我下次再来",就走了。

"会被公司骂的"这句套话对年长女性偶尔会有效,但对男性却会起到反作用,还可能被吼"谁管你啊"。不管贤一说明多少次"只收取使用部分的费用",对方的眼神都仿佛在看强行推销的坏人。

其实"只收取使用部分的费用"这点确实是关键所在。即使顾客只服用了一粒,只要开了封,就必须把装有二十四粒的整瓶都买下。

当然,剩下的二十三粒药也归顾客所有,所以并不是强买强卖,也有人觉得这样很好,很便利。然而,现在已经不是镇上只有一家明码标价的药局的昭和时代了,顾客去开在主干道上的药妆店或超市里的药品专柜,就能以更低廉的价格买到想要的药品,还能任意选择品牌。

另外,据说家庭药箱行业还存在做法十分下作的公司。

他们把快过期的药品混在药箱里,有时候顾客只服用了一粒,就要到期了,业务员会以"需要换新的了"为由,把剩下二十三粒药的药瓶收走,再补充未开封的新品。结果就是顾客仅仅服用了一粒,却支付了一整瓶的费用。

至少贤一所在的公司没有采取这种手段,但在顾客看来,恐怕他们都是一丘之貉。

今天的重点拜访对象是郊外的农家,不知道下午还能转几家,贤一希望遇到些没有"康夫"回来的家庭。

等了半天煮乌冬面才端上桌,他却只吃了一半。

"我回来了。"

贤一先在后街的小巷子里打发了一阵时间,七点十分时才走进办公室大门。可不能在这之前回到公司。

"辛苦了。"

房间里响起几声机械性的回应声。负责内勤的女员工全都下班回家了,只有营业部的男性在。

"哦,辛苦了。"

松田分店长的视线从窄小的镜框后面看过来。

贤一把包放在桌上,立刻向分店长的座位走去。他要汇报今天的工作情况。

"营业部的某某,今天的成果是×家。"营业部的所有员工都必须完成这项仪式,即使是有代理分店长头衔的贤一也不例外。

"藤井贤一，本日的成果是零家。"

汇报时，贤一的视线始终紧盯着前方，但他能感觉到大家都露出了冷笑，盯着他的后背。

"嗯？零家，也就是没有成果？"

松田抬起头来。

"是的。十分抱歉。"

"我说，藤井代理分店长，谁也没说让你去卖东西，你只要让人家允许把药箱放在家里就行了，何况还有赠品。"

"这我明白。"

"哼——喂，长野主任，你今天的成果是多少来着？"

长野是一名入职五年的男性职员，在年轻员工里最为能干。从贤一背后传来椅子移动的响声和有人站起来的动静。

"我今天签约了五家。"

"昨天呢？"

"六家。"

"你对自己今天的表现评价如何？"

"七十分。"

"嗯，理由呢？"

"昨天能成交六家，今天也应该能达成同样的数量或更多才对。"

"很好。行了，你继续工作吧。"

又传来椅子的声音，长野坐了下来，办公室里陷入沉默。

刚才那句"行了"是对长野说的，贤一还没能解放。松田的视线转到桌上的文件，仿佛把贤一忘记了一般，盖了一会儿章，又仿佛突然想起了什么似的抬起了头。

"藤井代理，你该不会觉得这里只是你暂时歇脚的地方吧？"

"没有，我没有这么想。"

"听说你在东京的时候很擅长处理数字，所以你应该比我更清楚，如果公司不能获得员工薪水几倍以上的盈利，就无法存活。你应该明白这一点吧？"

"我大概知道。"

"像我们这样的小企业，可没法像大企业那样，靠拿回扣和恐吓轻松卖出产品。"

松田是在含沙射影，对贤一被调职的原因进行讽刺。

"这我明白。"

"要是明白，为什么还能这么若无其事？"

"我没有若无其事。"

"那么，你采取了什么措施？"

"努力把我的真心传达给对方——"

"别净说蠢话了！"

松田突然的震怒声，令办公室里压抑的交头接耳声戛然而止。

"听好了，代理分店长，什么真心不真心，这种话只会出现在海报或电视广告上。要是真心能挣钱，就没有人需要受苦受累了。喂，长野！营业部最重要的是什么？"

"是不屈不挠和强攻。"

"要是还不成功呢？"

"那就继续坚持不屈不挠和强攻。"

松田努了努下巴，仿佛在说"听见了吧"。

那之后，松田的挖苦和说教又持续了一段时间，而贤一基本没听进去。

3

晚上八点半，办公室里只剩贤一一个人。他把残留在杯底的冷咖啡一气喝光。

要不要再泡一杯呢？算了，刚才已经把热水壶的电源拔掉了，再泡又要费工夫。不如赶紧结束工作，去车站前的咖啡店之类的地方坐坐吧。

员工宿舍与车站在两个方向，从公司步行回去需要约十五分钟。调任前约定好，每月五万出头的房租由公司总部承担。

宿舍里有厨房和一体化浴室，只是公寓建筑的年龄已超过四分之一个世纪，多少有些寂寞清冷，还有股霉菌和调味料混合的臭味，实在不是个让人想多待的地方。倒也是托了这点的福，就连眼下这种无薪加班，贤一都不觉得辛苦了。

贤一下意识地打开了隐藏在公司笔记本电脑里的一个文件夹，里面存了很多映着妻子伦子和独生女香纯的笑脸的照片。

贤一点下"自动放映"，一边把工作资料装订成册，一边时不时地看一眼屏幕。

最先出现的是香纯三岁时一家人照的"七五三节"家庭合影。独生女香纯穿着大红色的和服，却一脸不高兴。

这也难怪，那天她不仅被迫穿上了穿不惯的和服，还要做头发、化妆，在摄影棚被用闪光灯闪来闪去。之后还被带去神社，在神社还要拍照。

"真是的，明年不过七五三节了。"那天晚上，香纯嘴里塞满最喜欢的蜜瓜，说道。

接下来是在公园、游乐园和户外烧烤场地拍的照片，每张照片里的他们看上去都非常开心，仿佛能听见欢笑声。

不知到了第几张，出现了在游泳池拍的照片。

那是香纯上小学三年级的夏天，所以应该是六年半之前。那年妻子三十四岁。

妻子害羞，穿着连衣裙式的泳衣。和在床上或刚洗完澡时看到的毫无防备的裸体不同，肌肤展露在明亮阳光下的妻子略显害羞，穿泳装的姿态分外诱人。

妻子总是感叹生下女儿后小腹的脂肪就减不下去，但贤一觉得根本没这回事。也许是出于丈夫的偏心，他觉得妻子的身材好到感受不到她的实际年龄。

说起来，这段日子别说什么妻子的裸体了，连她的肌肤都没触碰过。

去年六月，贤一因那场只能用噩梦形容的骚动被突然调职。调职之后，他就只回了两次家：一次是夏天，请了三天假；另一次是在新年，他半强行地请到了四天假。

除了这两次之外，贤一还尝试过很多次想要请假回家。然而，从酒田市到他位于东京中野区边缘的家，实在不是想回去就能回去的。好不容易列好计划，却被松田分店长安排周末出勤，仿佛盯上了他一般。而且松田的语气根本不容贤一拒绝，在贤一看来，店长的要求明显违反了职场规则，是利用职权的压迫行为。但到顺利回"诚南 Medicine"的那一天之前，他不想与任何人发生争执，不想把事情闹大。

无法回家的理由还不止这一个。

调职后的那个夏天，伦子对他说："你被调职后，家里就每个月都赤字，香纯升高中也需要花钱，你就别总回来了。"贤一回家的费用当然不归公司出，每次都要花费数万日元，确实令人肉疼。不过，贤一所了解的伦子，应该是不会说出这种话的。

"如果是因为钱的话……"贤一试着这样开口。

伦子马上推托般地说道:"你每次回来,我还得做相应的准备。为了照顾你妈妈,我很多时候脱不开身。"

一被戳到这点,贤一便无法再说什么了。

盂兰盆节假期与母亲见面时贤一没太注意,只是听说母亲的痴呆症状在迅速加重。

"所以我更应该回家看看情况啊。"

从道理上来说是这样,但另一方面,贤一也无法否认,他心中的某个角落也对伦子有依赖心理。于是他又说道:"既然你这么说了,那就这么办吧。"说实话,他心中也多少松了一口气。

不仅如此,同是在去年的九月,女儿香纯对他下达了明确的绝交宣言。"我连电话都不想和你打,有事就用短信联系吧。"贤一想不出原因,在向伦子抱怨之后,伦子的回复让他更加惊讶:"我也一样,除了急事以外,就用短信联系吧。"他还记得自己那时气到忍不住笑了出来。

那之后,他与伦子之间的交流就基本都靠短信或邮件了,没有特别的事,就干脆一整天都不联系。

到底为什么会变成这样呢?贤一感到很不可思议。

根本原因可能在于自己。要是他能把事情处理得更圆滑一些,搞不好就不会被独自调到不能随时回家的偏僻地方了。可事情变成这样也不是他愿意的,他难道不是为了家人吗?要是在以前的藤井家,这种事情即使不特地说出口,也应该能相互理解的。他只是几个月没在家而已,家人的心会这么轻易地远去吗?

不知是该悲伤、愤怒,还是自责,贤一在感到难以理解的同时,还不断忍受着店长松田的挖苦和讽刺,就这样到了年末。

松田分店长要求贤一在元旦出勤,说是要为"零花钱企划"

做准备,但贤一拒绝了他的要求。忍着听了无数句难听的话之后,贤一终于在家度过了三天假期。

三十一号晚上,贤一久违地在床上向妻子伸出了手,却被伦子轻轻避开。她的手和平常一样温暖,动作却很冷淡。

"怎么了?"

一开始贤一还以为伦子因为什么事生气了。

"没有,没什么事。"

"我可没在那地方找女人,一直老实待着来着。"

贤一半开玩笑地说着,又伸出了手,这次却直接被甩开了。

"出什么事了吗?"这下贤一的声音也变得生硬了起来。

"香纯在学习呢。"

确实,女儿的房间就在夫妇卧室的隔壁。然而,之前他们也一直小心地行房,为什么现在却……

"只要不出声不就行了?"贤一半是怄气半是开玩笑地说道。

"抱歉,我没那个心情。"

遭到伦子冷静拒绝的贤一终于泄了气。

她该不会是有别的男人了吧?

脑中突然闪过这个想法,但又立刻打消了。伦子肯定不会做这种事,比起这个,更可能的是……

"难道你是在生我的气,怪我把照顾母亲的事都推到你身上?"这话已经到了嗓子眼,但贤一很难说出口。

刚定下要被调到外地的时候,甚至夏天第一次回来时,母亲的痴呆症状还很轻。贤一没想太多,也完全没想过利用公共养老制度,就把照顾母亲的任务交给了妻子伦子。然而,时隔数个月,他第二次回家时,发现母亲的症状明显加重了。以伦子的性格,是肯定不会说出不满和怨言的,但也可以想象,对一直撒手不管的贤一，她完全有可能心怀不满。

明天再提母亲的话题吧。算了，这不是新年伊始该提的事。正因为两人是夫妇，贤一更觉得很难找到郑重道谢或道歉的契机。

此时贤一又闷闷不乐地想着这些往事，陷入了浅眠。

咔嚓。

办公室后门开启的声响让他回过了神。

已经快九点了，这种时候，会是什么人？

这栋大楼的安保系统不太严。不，和总部相比，这里的安保宽松得像个笑话。说是进门要刷身份证，其实根本什么都不用，外人随便就能进来。

据说是分店长改了安保系统要求，原因是经常有交货的公司和快递上门，逐一应对的话会很占用工作时间。因此，只要不手动锁上办公室的门，任何人就都能进来，且警备系统不会有反应。

该不会是小偷或强盗吧？

贤一拿着手机，想着立刻就能报警，空空的胃隐隐作痛。就在他硬是咽下唾沫的时候，门开了，门后偷偷露出一张脸，是他的部下高森久实。

"晚上好……"

"哎呀，真是罕见，这时候了，你怎么……"

贤一松了一口气，把手机放回到桌上，感觉到似乎身上出了汗，且背后一阵发凉。

"果然是藤井代理。"

现身的高森穿着紧腿牛仔裤和靴子，上身是淡黄色的短款羽绒服。

"我的丝袜全破了洞，想着开车去买，路过公司前面时发现还亮着灯，但公司的车又不在，我就觉得搞不好是代理先生在。"

她微微一笑，歪了歪头，这是她在示好时的习惯动作。

"有什么东西忘记拿了吗？"贤一问，他正好觉得差不多该下班了，而且不想和高森在这里待太久。

"没有。"

和白天穿着制服时不同，此时她态度很亲昵。而且她只在一些非正式场合才叫贤一"代理先生"。

"我有些话想对代理先生说。"

"总觉得有点让人害怕啊。"

贤一多少有些戒备，但又有一种十分细微、多年前就已忘却的酥痒感觉涌上心头。

然而，从高森口中说出的话却令他意外。

"代理先生，您真的会回东京吗？"

"什么意思？"

"哎呀，您刚被调来的时候，记得是欢迎会上打招呼的时候，您说'虽然在这里应该待不满一年，但我会尽全力努力，请多多指教'来着嘛。"

自己居然说过这种话？如果是事实，那还真是不够谨慎，想来应该是喝醉了。那段时期是刚接受被迫调职后不久，心情想必还没有平复。

这么想想，松田店长的态度，以及其他同事略带距离感的接触方式，也许也和自己有关。

"我说过那种话？"

"现在先不提说没说过的问题……"

高森探出身子，和白天的柑橘系香气不同的甜美花香刺激着贤一的鼻子。

"您真的会回去吗?"

话哽在了喉咙里。人事调动信息如果提早泄露,很可能会被延期或作废。如果还要再多等上一年,那他可无法忍受。他已经到极限了。

"唉,要是能回去当然再好不过,但目前我也只能在这里尽己所能。"

"是吗……"

高森一脸沮丧地垂下了头,她那仿佛在演戏的姿态令贤一很在意。

"关于调动的问题我没法说什么,不过,高森你为什么这么问呢?"

高森"唰"地抬起头,舔了舔涂着闪亮唇蜜的下唇,一脸下定决心的表情开了口。

"我,一直很期待您回东京的那一天。"

"呃……什么意思?"

高森无视贤一的困惑,有些不满地继续道:"之前喝酒聚餐时,分店长曾经笑着说:'藤井代理说马上就能回东京,但我看,他最好做好埋葬在这里的准备,嘿嘿。'"

贤一眼前浮现出偶尔会在松田脸上出现的、仿佛马上要去向老师告状的中学生一般的表情。

他强行压下上涌的苦涩滋味,勉强地笑了笑。

"他只是在开玩笑吧,是酒席上的醉话。"

听了贤一的话,高森气鼓鼓的脸上也浮现出笑容。

"是吧,您才不是会在这种地方待到死的人。"

"嗯,总之,还是要对你说声谢谢。不过,为什么你对我回不回东京这么感兴趣呢?"

"那个，您能不能不告诉别人？"

贤一感到有些口渴。

"我不想说什么多余的话，只是……"

高森轻舔了一下闪着光的下唇。贤一突然觉得，搞不好她说偶然路过公司是在说谎。

"您可以带我一起回去吗？"

贤一干渴的喉咙不受控制地发出了"咕噜"一声。

"那、那是……什么意思？"

"啊，请您不要误解，不是要做情人之类的，完全不是。您有一位好妻子，对吧？我的意思是，该怎么说呢，代理您回东京以后，不管什么部门都可以，希望您能提拔我过去。"

"也就是……"

"挖人。"

说罢，高森挺了挺背部，自信满满地嘴角上扬。

贤一全身紧绷的肌肉在一瞬间松弛了下来，他努力忍住因紧张消失而想笑出来的冲动。见贤一沉默不语，高森开始如洪水决堤般发起牢骚来。

"我想去东京，想过独居生活。父母什么事都要唠叨我，什么回家时间太晚了，什么不准让男人开车送你之类的……"

高森还激动地说她对这个城市已经厌烦了，"马上就要三十岁了"，想趁自己姿色尚存的时候去东京体验独居生活。就算最终还是要回来和父母同住，但一直赖在家里和父母求着她回去，对于以后的力量拉锯来说，可是截然不同的。

贤一一边想着该如何终结对话，一边点头回应，对方自然地说出"如果我搬到东京，代理您也请过来玩啊"时，不知不觉就答了个"嗯"。

"太好啦，好开心。"

"啊，不是的，刚才是我口误，我撤回刚才那句。"

"哈哈，您太紧张了。我明白的，但还是很开心。"

高森哼着小曲离开时，墙上的挂钟已指向九点半。

回员工宿舍的路上，贤一想起了家人，特别是妻子。

不仅想起了样貌，连伦子的味道和肌肤的感触都复苏了。也许是被与几乎没有赘肉、身材纤瘦的伦子完全相反的高森刺激到了，也许是因为刚刚看了伦子的泳装照。

贤一打开老式门锁，推开四处掉漆的大门，走进昏暗的房间，打开灯和空调暖风。

听着空调室外机发出的轰鸣声，他从冰箱里拿出罐装啤酒，这才发现晚饭什么都没准备。

想着要不干脆睡觉得了，但他也知道自己肯定睡不着。最终，平常只喝一罐就停手的他，把储备的泡面当下酒菜，一口气喝光了三罐酒。

那晚贤一做了一个梦，在一间全新的公寓房间里，一个穿着大红色泳衣、和妻子很像的女人，和一个穿着就要被撑破的制服、和高森很像的女人，争相照顾他的日常起居。其中不知谁的冰冷的手，伸向了他的胯下。

去年六月以来，贤一就再没和妻子发生过关系，他也从未想过去风月场所发泄。

第二天早晨，贤一身上只有肿胀的沉重感和轻微的头痛。

4

贤一在与昨天几乎相同的时间来到公司，几乎相同的时刻来到茶水区泡咖啡。之后还是在相同的时刻，高森久实走了进来。

"藤井代理，昨晚打扰您工作了，实在抱歉。"

"没有，我那时也正好打算下班了。"

"啊，我顺便帮您也一起泡了吧。"

高森轻快地把贤一手上的杯子拿了过来，手指碰到了贤一，有如嘴唇一般柔软又湿润的感觉。贤一赶紧把快要复苏的昨晚的梦从脑海中驱逐。

"啊，麻烦了。"

"说起来，藤井代理，你晚饭都怎么解决的呢？"

"去附近的拉面店，不然就买点熟食回家，像是昨天就吃了泡面。"

"哎呀，这可不行，一个人在外地工作，要注意补充营养啊。"

高森微微抬起眼，温柔地凝视着贤一。

"啊，这我也知道……"

贤一克制住心跳，移开了视线。

"下次要不要一起吃饭？"

贤一吃了一惊，又看向她的脸。

"我知道一家店，本地菜做得很好。您离家这么久，我觉得家常菜之类的应该比较适合您……"

之后贤一委婉地拒绝了高森"不然今天怎么样"的提议。

贤一能理解她"想去东京过独居生活"的心情，如果可能，他也想帮她实现。然而现在的他，做不到靠关系往公司里塞人啊。说不定兼职可以……

无论是被客户冷冷拒绝的过程，还是午饭的煮乌冬面，宽广湛蓝到让人不爽的天空，以及回到公司时货架上的家庭药箱一个都没有少的事实，都仿佛重放录好的影像一般，与前一天完全相同。

只有一点不同，就是松田分店长问他周六日能不能加班，他拒绝了。

"非常抱歉，我女儿考上了第一志愿的高中，我想为她简单庆祝一下。"

搬出职场规则的话，事情会变得麻烦，所以贤一决定以情动人。

贤一眼下的目标可不是要求什么法定权利，而是哪怕提早一天能回到原来的岗位就行。为此他忍耐一切，一直近乎无休地工作。如果每为分店长擦一次鞋就能提前一天回去，他搞不好真的会开心地去做。

然而，只有这次的回家探亲，他不想让步。

不出所料，松田的脸色阴了下来。

"嗬！在这时候公布结果，是私立学校吧？果然是在大企业待过的人，真是富裕，令人羡慕。你看我们家，两个孩子上的都是公立，据说还被老师说'能有地方愿意要就不错了'，你不觉得很过分吗？居然说什么'能有地方愿意要就不错了'。"

松田故意长叹了一口气，视线移到文件上。这话的后半部分，自然是对贤一的挖苦。

"拜托了。"

贤一低下头，却被无视，于是他回到了自己的座位。今天周三，如果在周末之前每天都来求松田，总会有办法的吧。

结束一天的工作，准备回家时，贤一的心头突然涌上如果就这样回到公寓，今晚还会是个不眠之夜的心情。他想找人喝酒，却没有可以邀请的同事。

就在他烦恼该如何是好时,眼前出现了高森久实的身影。对啊,还有这个选项。不对,这样可不行。就在他犹豫不决的时候,高森"唰"地从座位上站起了身,大概是要去接热水吧。贤一也立刻站起身,追在她身后。

"高森。"

"啊,是。"

"今天早上说的事,要不,今晚也可以。"

"今天早上?"

"哎呀,就是地方菜做得很好吃的店——那个,如果你有约的话就算了。"

高森的脸上一下子绽放出光彩。

"青春期的少女就是那样啦。"

两人面前摆着山形县的乡土料理。高森久实把盛着炖菜的小碗递了过来,贤一道了句谢接过。

"可是我完全想不到理由。"

"比如,是不是你在她洗澡的时候,不小心把换衣间的门打开了?"

"不,这种事我应该没有做过。而且,她说要绝交,是在我独自来这里工作大约三个月之后的事。"

"唔……啊,那个请趁热吃哦。"

高森介绍的这家店叫"鳕鱼内脏锅",以鳕鱼锅出名。如果开在东京,应该会在神田附近的小巷子里,是那种散发着家庭气息、小巧整洁的店。

"好的。"

贤一把鳕鱼块放进嘴里，嚼着热乎乎的鱼块，喝了口汤。鱼肉很入味。

"嗯，真好吃。"

"是吧！"高森笑着耸了耸肩膀。

贤一并没有期待接下来会发生什么。二人就只是对坐着喝酒，他应要求把家人的照片拿出来给高森看，对方说了句"您夫人真美，女儿看起来很聪明啊"的客套话回应，仅此而已。

由于刚喝下第一口啤酒就聊起了家人的话题，他便向高森说起去年九月，女儿宣告要和他绝交的事。其实那之前，他也没怎么和女儿通过电话，那天因为一点小事打过去，没想到女儿挂断了电话，并发来一条短信："我不想和你通电话，有事用短信联系吧。"

不过同一时期，妻子说"今后不要打电话了，只发短信吧"这件事，贤一没有说出口。

高森一直安慰他说不用特别在意，肯定只是碰到了女儿晾晒的内衣，或是不小心打开了浴室门之类的无聊原因罢了。

"据说还有女生觉得'老爸爱着我这件事本身就很烦人'呢。"

"真过分啊。"

"比起这个，代理先生……"高森一脸严肃地看向贤一。

贤一知道，高森在"代理"后面加"先生"，就是说起那个话题的前缀。

不知是隐形眼镜还是喝了酒的原因，高森的眼白有些发红。

"昨天的事，没问题吧？"

贤一慌张地咽下刚放进嘴里的鳕鱼肉。他不记得做出过会让对方询问"没问题吧"的承诺。

"我得借这次机会和你说清楚,我没什么权力,所以无法向你保证。"

高森的眼神更加认真了。"我想辞职。我觉得如果不这样做,就无法下定决心。"

她完全没有听进贤一的话。

"不是,等等,你也太急了,我连自己的去向都还不清楚……"

"没关系。"她不停摇头,"没关系的。就算没被聘用,我也想和您一起去东京。不断了后路,人就下不了决心,不是吗?"

鳕鱼差点儿钻进贤一的气管。

"你说一起……那个,你在那边没有亲人吗?"

"嗯,我就依靠您吧。"

贤一无法判断这话里有多少是玩笑,多少出于真心。

听说高森在公司的男性员工中很有人气。虽然她不是引人注目的美人,但长相讨喜,而且对人态度开朗。贤一记得听说她曾和公司里的某人交往,之后又换了另一个人之类的传言,但他对此没什么兴趣,也就没仔细了解。

如果不和她说清楚,这个话题她恐怕会提个没完。

"不管怎样,我希望你不要太冲动。我不能给你保证,不过我会向人事反映你有这种想法的。"

这样说完之后,贤一又慌忙加了一句"前提是,如果我能回去的话"。

"好高兴。"

高森晃动身体,粉色针织衫下丰满的胸部也随之摇动。她把手心贴在了不知道该把视线放在哪里的贤一的手背上。

"拜托您了,约好了哦。"

高森那仿佛撒了金粉般的指甲触碰到了贤一的皮肤。

看着不知该如何作答的贤一，她又问道："莫非，分店长从中作梗？"

"为什么你会这么想？"

"我昨天就说过了，分店长偶尔会说漏嘴，说什么'我掌握着藤井代理的人事调动权'。"

"怎么说呢，应该是你过度解读了吧……"

虽然贤一不想再多喝，但他还是把大扎杯里剩下的约三分之一生啤一饮而尽。

突然，"诚南 Medicine"总部的常务南田隆司的声音没有任何预兆地在脑海中复苏——我这个人，啤酒只喝国产瓶装的。虽然跟你们说你们也不一定懂，但人类的品质这种东西，说到底，不就是由这种对事物的讲究累积而成的吗？

说实话，贤一曾经想过，搞不好松田分店长和南田隆司常务私下里有联系。虽然他立即打消了这个念头，觉得这太离谱，然而听着高森的话，他又开始觉得这也不是完全没有可能。

至于他怀疑的原因，是因为理应总部都只有一部分人才知晓的事，却经常出现在松田挖苦的话语中，他的眼神仿佛在说"我可什么都知道"。

尤其是那件导致贤一被调职的丑闻，甚至波及专务董事的调动，算是公司内部近几年来最大的秘密事件。当然，由于曾在杂志上引起骚动，松田也应该知道事件的存在。然而，他居然连会议上干部的具体发言内容都知道，这实在很奇怪。

如果说在总部的高层中，有会把那种机密情报泄露给松田，且不惧怕随之而来的风险的好事之人，除了南田隆司常务以外，贤一想不出第二个人。

总觉得店里好热，贤一用手帕擦了擦额头和脖子上的汗水。

面前的高森正托着下巴，以湿润的双眼看着他。

"即使很小也不要紧，好想住在时尚的公寓里啊。如果真能实现，我就把房子的钥匙给您一把吧。开玩笑的。"

高森耸了耸肩，吐出舌尖。

突然，贤一意识到挂在椅子上的西装口袋里的手机在震动。

"啊，抱歉。"

是妻子伦子难得发来短信。贤一下意识地不让高森看到屏幕。

标题是"如果你在工作的话很抱歉"，正文部分也出现在贤一眼前。开头的部分令贤一很不解，他急忙按下"显示全文"。

"家里出了点麻烦，我衣服刚洗到一半。我跟妹妹商量了一下，她说直到警察赶来之前还是不要清扫为好，所以我就放着地板没动，地毯上可能会有污渍，实在抱歉。这边我会想办法的，请你优先工作。"

这是什么意思？伦子第一次发来这种不得要领的短信。

麻烦和清扫是怎么回事？是不是老年痴呆的母亲闯了什么祸？可那样的话，也不至于惊动警察吧。太奇怪了。该不会是她对什么外人施暴了吧？担心和妄想混合在一起，不断膨胀。

"出什么事了吗？"

高森一脸担心地看向贤一。

"没有，那个……该怎么说呢，失陪一下。"

他慌张起身，走到店外。与其说是礼仪，不如说是他不想让包括高森在内的任何人听到通话的内容。

贤一站在挂着门帘的店门旁边，点开通讯录，找到伦子的电话号码按下。冰凉的手机贴在耳边，他仰头看向满是繁星的天空。在二月的冷风里，只穿一件白衬衫实在是太冷了。

就在贤一的身体不住颤抖时，他听见"您拨打的电话已——"的提示音。这就更让人费解了，难道伦子在发完那封奇怪的短信以后便立刻关机了吗？

接下来他又打了家里的电话。

电话母机在客厅，子机在贤一的母亲智代的房间。然而智代应该不会接电话，即使她接了，也不一定能进行有条理的对话。最终，在响起七次呼叫声后，电话被切换到了语音信箱。

剩下的就是联系女儿香纯了。

虽然被女儿勒令有事用短信联系，此时贤一还是决定打电话给她。令他惊讶的是，女儿这边听到的提示音和"拒绝通话"的提示音不同，似乎也关了机。几乎是智能手机奴隶的香纯居然会关机，这到底是什么情况？

到底发生了什么事？

贤一联想到几个月前发生在东京市内的残忍案件。凶犯闯入一栋独栋住宅，用厨房里的菜刀疯狂砍向一家四口，最终只抢了几千日元后逃窜，至今仍在逃亡。

该不会……

贤一立刻否定。要是那样，伦子应该没有发送那封短信的理由和时间。究竟发生了什么呢？未知的情况最令人不安。

他又想给伦子打个电话试试，触摸到屏幕时，他意识到自己的指尖正因寒冷而颤抖。他决定先回到店里。

贤一颤抖着拉开餐馆的拉门，喧闹声马上涌来。背冲门坐着的高森直起身看过来。

"没事吧，代理先生？"

贤一的眼镜上瞬间蒙了一层雾，他"嗯"了一声，擦了擦镜片，吸了一下鼻子，坐在了椅子上。

"我家好像出了点麻烦。"

"什么麻烦?"

"不知道。那边发来了一封奇怪的短信,之后电话就打不通了。"

"是您的妻子?"

"短信是我妻子发的,但我女儿的手机和家里的电话也都没人接。"

高森蹙起精致的眉毛,歪了歪头。

"怎么回事?真令人担心啊。"

"有没有现在就回东京的办法?"

贤一说出了令自己都感到意外的话。

"欸?今晚?现在?"

"万一是有人私闯民宅呢……也许我只能回去一趟了。"

高森"嗯"了一声,陷入思考。现在已经是晚上八点多了。

说难听点,在酒田市,一过下午六点,就无法通过飞机或新干线等交通手段前往东京了。贤一还记得刚调职不久,就曾痛切地感受到这里是偏远地方的事实。

"不知道出租车行不行?"

听到贤一的主意,高森看向他。

"啊?打车去东京,要花很多钱的。"

"钱不是问题。"这话刚说出口,贤一的脑海里就浮现出香纯学费的事。钱的问题还是多少要考虑一下的。

正操作着手机的高森抬起头,说:"啊,对了,有夜间大巴,费用还很低,连一万日元都不到。"

"是吗!真是帮上忙了。"

"我坐过这个车,班次少,订票时间也相对结束得比较早……恐怕已经满员了……我先查查看吧。虽然还没放春假，但这个时间……恐怕也比较困难。"

高森语调悠闲，不知是在自言自语，还是在对贤一说话。她的指尖飞快地在液晶屏上来回移动。

"就是这个……啊，果然满员了。"

"不行吗？"

今晚看来不行，要不要订明早的飞机？

"那个……"高森向前探出身，"我有个朋友，在一家当地的旅行社工作，不然我问问他有没有人取消预约？"

就要熄灭的火焰又燃了起来。

"是吗？如果可以的话，那真是帮了我的大忙了。"

高森举起手机放在耳边，甩了甩头，刘海随之飞起。此时她的表情比在公司时更富神采。

"啊，准磨，好久不见。我还好啦。你现在在哪里？还没下班？那正好。"

高森说话的语调突变，尾音上扬，略带鼻浊音，听着像是变了一个人。

贤一知道，她正在请求对方帮忙安排出发去东京的座位。

"——是位男士。哎呀，你听我说，是公司的同事啦。是吗？那边呢？嗯，你等一下。"

高森把手机移开，问贤一："他说开往新宿的大巴有人取消预约，怎么样？"语调又一下子切换成了平时的样子。

"只能这样了。"

"不过是从山形站出发的哦。"

"啊？"贤一一时语塞。他突然不知道该怎么办才好，山形到东京，可不是能随意往返的距离，何况家里到底出了什么事都还不清楚。

"能不能再给我一点时间?"

"他说还有两个座位。"

必须立马做决断。

"明白了。那帮我预约上吧,可以吗?"

高森点了点头,继续通话。她语速飞快地进行了几轮问答,最终道谢并挂断电话时,她的脸上带着满足的笑容。

"怎么样?"

"果然,从酒田出发的车已经满员了,从山形站出发的夜间大巴上有一对情侣取消了预约。十一点四十五分发车前往新宿,预计明早六点四十五分到达。我想了一下,这条路线上的中途停车站更少,也许反而能更快到达。价格是七千八百日元。"

"谢谢。感激不尽。"

从一开始模糊的不安,到现在完全定下回家,贤一的心也逐渐定了下来。如果不是正与高森喝酒,也许也无法像这样顺利了。唉,算了,贤一想着,反正本来也打算这周末回去的。而且,七千八百日元的车费可比新干线要便宜多了。

"不过,这会儿已经没有开往山形的电车了,只能打车去了。"

"不知道要花多少钱啊……"

"从酒田过去,需要四五万日元。如果不堵车的话,两小时能到。"

"呃……嗯,我知道了。"

既然已经说出"钱不是问题",也就不能再抱怨了。

"他还说来不及取票了,你跟司机报上准磨的名字,再付钱就好。"

高森在装筷子的纸套上写下"大畠准磨",递给了贤一。她口中的这个朋友,搞不好其实是她的男朋友。

"帮上大忙了。谢谢。"

"我这边的事也要拜托您了。"

"呃,嗯。我会尽力的。"

贤一暧昧地点了点头。打车过去需要两个小时的话,就基本上没有富余的时间了。他拿着账单,站起身。

"那么真是抱歉,我先去结账了。"

"我干脆把另一个座位买下来,和代理您一起去吧,来一场夜间大巴逃亡旅行。开玩笑的啦。"

"真是抱歉,谢谢了。"

贤一付完账,从店里冲了出去。

5

贤一没有回公寓,直接前往车站。

反正也没什么行李要拿,通勤用挎包里一直装着钱包和驾照等必要物品。

路上他又给妻子和女儿打了两通电话,结果还是一样。

拜托高森问座位时他还多少有些犹豫,但现在他觉得,果然这样做才是正确的。事情看起来并不只是自己被妻子和女儿无视那么简单,直觉告诉他,家里出事了。

只是还有一个问题,现在回东京,明天自然会缺勤。他似乎能听到耳边传来松田分店长歇斯底里的怒吼声。不,松田分店长怎样都无所谓。只是如果松田真的与南田隆司常务私下有联系,可能会去常务那里打他的小报告。

不过此时必须将这些杂念从脑中驱逐。收到伦子的短信之后,贤一所做的决断和行动都是从未有过的迅速,令他都感到意外。

他通过ATM机取了二十万日元,账户里的余额几乎为零。车站前的出租车上车点没多少人,没有等位就坐上了车。车门关闭之前的短暂一瞬,贤一心头再一次浮现那个问题:真的要回去吗?

"去山形站。"

出租车发动的同时,他把头靠在靠背上,闭上了眼睛。就这样吧。

就在他这样想的瞬间,手机震动了起来。

是妻子的妹妹优子打来的,贤一这才意识到刚才忘记了这条线索。刚刚那条短信里,伦子不是写了"我跟妹妹商量"来着吗?

伦子的妹妹叫优子,两人相差两岁。优子在距离藤井家步行十分钟左右的公寓里独居。他们经常一起吃饭,就像家人般相处。

"喂?"

"啊,姐夫?"没错,是贤一曾经很熟悉的优子的声音。

"是我。那个,其实我刚才从伦子那里收到了一条奇怪的短信,后来电话就一直打不通。你知不知道我家出了什么事?"

明明是对方打来的,贤一却抢先说了一大串。

"那个,发生了一些争执。"

"争执?发生了什么?"

"先不说这个,我好像听到了什么声音,姐夫你现在在哪里?"

"我在出租车上。"

"出租车？这么晚了你要去哪里吗？"

"我准备回家。"

"打车回东京？"

"怎么可能。"贤一简单说明了成功订到夜间大巴座位的经过。

"原来是这样。"

"唉，不说这个，能不能告诉我到底发生了什么事？为什么谁都不接电话？该不会是火灾或爆炸事故吧？"

"不不，不是那种事，详细情况在电话里有些难讲。不过大家都平安无事，你可以放心。"

"这我怎么放心啊……唉，我明天应该能在八点之前到家。"

贤一家在距离西武新宿线都立家政站步行约十分钟的位置。

"知道了。那到时候我也过去。"

"啊……"

电话被挂断了。

贤一还有问题想问，他立刻打回去，却无人接听，又试了一次，还是无人应答。

他凝视着手机屏幕，想着是不是该给松田分店长打个电话呢？现在已经九点多了，不知道松田是在家，还是在哪儿喝酒。贤一从通讯录中找出"松田分店长私用"，盯着看了半晌，最终还是决定先不打了。

如果现在联系松田，肯定会被要求明早去公司完成工作交接。但其实手头根本没有什么要紧的工作。休息一天，也只是库存的药箱能不能多卖出一箱的差别而已，等到了东京再通知松田吧。

贤一做了一次深呼吸，闭上了眼睛。

突然惊醒后，他慌忙起身，看了看左右。

他坐在车里，车子似乎正开在高速公路上。

混乱中他努力回忆，想起自己为了回家，在酒田站坐上出租车，准备前往山形站。出租车开出一阵后他搜索了一下，发现这趟行程有大约一百二十公里，算是一场短途旅行了。然后就在途中睡过去了。

扔在座位上的手机正"嘟——嘟——"地震动着，似乎就是因为这个才突然惊醒的。贤一看向来电显示，是一个陌生的座机号码，区号与贤一东京家里的号码很接近，或许是邻居打来的。

"喂？"

"请问是藤井贤一先生吗？"

传来一个嗓音有些沙哑，听起来非常疲惫的声音。

"是的。"贤一有些戒备地应道。

"啊，这里是中野区警视厅若宫警察署。"

全身的血流马上因为"警视厅"一词而有所反应。

说起若宫警察署，应该是管辖贤一家附近区域的警署。

"那个，我家果然出了什么事情对吗？"

"您说果然，是知道了些什么吗？"

"具体发生了什么我完全不清楚。"

"是吗……是这样的，刚才，您的妻子，也就是藤井伦子，被逮捕了。所以——"

"逮捕？为什么？"

"哎呀，您不知道啊。真是奇怪，报告上说她打过电话啊——啊，原来只给丈夫发了短信。"

"请告诉我伦子为什么被逮捕？"

"她涉嫌将他人伤害致死。接下来我们会对她进行问讯，但她本人已经承认了罪行，说是在自家，将一名男性殴打致死。"

"伤人致死？你说什么？你真的是警察吗？该不会……"

贤一还是把"诈欺"一词吞了下去。电话那头的男人则突然将通话口堵住，以不耐烦的口吻对旁边的人说了句"果然……"。

"这位先生，请您冷静一点。"

"伦子到底把谁杀了？你们该不会把智代错认成伦子了吧？"

如果是患有老年痴呆的母亲，倒是有可能因为偶然或事故而闯祸。

出租车司机通过后视镜往这边看，贤一把头靠向窗边，用手遮住嘴。

"藤井伦子，四十岁，是你妻子没错吧？被害人的身份还未查明。其他的在电话里就不太好说了。"

电话那头的男性不知是过于疲惫，还是以令贤一心急为乐，语气不紧不慢地继续说道："您现在人在哪里？据嫌疑人说，您一个人在山形县酒田市工作？"

他所说的嫌疑人应该是指伦子。

"我现在正在回东京的路上。顺利的话，预计明早七点到达新宿，然后我就直接去警察局……"

"啊，不用这么急，我们这边还有程序要走。贤一先生，您先回家，回家之后联系我们，可以吗？我们应该会请您来警察局一趟，那时候被害者的身份应该也已经查明了。"

"知道了。那个——"

"对了，以防万一我说一句，您可不要跑到别的地方去啊。"

"你说什么？等等，我想和我妻子通话——"

电话挂断了。

贤一瞪着写着"通话结束"的屏幕，一时间想不起来这通短暂通话的具体内容，只能断断续续地回忆起"伤害致死""被害人""逮捕"等单词。

到底发生了什么？

出租车在夜间大巴发车前十五分钟到达了山形站。

贤一付钱后下了出租车，寻找大巴的乘车点。

"是这里吧……"

他找到写着"开往新宿站南口"的标识，把写着"大畠准磨"的字条拿给红脸的司机看。付完钱后，对方告诉了他座位号，没有给他车票，这大概是大畠和这名司机瞒着公司偷偷赚的小钱。

车上基本全满，贤一的位置在后方靠窗。

他大致扫视了一下车内，乘客中约七成是看起来像学生的年轻人，剩下还有几对看似公司职员的男女和几名老年人。

学生们似乎很兴奋，正开着玩笑，相互碰撞身体，并发出叫喊声。

就要发车时，一个男人发出"呼呼"的喘息声跑上车，毫无顾忌地一屁股坐在贤一旁边的空座上，也就是高森久实半开玩笑地说"我和你一起去吧"的座位上。不知道他是不是刚吃完饭，飘来一股炒猪肉的味道。

这名身材偏胖的男性刚一入座就把椅子上附带的小桌板展开，从双肩包里拿出一袋零食放在桌上，然后开始玩游戏机。贤一偷瞄了他一眼，年龄应该在三十岁左右。

本来就胖的他还穿着羽绒服，支起的胳膊侵入了贤一的空间，每次按下游戏机按钮时，手肘都会打到贤一的侧腹。

虽然他戴着耳机，但还是隐约漏出"咻咻"的声音。

贤一没有气力和此人理论，他尽量缩起身体，把头靠在窗户上，想着要在最先停靠的服务区买对耳塞。

噗咻——

车身轻晃了一下，缓缓开动了。

不知是出于不安，还是单纯的寒冷，贤一意识到自己的身体正在微微颤抖。

6

去年六月——

"股长，你不觉得最近会议特别多吗？"

从旁边的座位凑过来对贤一耳语的，是部下小杉康大主任。

"是不是公司被人投诉了？"

贤一保持视线看向桌上的屏幕，仿佛在隐藏内心的动摇般若无其事地回答。

两个月前，一种头痛药刚刚更新换代并在市面发售。在新商品发售之后，"不合体质""完全没效果"等投诉和咨询的案例确实变多了，所以也不能说贤一没回答到点子上。

然而实际情况是，贤一的上司矶部科长刚刚对他做出了指示："一会儿也许会叫到你，所以在会议结束之前，你就在这里待命。"

当然，贤一并没有把这件事告诉小杉。因为这个男人是全科数一数二的大喇叭。

"总感觉应该是更严重的事。"

天生大嗓门的小杉罕见地压低了声音。贤一抬起头看向四周，营销一科中还在座位上的，不知何时就只剩贤一和小杉两人了。

现在的公司大楼在五年前竣工。当年动工是出于实际创业者,也就是现任会长兼社长南田诚的一句话"趁我还活着,快给我改建"。如今这已经成为有名的佳话。

这栋智能大楼已经接受过电视和杂志的多次取材,贤一所属的营销部所在的楼层宽敞明亮,足够营销部、企划开发部和国际市场部这三个部门共计六十八名员工舒适地就座。

周围的同事似乎都出去吃午饭了,没人在偷听贤一他们的对话。不过在这一层,声音意外地传得很远。连贤一都知道隔壁科的同事们今天是去常去的西餐厅吃每日午餐套餐,他也不知道自己是在什么时候听到的。

小杉似乎还想继续对话。

"山川部长和佐佐木次长似乎每次都会参加,还有一次,连专务也参加了,而且大家都是这副样子。"

由于出现了专务的名字,贤一不由得看向小杉。他正像歌舞伎脸谱一般皱起眉,嘴巴也弯成倒八字的形状。

"南田专务?"

销售企划担当本部长南田信一郎是南田诚的长子,同时也是专务董事。都说他是下下任社长人选。

又不是新年聚会,居然从科长级别到专务这种大人物都一起出席会议,这种情况可没听说过。再加上,自己也有可能会被叫去——

"对吧?很夸张吧?该不会是公司要破产了吧?"

小杉比自己小七岁,去年刚升上主任,是贤一的直属部下。虽然如此,他偶尔也会对贤一用朋友般的语气说话。介于他不是个坏人,贤一放弃了对他的说教,就当他是在另一种礼仪教育下成长的孩子。

"那倒不会吧。"

去年流感盛行，再加上用于减肥的医药品风靡一时，公司的利润破了纪录，在结算时达成了盈利。

"你是从哪里得来的情报啊？"贤一也开始试探。

"秘密。"

小杉扬起嘴角笑了起来。反正肯定是总务科或秘书科的女同事吧。

"你还是不要多打听的好。不说这个，小杉，我上周拜托你调查的购买动向数据，你输入到表格里了吗？"

"没，还没有。"

"那种东西你要花上几天啊？做完之前别去吃饭了。"

"哎？饶了我吧。还有五分钟就到吃饭时间了。"

"又不会死。"

"我约了人。"

"别说这种没出息的话。好吧，等你回来后要先干这项工作啊。"

"不愧是股长，所以您才能娶到那么美的妻子。"

"多余的马屁就免了。"

小杉迅速站起身。

部门只剩贤一一人了。介于客户和零售店打来的外线不会直接打到部门内部，所以应该没什么问题。

就在他这样想时，内线电话开始亮灯。这是贤一专用的号码，也就意味着他被点名了。

来了——

贤一拿起听筒时因太过慌张，导致听筒差点儿脱手。

"您好，我是营销一科的藤井。"

"这是山川部长的指示。请您现在去第四会议室。"

应该是女秘书打来的,语调像是机器一般。

"知道了,我马上去。"

虽然这样一来科里就一个人都不剩了,但还是上司的命令优先。若想在公司里生存下去,就绝不能在无聊的小事上顶嘴。

"来,坐下吧。"

看着紧张地呆站在原地的贤一,营销部长山川示意他坐在眼前的椅子上。

"失礼了。"

贤一轻轻行礼,坐在了山川指示的椅子上,椅子发出了"吱吱"两声。

会议室里的气氛好像在进行入职考试的最终面试一般。

长桌摆成L字形,在正面中央——也就是最上座——是南田信一郎专务。他右边是山川部长,在另一直角边正襟危坐的是次长和科长。

南田信一郎专务一如既往地穿着一看就知道很高级的西装。他是南田诚会长与第一任妻子铃惠生下的长子。听说铃惠在信一郎三岁时就去世了,是个大美人。信一郎长得像母亲,是个歌舞伎演员一般的美男子,在很长一段时间里被称为实业界的贵公子,于三年前四十七岁时结了婚。

在铃惠去世后仅一年,南田诚会长便再婚,生下了次子隆司常务。

后妻乃夫子是当年"厚生族"议员的女儿,生活铺张,据说两人在结婚后不久便闹出矛盾。

贤一也见过乃夫子几次,今年就要七十岁的人,却穿着不是鲜艳夺目的鲑鱼粉色，就是仿佛闪着荧光的天蓝色礼服，涂着仿佛在扮演吸血鬼的血红嘴唇。

据说那是一场政治联姻。再婚后，南田会长动不动就怀念前妻铃惠，也就是信一郎的母亲，在众人面前毫不掩饰地把乃夫子与铃惠进行比较。也许诚会长本身并没有多大恶意，但自尊心很强的乃夫子一直为之怨恨不已，经常对儿子隆司说丈夫的坏话，这对同父异母的兄弟关系自然不怎么融洽。

这是连对八卦消息不太灵通的贤一都知道的会长家族的情报。

"其实，出了点问题。"

负责推进会议的人似乎是山川部长。山川是公司仅有二十多个职员时就在的老员工，给人的感觉像是镇上小工厂的厂长。

与他相比，一身时髦的商务人士装扮的次长和科长，正挂着能面般的表情，垂下双眼。

贤一尽量不作声地咽了口唾沫，等待下文。

"我们公司在医药研发方面很薄弱。对于这一点，我觉得事到如今应该不用再过多解释。为了解决这个问题，一直以来，我们都会以销售协助费的名义给配药的药局和医院回佣。"

贤一默不作声地微微点头。

也就是所谓"回扣"。

若想销售新药，除非是十分有话题性的药，否则只靠说声"麻烦您了"，是很难打入已被瓜分的市场的。特别是处方药，与店里卖的非处方药不同，几乎全凭医生和药剂师的决定。再加上新药的价格很贵，还要对患者进行市场教育。

作为营销措施的一环，公司采用了向客户支付回扣，作为使用自家公司产品的谢礼的方法，也有地方把这笔钱称为"好处费"，本质其实都一样。虽然世间对这种行为没有好印象，但拿回扣本身并不违法。

"问题就是来自这里,"山川部长说道,"这是明天将发行的《周刊潮流》上的报道。"

几页装订好的纸从山川的手中传到次长和科长手里,科长站起身拿给贤一。

那家周刊杂志以大肆揭露个人和企业法人的丑闻而出名。这几张纸似乎是一篇新闻的复印件,在边缘处还能看到被称作"蜻蜓"的裁切标记,看来是出版社的校样。

《揭示大型制药公司的阴暗面,营销手段竟是私人回扣和捐款》。

贤一的第一反应是"又来找碴儿了"。

明明商店在把一百日元的商品卖给个人消费者时,可以给一到二日元作为积分回馈。而公司只是把这个模式搬到商业交易上,让数字后面多了五六个零而已。

然而,对他人的购买进行回礼的行为不符合日本人的"精神洁癖心理",所以一直有很多人对"回扣"一词很反感。其实,贤一在学生时代也是其中一员。

制药公司很重视清白的形象,最近有许多公司宣布"与回扣诀别",然而就贤一所知,仍有不少公司在采用这个手段。如今的贤一认为,从个人消费者的角度来看,肯定会选择积分回馈多一点的店,然而企业如果也跟着照做,却会被看作反社会的行为,这实在有些不公平。

不过从金钱流动的方式来看,这一手法确实容易与逃税和渎职联系在一起,所以需要特别注意法务上的问题。

贤一所属的营销一科,主要业务正是调整给知名医院和配药药局连锁店的回扣。他认为自己对此一直足够小心谨慎。

贤一似乎在不自觉中露出了难以接受的表情，使部长在接下来的话中带了些辩解的语气。

"关于给执政党捐款的事，法务部正在对应，估计应该不会有什么问题。给私营药局回扣当然是合法行为。虽然文章里写着'回扣的金额折算在了售价里'，但那只是用来煽动大众感情的毫无事实依据的捏造，真是太不像话了。如果杂志上只写了这些，照理来说应该申请临时处置，让他们停止发售。然而……"

在一口气说了一大段之后，山川深深地吸了口气。

"虽说各大公立医院正在进行机构改革，但他们的员工的身份依然相当于公务员。收受贿赂罪在普通百姓身上不会被追究，但对公务员来说，将会被问责。我指的是，公立医院三鹰医疗中心的事。"

"难道是……"

部长愁眉苦脸地对一脸震惊的贤一点了点头。

"报道里写了医务室室长仓坂的事。虽然文章里用的是假名，但相关人士一看就明白。仓坂那辆兼用于通勤的私人宝马车，被认定为收受贵重物品。"

"但、但是部长，我听说那辆宝马车是以和折旧价相当的金额出借给他的，只是由我们公司代办维修管理的手续而已啊？"

"关于这一点，因为一些失误，我们似乎没有向对方收钱。"

"失误？"

贤一不由得语调上扬，他差点儿没大笑出声，在差点儿绷不住时控制住了自己。谁会相信这家设有专门负责法令遵守监管部门的东证一部上市企业会出现这种"失误"？

"老实说，公司确实有疏忽和怠慢的地方，只走了表面程序。"

山川部长苦着脸继续说道。

"再加上招待打高尔夫的事情,就成为致命的一击。他们不知道通过什么方法知道了我们把现金包起来作为交通费的事。这也有被视为行贿的可能。"

贤一的脑内一角响起了"开什么玩笑"的声音。事到如今,这是在说什么?所以我那时才反复确认过不是吗?虽然知道是无谓的抵抗,但贤一还是想努力做出最低限度的反驳。

"高尔夫的事,我也事先做过确认。是矶部科长告诉我'确实有向对方收取会费',我才安排了那场高尔夫球比赛,并担任干事。刚才的宝马车也是,我只负责了交车和车检时的手续,具体事项我什么都不知道。"

贤一看向矶部科长,对方却只是盯着自己的手,没抬头。

"我明白。"

胳膊支着桌子的部长代替科长回答。

"我非常明白你的意思。然而,如果不把结果归为'责任完全在于诚南',仓坂就会很难办。"

如果让仓坂承受收贿的罪名,以后别说是三鹰医疗中心,与其他的公立医院也难以再有业务往来。

"不,我想说的不是要不要把罪名推给仓坂,而是至少我在法务方面——"

"都说了,我明白你的意思。然而,现在的情况已经到了不得不把结果归结为'是我们不小心搞砸了'的境地。"

部长的声音逐渐焦躁了起来。贤一感觉他们的论点似乎有些错位,是不是部长想尽早把话题引到自己预想的结论上呢?

"接下来,就由我来说明吧。"

一直在闭眼倾听的南田信一郎专务第一次开了口。他的声音应该是所谓男中音，很容易入耳。

"销售企划部门的总负责人是我，我会负起责任。公司已决定让我从下个月开始卸任销售企划担当的职务，调任到位于洛杉矶的诚南 Medicine 北美分部。"

贤一感到一股冷风舔舐自己的脖颈。这实际上是降职。

这起事件的影响居然如此巨大，会令年度总销售额达到近兆日元的集团本家公子被调职？而眼下，自己似乎还作为主要登场人物被推上了舞台。

南田专务声调毫无变化地继续。

"虽然我想承担下全部责任，然而有人坚持认为只是这样还不够。你应该能想象得到是谁吧？"

说到这里，他停了下来。贤一当然很容易想象，他指的就是虽然和他是兄弟，关系却十分恶劣的隆司常务。信一郎专务又开了口。

"在今早的临时董事会上，也有人强烈主张要明确具体执行员工的责任所在。会长也同意了这一点。"

不知是谁咽唾沫的声音异常地清晰。

"最终的结论是，如果不处分具体执行的人，想必世人和股东都难以接受。"

四名管理层紧盯着无法接话的贤一。

"招待仓坂室长，并和他一起打过高尔夫球的人，藤井股长，是你吧？"

山川部长以装模作样的声调问着再清楚不过的问题。

"但……但是，我刚才已经说过很多遍，该怎么说呢，我是因为受了指示……"

平常的贤一绝不会反驳部长的话，但现在是非常事态，如果不提出最低限度的意见，便会导致结果不可收拾。

山川部长对贤一的主张充耳不闻，继续说着自己想说的话。

"不管如何，必须要做形式上的处分。公司并不是要把责任都甩给你一个人，除了你之外，我、次长和科长，想来也会以追究对你的监督失职为名被处分。现在我要跟你说的就是这些。"

"请等一下。"

"公司不会做出对你不利的决定的。在在场成员面前，我向你保证。你可以走了。辛苦了。"

在那之后，贤一不记得自己说了些什么，又是怎么回到自己的座位上的。不仅如此，就连最终到底有没有吃午饭，他也怎么都回想不起来。

——以追究对你的监督失职为名。

这简直就像在说贤一是实施犯罪的人一样。不，不是好像，山川部长就是这个意思。

在之后的两天里，没有发生任何变化。

那次会议仿佛是一场梦一般。公司里没有任何动静。贤一像往常一样来到公司，像往常一样工作。部长和次长的座位不在附近倒还好说，每次和矶部科长打照面，贤一都觉得很尴尬。科长似乎也是一样，除了与工作相关的最低限度的会话之外，尽量不与贤一接触。

在贤一被下通知的第三天中午，仿佛瞄准了其他同事都不在，只有贤一在办公室的时机一般，内线电话响了。又是从秘书科打来的。

"呃，喂？我是营销一科的藤井。"他的喉咙里卡了痰。

"请稍等。"

一个和那天不同的女声说道。接着是保留通话的音乐旋律。主动打来电话又一上来就叫人等待，这种情况大多都是董事级别的干部。

"是藤井吗？"

藤井立刻开始思考，这个声音是谁？该不会……是南田隆司常务？

与隆司相关的传闻都没什么好事。一会儿传出他与某个模特的绯闻，一会儿又有人说他因涉嫌流连于巴卡拉赌场而受到警察审讯。

他这个人还尤其好色，据说公司曾经为他压下过相当重量级的丑闻。

隆司在这种时候打来电话，究竟是为了什么事情？贤一的背部肌肉变得僵硬。

有传闻说从公司起步时就是元老级人物的现任副社长园田守通，最近突然与隆司走得很近。

虽然园田已经得到了可能担任下任社长的许诺，但他只是信一郎的替补投手，这点就连刚进公司的普通文职员工都知道。如果园田认为公司能发展到现在都是自己的功劳，他不可能对此感到心情愉悦。

也就是说，在把信一郎视为绊脚石这点上，园田副社长和隆司是利害一致的。

"是南田常务吗？"

"啊啊，藤井股长。突然约你实在抱歉，今晚空出来吧。"

"今晚？"

"不愿意？"

"没有，没问题。请问几点在哪里见面？"

"你到了点就下班,然后会有指示。详细的事问秘书吧。"
"好的。请问要问哪位秘书?"
"不要什么事都问我,浪费时间。"

7

"哎,别那么拘谨,过来这边。"

南田隆司常务大剌剌地说道。

贤一在秘书的指示下坐上公司的车,来到了位于赤坂的一家料亭①。

四周的绿篱被修建得神经质般的整齐,门上挂着像民宅的名牌一样小巧的牌子。即使没有明说不接待新客,也散发着不能随便进入的气息。

一名态度亲切、身穿和服的女性把贤一领到了房间,南田隆司已经在那里等着了。

贤一恭敬地在房间门口正坐。隆司以平易近人的语气召唤他过去。贤一仿佛从榻榻米上蹭过去一般,与隆司隔着桌子对坐。

漆器餐盘和一看就价格不菲的小钵里盛着几样料理。

"来,杯子。"

贤一刚反应过来,隆司已经伸直手臂举着啤酒瓶在等着他了。见贤一因搞不清状况而犹豫不决,隆司小声地"啧"了一声,催促他"快点儿"。

贤一急忙拿起扣放的酒杯。隆司一边把酒咕嘟咕嘟地倒进贤一的杯子,一边说道:"我这个人,啤酒只喝国产瓶装的。虽然

---

①料亭:地点隐秘,价格高昂,对食材和烹饪要求较高的高级日本料理餐厅。

跟你们说你们也不一定懂，但人类的品质这种东西，说到底不就是由这种对事物的讲究累积而成的吗？"

南田隆司穿着意大利产的高级西装，五官轮廓深得像是拉丁人，说话语气却像江户时代的人一般随性。贤一只能"啊"了一声，战战兢兢地点了点头。

"来，干杯。"

贤一配合南田微微举起酒杯，喝了一小口。

"哎，别拘谨。剩了也是浪费。"

确实，眼前摆着的料理就连贤一都能看出价格不菲。贤一只得无奈地缓缓举起筷子。

"那个……请问您今天找我是为了什么事？"

贤一夹了一口似乎是用白身鱼做的鱼肉山药糕，却完全吃不出味道。南田把腿重新盘起，笑着说："这个嘛……

"本来想边吃边慢慢聊的，那就先把正事搞定吧。我也是这种做事风格。

"我今天找你，是为了那起最近成为公司的麻烦事的行贿嫌疑事件，"南田开口道，"对你来说，应该很难以接受吧？"

贤一不知道对方的真正意图。

贤一本人与信一郎专务几乎没有过私人对话，他也算不上是由专务一手培养的部下。然而从大的派系来说，他是销售企划部门的一员。虽然几乎是无足轻重的小兵，但对于隆司来说，贤一属于敌对派阀的人。

如果用战国时代举例，就像是丰臣军里的底层武士被柴田胜家直接叫出来了一样。

"我一直遵守法务规定——"

"别说这种蠢话了。"

"呃……"

隆司让服务员退下，只剩他们二人在这八张榻榻米大小的房间。外面突然响起"哐"的一声，令贤一吓了一跳。原来只是庭院一角的竹筒发出的声响。

"再这样下去，你会被流放到岛上，一辈子就完了。"

贤一害怕且尽量不去想的事，就这样直接被隆司说了出来。

"你难道就想老老实实地接受处分？"

"这个，我会找其他上司商量一下……"

"你太天真了！"隆司把啤酒杯"哐"地放在了桌上。

"你也太天真了，亏你能活到现在，真是集幸运之大成，还娶到了那么漂亮的老婆。"

贤一不知道隆司是在拿他当笑话还是多少有夸奖的成分，只得"啊"地点了点头。

"虽然我没见过，不过听说你女儿也挺漂亮的？"

"没有没有。"

每当公司里的人提到他的妻子伦子，贤一总是会感到不好意思。

贤一和伦子是在职场上相识的。

"让你的妻子和女儿都过上幸福生活吧。"

隆司紧盯着贤一的眼睛，别有深意地笑着说道。

隆司给人的印象与他的长相相符，是个十分率性的人，传闻他的性格也如长相一般"浓烈"。

贤一也曾目击隆司在公司员工大会上指名道姓地公开议论一名员工的失误。记得那名员工是因遵从上司的指示而使公司的利益蒙受了损害。与其说隆司在指责那名科长级别的员工，不如说是把他当成了嘲笑的对象。

"——我们公司有这样的中层管理人员，居然还没倒闭，真是太厉害了。你们说是不是？"

在隆司用话筒吼出这句话后，满场人员里有一半都笑了。大约三个月之后，那名科长就被调到关联公司了。

即使撇开公司里的派阀问题不谈，贤一也对隆司这个人感到生理性厌恶。

我的家人的幸福用不着你来说三道四，贤一这样想着，却还是顺从地接下了啤酒。

"我不客气了。"

"嗯，所以，我有一个提议。"

"什么提议？"

"你是因为上司的命令才招待了公立医院的仓坂医务室室长，对吧？"

"呃……"

"做出具体指示的是矶部科长，对吧？"

"嗯……"

"说清楚啊，怎么不回答？"

"啊，嗯……"

"喂！怎么回事，你几岁啊？又不是忘了写作业的初中生，给我打起精神来。反正，我希望你把那件事好好地以书面形式记录下来。大概这么写，'我因为知道有违法的可能表示了拒绝，却在矶部科长的命令下被迫招待仓坂室长打高尔夫。在那时，我把巨额现金作为买车的费用递给了对方'。把具体金额写进去可能更好，是十万对吧？这方面我会跟律师商量，让他联系你。"

"您是想让我写下来？"

"除了你还有谁？"

然而那样一来，就代表当时的贤一已经意识到那是带有违法性质的行动。如果承认这一点，搞不好贤一真的会成为犯罪者。据说警察和检察机关目前还没有进入强制搜查阶段，不知是不是公司高层交涉的结果。目前公司正打算趁此机会让这件事以灰色事件的性质不了了之，写下那种东西反而是多此一举。

正在贤一为找寻答案而视线游移时，隆司"呵"地笑了一声。

"真是和传言一样的胆小鬼。那种东西只不过是为了以防万一，不会拿到台面上来的。你想想，在外部人士看来，那可是我们公司的污点啊。说实话，在应对警察这方面都是我在出力，和我哥相比，我在各行各界更吃得开。虽然不想说这种没品的话，但你也不想想我的出身。"

隆司说到这里停了片刻，大概是想给贤一回忆的时间。南天会长的第二任妻子，隆司的母亲南田乃夫子，曾经的——也是现在的厚劳族——议员的女儿，所以隆司在官僚界似乎也很有人脉。虽然说政府机关是重视上下级关系的社会，但对官员个人来说，似乎也有横向的交际关系。

"要是连这么点小问题都无法蒙混过去，那可怎么得了？和药物副作用之类的问题相比，这简直像羽毛一样轻巧。所有企业都在采取回扣一类的灰色手段，不是吗？这又没有伤害到任何人。然而只要举报大战一打响，就会一发不可收拾，连国会议员的乌纱帽搞不好都会丢掉两三个。而且，想必检察机关还没有彻底解决这个问题的准备。只要放着不管，应该就会不了了之——不过那样一来，公司内部就乱了。那些身为主犯的家伙，会继续逍遥自在地活下去。像我哥那么难对付的人，一定会卷土重来的。而你们这种底层小兵就不一定了。啊，惹你不高兴了？"

"没有。"贤一迅速摇了摇头。

"总而言之,他们让部下当替死鬼,自己却乐得逍遥,这怎么能原谅?他们哪知道我为了压下事端花了多少钱!——如果你把刚才的证言写下来,虽然一时的调动无法避免,但我会马上让你回到总部,给你准备好其他位置。对了,到时候就让你参加一个走形式的内部研修,然后把你升为科长吧。让开发部给你空出位置。不对,你的性格应该适合干总务吧?虽然辛苦,但也能得到很多好处。"

"总务科长……是吗?"

"啊啊,是啊。不满意?"

这诱惑的魅力几乎令贤一感到眩晕。

在诚南Medicine,总务相关的岗位是通往组织核心的黄金路线之一。在两年前提交的自我评价书里,贤一还曾写过"希望能被调到总务部",看来隆司是看到了他的资料。果然再怎么说也是当常务的人,似乎不是只会吃喝玩乐。

在惊讶的同时,贤一的心中也涌上一丝警戒。

老实说,他希望能花一周左右的时间慢慢考虑。然而,那些有可能庇护自己的上司似乎都将被贬到外地,而远在天边的顶头上司,又马上要去地球的另一边了。"风中残烛"一词正适合形容现在的自己。如果自己在公司的处境变得不利——也就是收入减少的话——也会给家人带来麻烦。

隆司一脸享受地将啤酒一饮而尽,贤一立刻拿起酒瓶为他倒上。

"那个——"

"什么?"

"如果我明确写下是遵照矶部科长的指示,科长的处境会不会变得更加不利？"

"会啊。"

隆司一脸泰然地说着，用筷子夹起白身鱼的生鱼片。

"嗯，味道还可以——当然会了。不过，反正不管怎样矶部都会完蛋。他作为具体执行人员，手上已经沾了太多腥。他只是被我哥，也就是被常务带着去了几次银座的俱乐部，就葬送了自己的未来。比起这个，现在不是你替别人担心的时候吧？"

虽然他的说话方式令贤一恼火，但也确实有一定的道理。贤一从来没被带到过那种地方。虽然并非为此心怀怨恨，但正如隆司所说，到头来只有自己一个人认真地烦恼，实在是太蠢了。

"我想把我哥赶下台，为此我什么都愿意做，我也没打算隐瞒。如果一直跟着那家伙，你也会和他一起沉沦哦。"

在今晚从隆司口中说出的话中，这句话的声线最为低沉，却也最具威力。

随后隆司将身体后仰，以明快的语调说道："嗯，事情就是这样，你能不能体谅一下我？我不会对你不利的。对了，下次也叫上你的妻子和女儿一起吃饭吧。我知道南青山有一家别致的法国料理店，气氛很不错——"

最终，两人约好按隆司的指示行事。

在贤一做出承诺之后，隆司的态度变得愈加傲慢，不断口出狂言，仿佛把这当成酒席的余兴节目一般，其中大部分内容都在数落贤一太没出息。虽然听着很生气，但贤一在内心劝说自己"都已经忍到现在了"，把隆司的话当作耳旁风。

料理的味道基本都没尝出来，剩下了大半。之后，贤一走出门外，看见高楼的缝隙间浮现出一轮异常皎洁的明月。

贤一也不知道自己依照隆司派的指示写下的自白书对于最终结果到底起了多大影响。

不用说信一郎专务，就连部长和科长也从未把他叫去质问。

在那段时间，有传闻称不仅专务要被调去美国，就连部长以下的管理层，也获得了比当初想象得更重的处分。

最终，山川部长被平调到大阪分公司，从职级来说降了一级半。次长被调到北九州，矶部科长则被调到了北海道北见市，恐怕是在可供调动的关联公司中位置最北的地方。

就在贤一想着自己将会何去何从时，他接到了被借调到"东诚药品"酒田分店的调令。

调令来得十分突然，别说事前询问，就连内部通知都没有。而且作为暂时避风头的地方，那里离总部也太远了。虽然贤一这么想，但也暂时安下心来。毕竟只要一不谨慎或放松警惕，便会立刻有人来试探。

总而言之，自己已经和隆司常务做了约定，在第二年春天就能回到总部，并且还有总务科科长的职位等着。家人们应该也会很开心吧。到时候香纯的考试也应该结束了。

总之，不用等上一年，家里便会迎来春天。

于是贤一拼命地学习销售话术，与合不来的松田分店长也尽量避免起冲突，等待时机。虽然从秋天开始，贤一感到一家人似乎快要分崩离析，但依然凭借照片上妻女的笑脸忍了过来。他不断地对自己说就差一点，就差一点了。然而，眼看要到人事调动的季节，却没有丝毫音讯。

在烦恼了很久之后，贤一给自己曾经的部下小杉主任打了通电话。

"啊啊，股长，好久没联系了。"

对方回话的口气很悠闲。

"最近你有没有听到人事方面的消息？"虽然贤一婉转地提问，但对方丝毫没有体谅贤一的心情，回答"哎，没听到什么特别的消息啊"。

然而就在一周之前，贤一听到前专务信一郎将会在最近回到日本的消息，至于专务的头衔能不能保住还不好说。还有传闻说专务被准许回国的条件是不能插手公司经营。

大多数情报都是松田分店长在没有任何人问他的情况下主动爆料的。

即使信一郎回国，倘若他已被"抽掉实权"，隆司的目的也达到了。

如今，人事和运营这两方面的实权其实都掌握在弟弟隆司手里。甚至还有传闻称，在下届董事会上，信一郎会被降为一般董事，而隆司会被升为专务——

在夜间巴士上，贤一被邻座一直在玩游戏机的男人的手肘击中侧腹，回过神来。

在这种时候，自己还在想些什么？被公司"饲养"了二十年，思考的根基已经完全扎根在公司里了。

家里似乎发生了什么事，但具体情况还不清楚。那个自称是警察的人说伦子因为杀了人而被逮捕。虽然贤一无法相信，但暂且也没有其他合理的解释。

总之，现在不是考虑自己今后的公司职员生活的时候。

在缓缓画出一道弧线的高速公路上，拥堵车辆的后闪灯连成了一片红色。

在东京没什么机会看到的白色飞雪像樱花花瓣一样飞舞，又被吸入黑暗之中。

由于贤一曾在大学入学考试时答错古文解说题,所以现在他的脑海里很讽刺地浮现出了那首至今都没有忘记的短歌。

"明明是冬季,却有花瓣从空中降下,可是因为云的那头便是春天?"

与短歌的内容相反,他突然感到一阵寒冷。

他不住地颤抖,叹出一口气,窗户上起了一层白雾。

8

当贤一乘坐的巴士到达新宿站南口的"新宿公交站"时,已经超过了预定时间一小时以上,快早上八点了。

在巴士里,托了隔壁的肥胖游戏男的福,贤一一直保持着半梦半醒的状态在狭窄的座位上摇晃,简直像从地球另一端来旅行一样疲惫。

新宿的风和酒田没什么区别,好像还更冷一些,也许是空气干燥的关系。

贤一用拳头敲了几下因久坐而僵硬无比的腰部,向西武新宿站走去。

他先给女儿香纯打了个电话,但还是无人接听,又给妻妹优子打了个电话,结果也是一样。

无奈之下,他只能给伦子打了电话。"喂?"一个不太和气的男声。

"是警察吗?"贤一警戒地问道。

"对。你是她丈夫吧?"

虽然声线听起来像是另一个人,但傲慢无礼的说话方式和昨晚与自己在电话里交谈的男人是同一个类型。

"是的，现在……"

对方不顾贤一正在说话，将通话口堵了起来，在一阵窸窣之后，传来一个含混不清的声音说着"来了，来了"，似乎还心情不太好地骂了几声。在两三句对话之后，声音突然回来了。

"你现在在哪里？我记得你说今早会很早到。"

"因为中途遇到事故堵车等情况，比预定时间到得晚了一些……"

"还有多长时间能到？"

"应该还有三四十分钟就能到家。"

"我知道了。请尽量快点儿。"

电话"啪"地挂断了。

到达西武新宿线的都立家政站时，时间已经是八点三十分。贤一在这时给公司打了个电话。

出勤时间是早上九点，所以松田分店长要再过约十分钟才会接电话。然而，其他同事应该已经陆陆续续来到公司了。虽然可以选择让高森久实转达，但贤一还是有些顾虑。在那个暖气开得很足的小餐厅，她张开涂着唇蜜的嘴巴吃寒鳕的样子，仿佛是很久以前的事了。

贤一拨打了内线号码，担任总务经理的女职员接了电话。

"我是藤井，今天请假。"

对方"哈"地愣了愣，贤一对她说明了情况。

"是因为我家里的原因。之后我会直接与分店长联系，但暂时可能不方便通话，所以麻烦你先帮我转达。"

"好……的，请您保重。"

从车站到自家的路究竟是怎么走过来的,连贤一自己都不知道。

终于看到自家那令人怀念的屋顶时,他才强烈地感到这真的是现实。

在勉强能让两辆车通过的狭窄道路一侧,停着好几辆警车。穿制服的警察们直愣愣地站在一旁。玄关前放置着红色路锥,还拉上了黄色胶带。这一幕真是非同寻常。

一个正在远处围观的好事者突然转过了头。

"啊,是藤井先生!"

是住在附近的六十多岁的主妇。以她的声音为信号,周围人的表情都在瞬间凝固,随即转为有些扭曲的笑容。他们发出不成句的"哎呀、哦哟"声,似乎不知道该对贤一说些什么好。

"抱歉引起了骚动。"

贤一对众人低了低头,走近站在玄关前、正看向这边的穿制服的警察。

警察也发现了贤一,对他问道:"您是家属吗?"

"是的,我是这家的户主藤井。"

警察的表情变得有些紧张,冲着无线对讲机说了些什么。在那之后,他便一直无视贤一的存在。

"那个,我可以进去吗?"

"不行,请您等一等。马上就来了。"警察保持着目视前方,冷淡地回答道。

贤一一边想着到底什么会来,一边因脚尖发冷而踏着步。

终于,从玄关处出来了一个男人,脸上不带一丝微笑,对贤一说了声"大老远过来,辛苦了"。

不知道对方比贤一年长几岁,脸上的表情与身上皱成一团的立领外套和西装一样透着疲惫。他的眼皮沉重地垂着,眼睛似乎只睁开了一半,不知道是因为睡眠不足还是天生如此。这就是名为"刑警"的人种吗?

男人把白手套脱下来塞进外套口袋里,对贤一出示了证件。

"你是藤井贤一对吧?我是警视厅若宫警署的磐田,磐梯山的磐。"

看来没错。

"我是藤井贤一。我妻子在哪里?"

"我在电话里也说了,她被收押在警署。"

"收押……"藤井说不下去了。

磐田刑警假惺惺地移开了视线,抚慰般地说道:"请您跟我们回警署慢慢说吧。"

从磐田嘴里吐出的白色气息掺杂着烟草的味道。

"啊,我能先回一趟家吗?"

"不行。"

磐田刑警口吻严肃,挥了挥手。贤一没有想到到家门口了却不让进,一时愣在原地。

"为什么?"

"因为鉴定人员还在取证。就连我们警察也不能擅自进去呢。"

在这样的时刻,贤一突然觉得如果自己是那种会连珠炮般地呵斥"那种事是你们的问题,跟我没关系"的性格就好了。

"那……我女儿和母亲怎么样了?"

"她们平安无事。"

"她们不在家?"

"不在。那个,刚才我也说过,上面指示我,如果见到嫌疑人的丈夫,必须立刻把他带到警署。所以请你跟我走一趟。"

"但是……"

磐田刑警叫来一个看似是部下的男人,让他把车开来。等贤一再反应过来时,右上臂已被紧紧抓住。这是为了防止他逃跑吗?贤一有些生气,言辞也多少变得粗鲁起来。

"不用抓住我,我不会逃跑的。既然我妻子在警局,我肯定是会去的。不过在那之前,请让我回家看看,我很在意到底变成了什么样,而且我有知道的权利吧。"

磐田刑警一脸厌烦地撇了撇嘴。

"都说了,现在里面有人在搜查杀人案现场呢。而且这是你妻子犯下的案件。"

警察的语气也尖锐了起来。

再这样争吵下去也无济于事,加上伦子的处境很让他担心,贤一决定,虽然很令人生气,姑且还是按警察说的做为好。就在贤一这样想时,口袋里的电话响了。

"喂?"

"喂,藤井代理?我说你在搞什么啊?说是会联系我,结果一直没打来电话,突然请假——"

"抱歉,我家里出了点事。"

"什么事?"

"很抱歉。"贤一又道了一次歉后挂断了电话。

一旁的磐田不知是不是等得不耐烦了,以仿佛对小孩子说话的口吻道:"听我说啊,藤井先生,你的妻子,藤井伦子,在你们家客厅的餐桌边殴打一名男性。该男性后来被救护车送到了医院,诊断为脑挫伤和脑内出血,处于濒死状态。报警的是你妻子本人,她对赶到的片区警察说是她干的,就被当场逮捕了——事情大致就是如此，你明白了吗？现在里面正在采集证据，所以即使是家人也不能进去。你能接受吗？"

贤一不能接受，但他无法说明自己为何不能接受。

"说到底，我妻子她到底打了谁啊？"

"刚刚得到了遗属的确认，受害人是一家制药公司的高层领导，名叫……南田隆司——公司好像叫'诚南Medicine'。好了，请你跟我们回警署，到那里再说吧……"

后面的话贤一几乎没有听到。他用手扶着自家的外墙，就地蹲下调整呼吸。幸好昨晚只在那家小饭馆吃了一点东西，现在他很想吐，却什么都吐不出来。

9

贤一和伦子同一年进公司，也就是同期同事。

贤一第一次注意到伦子，是伦子开始在前台负责接待访客时。

他记得与伦子交往之后，曾经对她说过"哪怕只见过你一次，应该就不会有人忘记"，但公司说明会和入职考试时他都不记得曾见过伦子。

伦子是个会让男性职员为了她而特意举办同期聚会的美人。贤一无法否定这也是她吸引自己的魅力点，但这并不是最大的理由。

每次与坐在前台的伦子打招呼时，贤一都会被她的笑容吸引。她的眼神和笑容非常自然，有种很难用语言说明的温柔。只要和她打个招呼，无论是上班路上被人踩到脚还反遭呲舌，还是因同事的错而莫名被科长斥责一顿，坏心情都会烟消云散，变得十分舒畅。

贤一的母亲智代十分严格，曾因吃饭姿势吊儿郎当就不给他饭吃，还没收过他新买的夹克。因此在贤一的记忆里，几乎从未对母亲撒过娇。

而伦子身上有一种令他联想到"母亲"的温暖。

后来他才知道，伦子毕业于一所短期大学，原本要就职一家贸易公司，没想到那家公司倒闭了，无奈的她只好应聘了"诚南Medicine"的合同工职位。在招聘面试中，她被恰巧出席面试的执行董事看中，当场聘用为正式员工。

这场史无前例的破格录用在职员中非常有名，反倒该说没听说过这件事的贤一消息实在不灵通。

伦子在高中时代曾与双亲在美国居住两年，能用英语自由地进行日常会话。此外，上短期大学时，她考取了几个商业相关的资格证书。

在南田诚会长发起的一次公司运动会上，贤一和伦子都负责准备午饭的工作，以此为契机开始有了接触。由于伦子的办公地点就是前台，只要贤一有心，每天都可以和她聊上几次。渐渐地，两人开始谈些与工作无关的话题，最终贤一提出了一起去看电影的邀请。

约会那天，看完电影后两人在一家气氛放松的餐厅吃了饭，就各自回了家。

之后贤一又与伦子一起参加了在公园举行的活动，陪她购物或陪她去不太常去的演唱会，从要求盛装打扮的餐厅到居酒屋，都去了个遍。终于，在数月之后，两人在一家豪华酒店共度了美好的一晚。

而让两人关系变亲密的契机——那个运动会，则因越来越多的人抗议，提出"强迫员工参加运动会是触犯劳务规定的行为"，在第二年就废止了。

今年是他们相遇的第二十年，两人结婚也已有十七年。然而直到现在，贤一仍会不时产生"为什么伦子会选择我"的想法。追求伦子的男性应该用两只手都数不过来。

他也曾问过伦子本人。

"毕竟你在我主动牵你的手之前都没试图碰过我，第一次约会没有约我去酒店的，你是第一个。"这是伦子给出的回答。但因为她说这话时一直在笑，所以贤一总有种被敷衍了的感觉，不过她的话里多少也应该有几分真心。

结婚之后，贤一知道了很多伦子的事，其中也有不那么让人高兴的。

那是婚后大约三年时，两人一边看着电视上播的电视剧，一边随意地聊着公司内部的恋爱传闻，伦子唐突地开了口。

"我在前台工作时，曾被南田约过。"

那时南田隆司还不是常务。也正是他，在录用面试中，当场把伦子作为正式职员聘用。

这样的话贤一当然无法听过就算，他的心情只能用晴天霹雳形容。

"他约你干什么？"

"哎呀，简单来说就是约会。是在我和你认识之前。"

"这事我还是第一次听说。"

"你什么事都是第一次听说。"

"不是，那他约你之后，你跟他一起出去了？"

"嗯，去了，他实在太缠人了。我们去听了一场演奏会，挺有名的爵士三人组，当时刚好来日本演出。不过名字估计说了你也不知道，然后顺便吃了个饭。"

"然后……你们该不会？"

伦子大声地笑了出来。

"怎么可能？我才不会喜欢那种没品的人呢。我那时只是被价格高昂又很难入手的演奏会门票吸引了而已，当然还有法餐套餐。哎呀，你吃醋了？"

"没有。"

"真的？"

伦子探过头来看贤一，两人同时笑了出来，那次对话就这样结束了。

只是去听演奏会和吃饭而已，贤一相信伦子的话。说到底，如果真的做过什么，伦子也不会主动坦白。

就是这个南田隆司，被伦子杀害了……

"那么我们走吧，藤井先生。"

最终，在邻居好奇的目光注视下，贤一被名叫磐田的刑警抓着，在自家门前坐上了警车。

就算贤一理解了事态，也不代表他能接受。不如说正好相反，他那因睡眠不足而无法正常运作的大脑，在被迫听了超出理解能力的话之后，已经就要停止思考，任人摆布了。

贤一被两名警察夹在中间，一边是满身肌肉、散发着烟味的磐田，另一边是身材瘦小、散发着刺鼻发胶味的刑警。刚才好不容易才抑制住想吐的冲动，如今在胃里又翻涌了起来。

语调生硬的对话在车里响起，这应该就是传说中的无线对讲机吧。除此之外，还有车辆转弯时响起的转向指示音。贤一感到呼吸越来越困难。

正当贤一想拜托他们打开车窗时，电话响了。在得到警察的准许后，贤一接了起来。

"喂？"

贤一的声音有气无力，连他自己听了都觉得很没出息。

"姐夫？"

"是优子啊。"

贤一平常就这样称呼优子。

"我已经到你家这边了，听说你去警察局了？"

"嗯，正坐车往那边去呢。"

"你的声音听起来很没精神啊，没事吧？到底怎么回事啊，你听说什么了吗？昨晚我这边忙成一团，真是抱歉。"

"没有，不要紧。关于事件，一会儿我去警察局再详细问问……"

磐田咳了一声，贤一选择无视，继续说了下去。

"我想问问，我妈和香纯怎么样啊？"

"她们俩都在我家。香纯想去朋友家住，但我跟她说早晨必须去警察局，让她先住在了我家。然后……该怎么说呢，不知是幸运还是不幸，你妈她似乎还没理解状况。"

"你是指？"

"她把我认成她的老朋友了，以为自己来朋友家玩，还挺高兴的。她刚睡着，所以我才打电话来问问情况。"

"实在抱歉，给你添麻烦了。"

"别这么说。我今天请了假，但也不能每天都请假。我一会儿去和一直照看她的日间看护机构商量商量，看看能不能把她送过去照看。"

贤一道了谢，然后问出了最想问的问题。

"你知道伦子到底做了什么吗？"

然而车子恰好到达警署，优子还没说什么，贤一就不得不挂断了电话。

贤一被带到了审讯室。

他并没有期待那种有沙发可坐的接待室，他甚至不清楚警署里究竟有没有那种优雅的房间。眼下这间屋子除了铁桌，就只有挂钟和全年写在一张纸上的挂历，没有任何其他装饰，可以说毫无趣味可言。贤一坐在坚硬的钢管椅上，仿佛能直接感受到地板的冰冷。

磐田走进屋，坐在了桌子对面。他没看贤一的眼睛，拿出了一个薄薄的、好似活页夹的东西，问道："请先告诉我您的姓名、住址和职业。"

虽然磐田的用词很礼貌，但对于直到昨天还辗转于各家各户，对人低头哈腰的贤一而言，他的语气听上去十分傲慢。

"等一下，能不能让我先和妻子见个面？"

磐田把手里的圆珠笔放在活页夹上，身子微微后仰，椅子发出了"嘎吱"一声。

"问询结束之后应该可以让你们见面，但我也不能保证。请先让我把基本问题问完，请你配合工作。"

他的语气里完全没有请求的意思。贤一只好点头。

"那么，先从姓名和住址开始。"

贤一认真地回答被问到的问题，磐田则在活页夹上记下几笔，这大概就是传说中的"笔录"吧，也许以后会用作证据。

贤一一边回答着不知跟案件到底有什么关系的问题，一边在脑海中想着，伦子把人殴打致死，那人是南田隆司常务，地点还是在自己家里。这一切令他难以相信。不，这一切实在太过离奇，已经超越了信与不信的程度，贤一甚至连想象都想象不出。

就在贤一恍惚出神时，对方问到了与他工作相关的具体事项。

"你现在在总部位于仙台市的一家名叫'东北诚南医药品销售'的公司工作，不过准确来说，你隶属于位于东京的'诚南Medicine'总部的营销一科，现在只是暂时借调。"

贤一没有谈及被借调的详细情况，只简单地说明了调动之后的工作。

"稍等一下。你刚才说的借调的原因，该不会就是去年曾经在周刊杂志上轰动一时的行贿事件吧？"

如果不是专门负责经济犯罪的刑警，照理来说不会那么快地联想到那件事。看来警方多少已经进行过一些事先调查。

"我不觉得那是什么'事件'——那件事与这次的案件有关系吗？"

"抱歉，我们必须把大大小小的问题都问到，毕竟被害人是全国知名大企业的常务。"

磐田刑警要求贤一把"行贿事件"之后发生的事再说得详细些，贤一便尽力不带个人感情地叙述了事实。

"我先要重复一遍，那不是什么'事件'，依我的理解，那不过是法律手续上的一次疏漏。公司内部的决定是，对我、部长及科长追究作为实际执行者的责任。这是企业统治和内部统一管理的一环，而并非只是为了对外做个样子，或表示确实有人遭到了处罚。"

贤一故意用生硬的词语说明，对方果然立刻厌烦起来。磐田刑警忍下哈欠，用指尖擦了擦眼角，又"噜噜"地挠了挠太阳穴附近。

"原来如此……这样的话，你有没有因为自己成了牺牲品，而对公司抱有恨意?"

"没那种事。"

"为什么?一般不都会怨恨公司吗?"

"我没有怨恨公司的理由。"

"谁都不恨?"

磐田似乎想引导贤一说出他对某人怀有恨意。

"当然。这是董事会决定的事情。"

"你妻子呢?搞不好她比你更生气吧?"

"她……"贤一说不出话。

贤一没有考虑过伦子的心情,不,是他刻意不愿去想。确实,伦子有可能对公司抱有恨意。然而即便如此,事到如今突然把公司的董事杀死,这也太过跳跃了。

不过对于伦子来说,除了隆司是丈夫所在公司的董事以外,她与对方还有过其他接触。警察似乎还没有发现这一点。

"她是不是对你的公司怀恨在心?"

"不知道,我不记得她这么说过。"

磐田看了看贤一,沉默了一会儿后说了一句"这方面暂时先问到这里",接下来转而问他最近隔多久回一次家,以及与妻子及家人联络的频率等。在贤一老实回答自己和家人的关系正在渐渐疏远之后,磐田终于露出了一丝有人情味的笑容,说道:"看来在所有家庭里,父亲都会受冷遇啊。"

以此为契机,贤一开始对磐田发问。

"可以告诉我一件事吗?"

"什么事?"

磐田刑警把紧紧握着的圆珠笔放下,又靠在了嘎吱作响的椅背上,挑起肿眼皮看着贤一。

"刚才您说我妻子伦子把人殴打致死，这里是不是有什么误会？会不会只是事故？那个……该怎么说呢，假设真的是伦子杀——导致了他的死亡，会不会也只是失手？"

贤一嘴里有两次差点儿蹦出"杀死"一词，又咽了下去。

杀人一事已超出想象，杀人的手段更是让贤一难以相信。先不管隆司为何会造访自己家——也可能是为了传达复职的内部通知吧——两人竟因某种理由发生口角，进而扭打在一起，伦子更是把人殴打致死，贤一终究无法将这一形象和妻子的形象重合在一起。

"基本可以确定南田隆司是被殴打致死的。"

"我妻子她力气很小，连果酱瓶的盖子都打不开……"

"关于这点，我还专门让他们打印了这个。"

说完，磐田便向贤一展示了一张照片，是一瓶还剩三分之二的洋酒。贤一还在努力辨认，磐田已开始说明。

"凶器可能就是这个威士忌酒瓶——呃，好像是'拉弗格'？艾雷岛纯麦威士忌……我们这些人，素来与这种高级酒没什么关系，还是第一次听说这个牌子。"

贤一对酒也不熟悉，但"拉弗格"还是知道的。因为招待客户时总要带他们去酒吧。

"拉弗格"是艾雷岛的苏格兰威士忌代表品牌，定价五六千日元。当然，如果在有女孩子的店点上一瓶，估计要花几倍的价钱。比起价格，最初涌上贤一心中的念头是："这实在很像南田隆司会喜欢的酒"。

"这瓶酒，是你喝的吗？"

贤一摇了摇头。

"不，我没有印象。"

"那大概是你妻子喝的吧。一流企业真是不一样，丈夫被调到外地工作期间，妻子居然和丈夫的上司一起喝高级威士忌。是不是之后起了什么男女纠纷啊？"

贤一感到血涌上头，两颊火热。

"你这话有点失礼了吧？"

贤一本想还击，却在最终关头忍了下来。并不是因为害怕，而是他的眼前突然浮现出一副光景。

"说到单一麦芽威士忌，果然要数'拉弗格'啊"——贤一眼前浮现出用广口威士忌杯喝了一口酒后，一脸得意地吐出这句话的隆司的样子，仿佛亲眼所见一般。而隆司对面的伦子低着头，无法辨认她脸上的表情。隆司摇响杯子里的冰块。

"你丈夫呢，他喝什么酒？大概是从哪个酒窖直接采购的酒吧？"

"不，他喝烧酒或酒精饮料。"不知为何，伦子看起来有些羞愧。

"烧酒？你说的该不会是那种论升卖的酒精吧？"

伦子的头垂得更低了。

快停下——

这种对话不可能发生过。说到底，自己会想象这种事，本身就是对伦子的冒犯。

磐田以不怀好意的语气发问："你想起什么了吗？"

"拜托了。"

"什么？"

"请让我和妻子见一面。"

无论如何，贤一还是想直接向伦子本人确认到底发生了什么。

磐田刑警扭了扭粗壮的脖子，发出"咯吱"的声音。

"我都说了啊,藤井先生……"磐田的话刚说到一半,响起了敲门的声音。

10

不知是不是心理作用,贤一听到磐田小声地"啧"了一声。之后磐田咳了一下,并回答"请进"。一个男人进了屋。

"我来晚了。"男人几乎面无表情,轻轻点了个头。

"啊啊,嗯。"磐田也冷淡地回复。

"我姓真壁。"

迟到的男人报上了名字,对贤一出示了证件。他的动作很慢,贤一还看到他的名字叫"修",等级是"巡查部长"。

真壁自行拉开折叠椅,放在离磐田略远的地方。三人对坐,像电影里对峙的三方。

真壁看起来三十五岁左右,似乎不太注重穿着打扮。他一身黑色西装,没打领带,头发半长不短,疏于打理。

"他来自警视厅搜查一科。"磐田补充了一句。

真壁刑警那细长的眼睛眼神锐利,他看了贤一一眼,立刻看向手边的资料。

贤一掏出手帕,意识到从昨天开始就一直在用这条手帕时,又把它塞回了口袋。虽然这间屋子里暖气不算太足,但他的脖根已经渗出了汗水,白衬衫变得又湿又黏。

刚才的话题被来人打断,磐田似乎不太高兴,他开口道:"怎么样,对于我刚才说明的内容,你有什么异议吗?"

贤一马上回应:"我想知道更详细的情况。如果能告诉我更多细节,搞不好我能再回想起些什么。"

磐田板着脸，小声地嘀咕"真麻烦啊"。但他的态度和刚才有些不同，大概是受真壁登场的影响。

在一旁聆听的真壁刑警身体微微前倾，突然开口道："要不然让我来说明吧。"

磐田一脸惊吓地瞪向真壁，又看回贤一。看起来这两人的关系不太融洽。

"还是我来说明吧。"

磐田叹了口气，装模作样地看了看手表，开始进行说明。

"昨晚八点零六分，我们接到藤井伦子的报警电话，她本人交代说在自家将人殴打成重伤，有可能已导致对方死亡——"

"请等一下。"贤一有些激动，"您确定我妻子她说了'将人殴打成重伤，有可能已导致对方死亡'？没有错吗？"

磐田脸上露出明显的不悦，似乎是因为那一句"没有错吗"。

"你什么意思？"

"抱歉，我不是在怀疑警方，只是我无法相信她说过这些话。"

磐田刑警瞬间瞪大了眼睛。

"你听好，我们有很多事要做，是你非要问，我才像现在这样向你说明案情。你一会儿'没有错吗'，一会儿'难以相信'，这样很浪费时间，不如别再继续下去了，你觉得呢？"

见对方突然愤怒不已，贤一也只好道歉。

"啊，我很抱歉。"

"这可是在调查杀人案件，必须尽快查明真相，这种时候还叽叽歪歪，一会儿要证据，一会儿又要准确的记录，根本没法解决问题嘛。说到底，我压根儿没义务向涉案人员解释案情啊。"

"涉案人员？我是涉案人员吗？"

这时真壁刑警轻咳了一声。磐田略作停顿,又立刻接着说了下去。

"总之,你是嫌疑人的亲属,关系紧密。而且,听好了,你妻子可是自己招供她杀了人,这点你不要忘了。"

磐田说话时,唾沫多次喷到贤一的脸上,贤一只得用已有些潮湿的手帕抹去。

但磐田刑警突然激动的样子,让贤一感到很疑惑。

磐田说得面红耳赤,每次喘气时肩膀都会跟着上下起伏。看着他的样子,贤一觉得似乎有点表演的成分。

另一方面,磐田怒吼时,真壁刑警仿佛突然笑了一下。贤一本以为他会帮忙劝解,然而他只是面无表情地继续观察着。

也许这个从警视厅来的真壁,只是负责在场旁听,并不用参与办案。

"打断你说话了,实在抱歉。"

贤一又一次低头道歉之后,磐田才仿佛终于收起了怒气,他把手肘撑在桌子上,继续说明。

"反正,接到报警之后,我们联系了急救人员,地区科的警官和救护队几乎在同一时间到达。被害人当时已处于心肺停止工作的跳动状态,之后被送去医院,确认死亡。由于藤井伦子在回答问讯时承认了罪行,我们便把她作为涉嫌杀人未遂的现行犯逮捕。接下来要进行被害人的遗体解剖,想来应该是当场死亡。估计嫌疑人的身份过不久也会有所变化。"

"你的意思是,从嫌疑人变成'杀人犯'?"

不知道是不是因为不能明确回答的缘故,磐田只是暧昧地点了点头。

"就目前掌握的情报,嫌疑人报警前后只和两人联系过。她先给妹妹泷本优子打了电话，然后拨打一一〇报警电话，之后给你发了条短信。"

妻子在联系自己之前先去找妹妹商量了……

这大概也是没办法的事，毕竟"远方丈夫不如近邻妹妹"。

"至于她给你发的短信内容，我们已经确认过了。"

磐田说完这句话后，真壁突然插了一句。

"打断一下。藤井先生，你看了那条短信后有什么感觉？"

"怎么说呢，妻子居然发了条不知所云的短信，我当时感到很惊讶。我想她应该是被什么事吓坏了。"

"原来如此。"真壁点了点头。

"是吗？"磐田插嘴道，又左右扭了扭脖子，发出"咯吱"声，"她的行动可是很冷静呢。还知道洗衣服。"

贤一听罢马上应道："那个，也许这只是外行的想法，但她既然知道洗衣服，是不是能证明她被吓得不轻呢？通常，刚把人殴打致重伤，甚至可能死亡的情况下，应该不会悠闲地洗衣服，而是会逃跑吧？"

磐田回答道："她可不是悠闲地洗衣服哦。根据现场报告，警方赶到时洗衣机还在运转，里面正在洗的是溅上了血的牛仔裤和毛衣等，据说都是嫌疑人本人的衣物。这些之后还会进行确认。而且，查出嫌疑人使用了含氯漂白剂的痕迹。"

"那是……"

"是用来清除血迹的化学试剂。'鲁米诺反应'，这个名字你至少应该听说过吧？网上似乎流传着'只要使用含氯漂白剂，就能逃过鲁米诺反应检测'的假信息。"

"确实能清除血迹吗？"

面对贤一坦率的提问，磐田苦笑着摇了摇头。

"作为警察，其实我不想说得太仔细。简单来说，这么做的原理是，通过更强烈的化学反应，使得血液检测无法顺利进行。但是靠鲁米诺反应查案已经是很久以前的事了，最近的调查方法更加精密，所以这终究是外行的想法。"

"这我还是第一次知道。"

伦子是不是早就知道鲁米诺反应的事了？贤一试着想象伦子用沾血的指尖操作手机的样子，又马上摇头拂去脑海中的景象。

"不管怎么说，她试图隐瞒血迹，这点肯定没错。对了，洗衣机运转时，她还用洗涤剂清洗了凶器，也就是酒瓶，还有两只酒杯。不过不知道是不是时间来不及，我们还是从上面检出了嫌疑人和被害人的指纹——"

"磐田，别说得太具体。"真壁插话道。

磐田的脸一下子变得通红，眼神却锐利地看向贤一。

"嗯，事情就是这样。这下你满意了吧？"

"我妻子她现在是什么情况？她该不会想不开自杀吧……"

磐田飞快地瞄了一眼真壁的脸色，用圆珠笔末端敲了两下桌子。

"听好了，藤井先生。她在被害人的血还没干的时候，就把漂白剂放进洗衣机里，试图销毁证据，这种人才不会自杀呢。更何况我们有人在好好监视她，这点你不用担心。"

警察能如此轻易地断言吗？不是前几天刚发生了一起令世人骚动的事件，连环杀人案的嫌疑人——准确来说应该是嫌犯——在看守所还是拘留室里自杀了吗？然而，此时的贤一无法反驳。

"请问该怎么申请保释……"

磐田发出一声嗤笑。

"能不能保释不由我们决定，而是由法院来判断。不过从通常情况来看，即使能获得保释，也是实际被起诉之后的事。就这次案件来说，应该不会让她保释。"

贤一的法律知识仅限于昨晚在大巴上搜到的内容，他很想问问具体手续，但还是算了。

"说起来，你的女儿，呃，是叫香纯吧？她应该正在接受审讯。你母亲智代……嗯，就没让她来，毕竟有那种问题。"

"那种问题"想必是指痴呆症。不过得知母亲没被带到这种地方盘问之后，贤一的心情多少平静了一些。

磐田又看了一眼手表。

"差不多了吧？接下来就请你详细说明一下昨晚的行动，和谁在一起，和谁打过电话，说了些什么，发过什么短信，多小的细节都不要放过。"

11

贤一从下班后与高森久实在小餐馆喝酒开始说明。

虽然他特意强调高森只是"同事"，但不出所料，警察并没有就这么放过他。磐田立刻追问："和比自己小一轮的单身女性单独去小餐馆？真令人羡慕啊。也就是说，案发时，你们夫妇俩出于偶然，同时在与其他异性喝酒。不对，不应该说是偶然，没准儿这就是你们的日常生活？"

"我们不是那种关系。"

"'那种关系'是什么关系？我只是说你们夫妇在和别的对象喝酒而已啊。"

"不，我的意思是，至少我并没有出轨的想法。"

"你说你没有，那就是你的妻子可能有？"

这大概就是所谓"你说东，他偏要说西"吧。

"我相信我妻子也没有。南田常务是我公司里的领导，应该是有什么事情才去我家的。"

磐田瞥了一眼真壁，然后说道："刚才我也说了，现场有两个还装着半杯酒的酒杯，上面验出了指纹，现在应该在做唾液鉴定。究竟一位公司高管是出于什么原因，晚上八点跑到在外地工作的职员家里，和他的妻子一起喝昂贵的威士忌呢？"

——我马上就会把你调回总部。

——你去参加一个走形式的内部研修，然后就把你升为科长。

南田隆司常务曾在高级餐厅说过的话在贤一的脑海中浮现。

如果说伦子真的对常务起了恨意，那只可能因为她出于某种原因，知道了那天两人的口头约定，并认为常务毁了约。可自己从没对伦子提过这件事，而且就算伦子知道了，也不至于会怨恨到把对方打死的地步。

此时贤一最捉摸不透的是常务为什么会去自己家？是伦子叫他去的，还是他自己主动上门呢？

"有什么问题吗？"磐田瞪了过来。

"没，什么事也没有。"

还是不要说多余的话了。

"那么，你和这个名叫高森的女性是什么关系？"

贤一再三强调他们只是单纯的上下级关系，那天是第一次一起出去吃饭。

接着贤一叙述了在店里接到妻子的短信，马上打去电话却无人接听，之后和妻妹聊了几句后，坐上出租车又搭夜行大巴赶回东京的全过程。磐田没多询问，他也就没提大巴车票是怎么买到的，生怕提到后又因为细枝末节惹人猜疑。

"也就是说，你在知道发生了杀人案件——啊不对，还只是有嫌疑。唉，算了，你在还不确定是不是有人死了时，就采取了行动，对吧？你的直觉可是让刑警都相形见绌啊。"

"应该说我有所预感吧。"

"要是预感都能这么准，我们的工作也就轻松多了，你说是吧？"

贤一在心里叹了口气，放弃对自己昨晚的心境进行辩解，反正说了也是白说。

这位名叫磐田的刑警似乎欠缺与人冷静对话的能力，又或者——这种可能性似乎更高——他是在故意惹怒贤一，等待贤一露出破绽。也有可能是为了向从警视厅过来的那位刑警表明某种态度。而真壁刑警则在两次插嘴之后没有任何反应，连笔记都没有再写，仿佛正在脑海中背诵圆周率一般。

无论如何，如果说什么都会被顶回来，那还是什么都不说为好。

等到贤一终于看到解放的希望时，时间已经快到正午。

出门前，真壁刑警对贤一说："你妻子她暂时要被拘留在警署，今天一早她也接受了审讯。"

贤一瞥到磐田正在真壁身后瞪着他。真壁还在继续。

"之后我们也许还会找您问话。另外，您这两三天还不能回家，如果实在有事，请告知现场的警察，千万不要擅自触碰或带出物品。"

"两三天？我知道了。"

磐田插了进来。

"决定住处后告诉我。"

"那个，我女儿在这里吗，能让我和她见面吗？"

磐田回了句"稍等"后走出了房间，又立刻回来了。

"她比你早一步结束审讯，已经回去了。"

"哦。"贤一无精打采地回应之后，离开了警署。

贤一抓着扶手走下警局大楼的楼梯，看到坐在大堂入口附近长椅上的妻妹优子后，才稍微安下了心。但香纯不在。

看到贤一的身影后，优子立刻站起身，举了举手。她穿着黑色高领针织衫，外面套着同样是黑色的短款羽绒服，下身是紧身牛仔裤和长靴。

毕竟她和伦子是姐妹，两人长得很像。但若把五官单独拆开看，两人还是有很大的不同。

伦子今年四十一岁，依然光彩照人。贤一在调动到外地之前的小型送别会上还被同事揶揄，"把那么漂亮的老婆留在这里，肯定很不放心吧"。

而优子的外表更加引人注目。伦子总体来说给人以日本传统美人的稳重印象，优子则轮廓深邃，长相华美，像最近流行的混血艺人。

贤一听伦子说过，优子青春期时曾因自己和父母姐姐都长得不像，而认真地怀疑自己是养女，或从别处捡来的孩子。虽然在别人看来这是奢侈的烦恼，但对于青春期的少女来说，或许是有关自我认同和身份认同的大事。那时优子还因此对父母和姐姐采取反叛态度，甚至差点儿误入歧途，不是随便笑笑就能过去的事情。

伦子将此称作"养子症候群"。

眼下，优子那端正的容貌显得有些僵硬，这自然不单是因为寒冷。

"姐夫,你还好吗?你的脸色好难看啊。"

"有点睡眠不足。不说我了,优子你也来接受问讯了?"

"嗯。我发短信跟你说过了啊。"

贤一这才从挎包里取出手机,打开电源。他感到有些体力不支,在大堂的长椅上坐了下来。

确实收到了四条短信,都是优子发来的。

"抱歉,刚才没开机。"

"没关系。警察问了些什么?"

"一句话也说不清楚。唉,总之说了很多令人不爽的话。"

两位穿制服的警官经过,两人都瞟了优子一眼。

"我也是啊,问到一半还和他们吵起来了。他们说什么姐姐和那个叫什么南田的男人有不伦关系——怎么了?"

优子发现贤一突然用手托着额头。

"优子,我问你一件奇怪的事。"

"什么?"

"万一伦子真的出轨了——"

"喂!"

和贤一同坐在一张长椅上的优子转过身,面向贤一。

"姐夫,我可要生气了。要是连你都不相信姐姐,还有谁能相信她呢?"

"不,我当然相信,也想要相信,但如果那两人之间没什么关系,又怎么会变成现在这样呢?为什么常务会去我家喝酒?如果他真的是被威士忌酒瓶殴打致死,到底是谁干的?如果是其他人干的,为什么伦子会说是她干的?哦对了,归根结底,伦子真的说了是她干的吗?"

贤一陷入混乱,具体想表达什么都说不清楚。

虽然优子在贤一说出"出轨"一词时脸色大变,但她似乎也理解贤一的苦恼。她看了看四周,语气和缓地说道:"我们走吧,我不想待在这种地方。"

贤一点了点头,站起身,走向建筑物大门。

为缓解刚才的尴尬,他勉强寻找着话题。

"还害你请了假,真是抱歉。"

"这么见外,这不是当然的吗。那个,姐姐被带来之前,我给她拿了些换洗衣物之类的必需品。虽然有的东西被退了回来,但目前应该够用了。"

"太谢谢你了,我都没能顾上这些。你见到香纯了吗?"

自动门开启,二月的冷风立刻将贤一发烫的脸颊冷却。

"她先回去了。"

优子轻巧地回答并走下楼梯,贤一走在她的身后。

"回去了?"

"她也从一早就接受了审讯,刚才我在大堂遇到她,问她'要不要和你爸爸一起回去',她说'我要去朋友家'。"

贤一的脑海中浮现出香纯板着脸、边玩手机边离开的样子,先是感到愤怒,又立刻变成了悲伤。是否真像高森久实所说,这个年纪的孩子就是这样呢?还是说有什么其他原因,令她对自己厌恶到如此地步?

"真是无法理解啊。"

"她是因为太不安了。"

贤一看到优子的红色小轿车停在不远处。优子解除了车锁,贤一在她的催促之下坐进了副驾席。

"要是那样,她就更应该待在这里了。再说,对于今后的事,我们有必要一起商量。她到底在不满些什么啊?!啊,抱歉,就算对你发脾气也没用。"

"没事。香纯也受到了很大的冲击,毕竟伦子是她的母亲,估计她也无法接受这一现实吧。"

"也许吧,但是……"

贤一想劝自己也许香纯就是那么想的,但还是无法接受。母亲因为杀人嫌疑被逮捕了,居然还是以反抗父亲为优先,难道这就是十五岁小孩的做法?

说到这个话题,贤一想起来,不知是不是因为姨母和外甥女比较相像的缘故,香纯也受过"养子症候群"的洗礼。

香纯小升初时,曾有一段时间不愿和贤一说话。据伦子说,她似乎认定自己是从别处"收养来的孩子",觉得父母并不是真心爱她。

虽然伦子苦笑着说"谁都会在不同程度上经历这个阶段",但贤一就没有类似的经历。他记得自己当时还想着,搞不好男孩和女孩在青春期需要跨过的门槛不同。

优子叹了一口气。

"唉,姐夫,现在最好不要花力气思考多余的事。之后我会去问她朋友的联系方式——说起来,律师的事你打算怎么办?"

"律师?啊,对了,还得准备这个。"

对于今后需要做的事,明明贤一在无法入眠的巴士之旅时思考到了想吐的地步,可一到关键时刻,却完全发挥不出来。

"我也不愿相信,但既然姐姐说是她自己干的,应该不会被立刻释放。"

"警察也是这么说的。"

伦子虽然不会八面玲珑地对所有人散发好意,但会对她信任的人非常细心。和温和的外表相比,她的内心非常强大。优子则更善于交际，对人很亲切，同时是个行动派，个性强硬。身边的人都明白，"内心强大"和"个性强硬"这两种相似却不同的性格，分别体现在她们身上。

这对性格不太相像的姐妹，每到关键时刻就很团结，两人都比贤一可靠。

"姐夫，你有熟悉的律师吗？"

"没有，只有因为工作见过几面的，都是专门应对企业事务的。能受理个人刑事案件的律师我还真不认识，我还在烦恼该怎么办呢。"

优子点了点头。

"我之前查了一下值班律师制度，还没办手续，想着先和姐夫你商量一下。"

"真能干啊。"

"我上学时有过一段叛逆期，给姐姐惹了很多麻烦，她那时经常袒护我，所以，现在正是我向她报恩的时候。"

对于独生子贤一而言，这种关系让他有点羡慕。

"真是帮了大忙。不过安排律师这种事，还是让我来做吧。"

"这时候就别再客气了，我来打电话，必要的话我会过去办手续。另外我朋友的朋友有当律师的，不知道接不接刑事案件，我已经去问了，还在等回复。打官司这种事，还是让同一个律师从头负责到底比较好。"

"这也太给你添麻烦了。"

优子噘起嘴说了声"真是的"，又说道："别啰唆了，现在哪里是说见外话的时候啊，伦子可是我的亲姐姐。而且对姐夫你来说，事情应该更严重吧？虽然直到现在我都觉得是哪里出了差错，但眼下的事实就是，姐姐杀死了你公司里的领导。想想之后的事，可能不管有几条命都不够，光是应付媒体就会很辛苦吧。"

优子说得没错。媒体固然恐怖，但更严重的还是公司那边，想必已经乱成一团了吧。

松田分店长肯定正在歇斯底里地咒骂他。然而更重要的是"诚南Medicine"那边。

不知道公司有没有召开临时董事会。隆司的哥哥南田信一郎是前任专务，想必已经接到了报告，或许已经坐上了回日本的飞机。隆司的父亲，"诚南的天皇"南田诚会长想必已陷入狂怒，隆司的母亲，"女帝"乃夫子也是一样吧。

"喂，姐夫，虽然这时候说这种事有些失礼，但你最好换一下衣服。"

"啊？啊啊，是哦。"

不用优子说，贤一也知道自己的样子看起来很糟糕。西装外套和白衬衫都皱皱巴巴，衬衫和内衣从昨天早上就一直没换，也许是因为反复出了几轮汗的缘故，连贤一自己都能闻到臭味。

"总之，先离开这里吧。"

优子发动引擎，眼底也渗出一丝疲惫。

12

二人乘坐的小车开出了警署。

外面的景象真是了不得，在警署时，贤一还觉得与平日没什么不同，现在他才知道，那是因为敌人被挡在了外部。

门外两边的道路上停满了车窗覆着黑膜的面包车。一群人一拥而上，兴奋地拿着相机冲过来，一看就知道是媒体的人。

"请问你们和藤井伦子是什么关系？"

隔着窗户都能听见他们的喊叫声。

"没关系!"优子吼了回去,按响了喇叭。

"差不多可以抬起头了哦。"

开出数百米之后,优子开了口。与此同时,贤一的手机响了。

贤一看向来电显示,是高森久实的私人电话。

"我是藤井。"

"啊,代理?终于和你联系上了,我好担心啊,给你打了好多次电话都不通。"

从背景音来看,高森应该不在公司。

"不好意思,我既要见警察,又有各种事情要办。"

"警察也到我们这里来了,还有电视台之类的也都来了。搞不好我会在深夜的新闻节目上露脸呢。"

警察还好说,居然连媒体都找了过去,这令贤一感到有些惊讶。

"抱歉,给你们添麻烦了。"

"营业部的人马上都逃跑了,内勤的人根本没法好好工作。不光是电话没完没了,那些电视台的人居然还擅自闯进公司。"

贤一连说了好几遍"对不起"。

"松田分店长说什么了吗?"

"哎哟,他已经焦头烂额了。明明之前还一直在大吼'快给藤井打电话''快联系藤井',等媒体一来,却说什么'藤井是借调来的,严格来说既不是我的部下,也不是我们公司的员工'。"

真是不可思议,在这种情况下自己居然也笑得出来。

"我都能想象出他那副样子。真是抱歉,你能不能帮我转告分店长,我过后会给他打电话?如果我现在直接跟他说,估计彼此都会感情用事，不会聊出什么好结果。"

虽然贤一觉得自己把一件讨厌的差事推给了高森，但高森不知道是不是以被卷进事件为乐，用明朗的声音回答"我知道啦"。

"还有，夜行巴士车票的事，真是谢谢你了。帮了大忙。"

"那种事没关系。我可是站在代理先生这边的。"

本以为高森又要提起那个话题，但她似乎也觉得眼下实在不太适合，只说了一句"请加油"就挂断了电话。

贤一在心中感叹，幸好高森没在警察在他身边时来电。同时他又突然产生了一个疑问，明明自己连嫌疑人都不是，为什么媒体会这么快地知道他的上班地点呢？

"那么，接下来该怎么办？"优子看向贤一。

"我想先和我母亲谈谈，还有香纯，虽然有些烦人，但我还是想和她谈谈，我怕她会做出什么轻率的举动。"

"香纯我觉得应该不用担心。至于伯母那边，待会儿我们就过去吧。还有，稍等一下。"

正好到了等红灯的地方，优子迅速打了个电话。

"喂，你好，是我——嗯，刚出来了。你爸爸也在。"

贤一用嘴型问："香纯？"优子把手机放在耳边点了点头。

"你现在在哪里？哎？新宿？可是……"

贤一把手机从优子手中夺了过来。

"香纯，你在哪里？没事吧？在这种时候……"

电话"嘟"地切断了。

"真是的，都说了你那么说也没用。"

"抱歉，我没忍住。"

"我也有过和她相似的经历。那个年纪的孩子，只要大人一搬出什么常识或理论，就完全听不进去了。"

"是啊。"

就算在这里和优子争论也没有用。

"没关系,香纯是个好孩子,你就相信她,放她去吧。之后我会照顾她的。"

"拜托你……麻烦了。"

虽然贤一的担心并没有因为优子会照顾香纯的事实而消失,但现在也没有别的办法。

由于两人都没什么食欲,也不想去外面吃饭,就去大型超市买了便饭和贤一的替换衣物,来到优子的公寓。

优子独居的公寓虽然从布局来看是1LDK[①],但结构宽敞,很有开放感,贤一曾与伦子来过几次。

"你家还是这么漂亮。"

优子的家里布置着几乎横跨了整面墙的樱桃木餐具架,高度不高,里面陈列着杯子和餐盘,仿佛高级餐具店的陈列柜一般。

据优子本人说,这些餐具是她在"工作告一段落"或"想奖励自己"的时候一个一个买下来的。牌子好像是一个冗长的带外国城市的名字,但贤一一时想不起来。可能是因为他对此没什么兴趣,一开始就没记住。

贤一先借地方冲了个澡。他把热水温度调高,用最强的水流冲洗肩膀和脖颈,感到停滞的血液又流淌了起来。

贤一迅速换上了刚买的衣服。优子又递来一件男装针织衫,他也听话地套在了身上。

"我先吃了。"

优子坐在客厅中心的矮桌旁,一边吃着三明治,一边操作笔

[①] LDK 代表 Living Dining Kitchen,即室内布局有客厅、餐厅和厨房。LDK 前面的数字为居室数目,1LDK 代表有一间卧室,以及客厅、餐厅和厨房,也是国内常说的一室一厅。

记本电脑。这个桌子也是优子的心头好,桌板由厚度近五厘米的纯色樱桃木制成,据说为了配合这个房间裁成了较小的尺寸,做了倒角处理,并且安装在特别定制的桌脚上,和陈列柜采用了统一的材料,看上去非常时尚。

操作着电脑的优子突然脸色一亮。

"哎,那边说能受理。"

"什么?"贤一从矮桌的另一边问道。

"刚才我说的那个律师。据说他曾经多次主动担任国选辩护人,也接过很多起刑事案件。"

"是吗?那真是太好了。"

"如果还是要找值班律师,那就由我来处理手续方面的事。但如果今后要一直委托这位律师,那姐夫你最好也去打个招呼。"

"那是当然。你把他的事务所地址告诉我吧。我会去拜访他。"

"那我问问对方的情况。"

优子开始"哒哒"地敲击键盘。

贤一想随意看看外面的景色,便站起身走到面向阳台的窗边,拉开了窗帘。从三楼望去,外面的景色看得非常清楚。

隔着一条窄路的对面是一排排独栋建筑。在早春的微弱阳光中,可以看到零星几个路人因寒冷耸起肩。云层厚重下坠,仿佛快要下起雪来。

从这里看到的每扇窗里的人,路过的车中的人,以及快步走过的路人,都有各自的生活,然而在这其中,有与现在的自己境遇相同的人吗?

简直就像在沉重阴湿的雨夹雪的夜里,被迫赤脚站在路上一般——

一想到这里，贤一突然回想起在夜行巴士中感受到的寒冷，搓着手坐到了优子的对面。

"像这样写下清单一看，要做的事像山一样多啊。"

"哎，优子。"

"什么事？"优子依旧看着电脑屏幕回答道。

"刚才我也问过类似的话，最近我们家人过得怎么样？"

"又是这个问题？"

优子稍稍瞪了贤一一眼，眼里还有一丝同情的色彩。

"我可是忍着羞耻才问你的，最近我和家人几乎没什么交流，特别是被借调之后，不知为何与家人的关系变得很别扭。在这次的事情发生之前，我也就是年末年初的那几天回过家而已。该怎么说呢……"贤一差点儿就把"和伦子也什么都没做"的事说出口，"就只是'回到了家'而已。香纯也是那副德行，根本不是大家一起围在桌边悠闲过年的气氛。"

"从某种意义上来说，这也是没办法的，不是吗？你一个人去外地负责还不习惯的工作，哪里还顾得上家里的事。"

"我觉得就是因为我有这种依赖心理，才会把那种状态的母亲交给伦子照顾，也没有好好对她说出抚慰的话。"

为了照顾智代，伦子辞去了之前的工作。虽然只是非正式员工，但她很喜欢那个杂货店副店长的工作。

虽然他们是夫妇，但伦子也有可能对他心生怨恨。

"我知道你的意思，但不知道你想表达什么。"

优子轻轻地耸了耸肩。和伦子相比，她有很酷的一面。也许正是出于这个原因，贤一总会和优子商量夫妇之间的事。

"反正，还不知道这些事情与这次的麻烦有没有关系。"

优子皱起精致优美的眉毛。

"你的意思是,姐姐是因为对丈夫不满,所以才杀害了丈夫的上司?"

"不,我不是这个意思。"

虽然贤一慌忙否认,但如果把自己的发言按字面意义解释,确实和优子说的一样。不行了,头脑一片混乱。

"姐夫,你看起来很疲惫啊。"

贤一诚实地点了点头。

"在巴士里基本没睡着,感觉大脑的核心部分仿佛在晃来晃去。"

"要不要睡一会儿?"

"我是很想睡,但估计睡不着。"

优子点了点头。

"假如,我是说假如哦,假如姐姐真的打了那个人,不是也有正当防卫等可能性吗?何况她肯定没有抱着什么杀意。姐夫刚才的那些话,千万不要对除我以外的人说。毕竟要是把家庭内部的问题讲出来,不是正中了警方的下怀?"

确实,优子说得没错。

尽管如此,为什么南田隆司常务会在那个时间造访我们家,伦子又为什么会把他迎进门,和他一起喝威士忌呢?关于这点,别说推测,就连突破口都没有。

"总之,那种事现在就别提了,得尽快决定今后的事,首先就是律师的问题。"

"是啊。"

"现在我在等待对方回复预约见面的日期。"

"谢谢。"

关于律师费用的问题,优子也已经调查了大概金额。

"初始费用应该在三十万至五十万日元,不用非得在今天付款。"

"知道了,我来准备。"

至少存折、印章和信用卡之类的东西,警察会还给自己吧。

"不知道伦子现在怎么样了。"

贤一只是因顾及伦子的安危随口一说,没什么深意,却得到了优子的回应。

"我调查了一下,被拘留的嫌疑人受到的对待似乎很令人震惊。你想听吗?"

"我不想听。"

关于这点,贤一也在失眠的巴士上查过。那时他搜了搜被逮捕和拘留后的手续,网上出现了详细的记载,他一不小心,就点开看了。

首先一上来就要以全裸或近乎全裸的姿态接受检查。不用说,警方为了检查嫌疑人是否隐藏危险物品或药物,会把全身上下有藏匿可能性的部位都进行检查。就连上厕所时,嫌疑人也完全没有隐私可言,还要被警察以编号呼来唤去,人身自由会被彻底限制,几乎和服刑犯的待遇相同。明明还没有被起诉,甚至还不是被告人。另外,拘留所里的餐食也十分朴素,换洗衣物的种类也有限——

从昨晚收到奇怪的短信到回到东京为止的期间,贤一的脑海里一直强烈地盼望"是哪里出了错"。然而眼下伦子已经被关进名为"拘留所"的地方,明明还没有被起诉,却已被当作服刑犯对待。

光是想象伦子的样子,贤一就感到胸口仿佛被揪紧。万一这一切都是误会,她该有多么不甘——

嘟——嘟——

"……姐夫，姐夫！"

"——啊？啊啊。"

"你手机响了。"

贤一急忙取出手机，上面显示的是他无法忘记的"诚南Medicine"的公司内线号码，而且还是董事办公室所在楼层的号码。贤一的心脏重重地跳了一拍。

"不好意思，我接个电话。"

他一边站起身走向玄关，一边接通了电话。

"喂？"

"是藤井代理分店长吗？"

"是的。"

"请您等一下。"

心跳得更快了。

"我是南田。"

"啊，专务。"

果然是南田信一郎。虽然贤一有些在意会被起居室里的优子听到，但音量还是不由自主地大了起来。

"这次的事我真的非常……那个，该怎么说呢……"

"现在就别说这个了，而且我已经不是专务了。比起这个，我让手下问了酒田的公司，他们说你已经回到东京了？"

"是的。"

"现在和警察在一起？"

"审讯刚结束。"

"既然这样，我想尽快和你见个面谈一谈。当然，你可以先配合警察的工作。"

看来信一郎早就回国了。如果他是在接到案件的消息后才从美国出发的，速度也太快了。也许他是因为其他事情——比如决定今后公司体制的重要董事会之类——才回来的。

"我这边什么时候都可以。"

虽然贤一的心情很郁闷，真相也尚不明朗，但无论如何要先向信一郎道歉。

"——那么，今晚五点可以吗？"

"没问题。"

"你现在在哪里？警察肯定不会让你进家门吧。"

"我刚从警察局回来，现在在自家附近的亲戚家。"

"你打算在那里待上一段时间？"

"不。我打算去找商务酒店之类的地方住。"

"你们家似乎离新宿比较近吧？我会让人在新宿西口附近给你找一家城市酒店，稍后秘书会联系你。"

"可是专务，怎么能连那种事都劳您费心……"

信一郎的语气变得有些不快。

"这不全是为了你，还考虑到公司对外的问题和今后的事。"

他大概指的是媒体吧。在听出信一郎似乎快要发怒时，贤一慌张地开口。

"那个，专务。"

"什么事？"

"那个，该怎么说呢，造成这种事态真是十分抱歉。还有，之前公司内部的调查书也是，我还没和您正式道歉……"

"我说……"

这次信一郎的语气里真的带有了怒意。

"这种事即使现在在电话里说，也于事无补吧？"

"实在抱歉。"

贤一维持着把电话放在耳边的姿势深深地低下了头。然而，电话早就被挂断了。

13

回到客厅，优子正在看电视新闻。

屏幕上映出了自己熟悉的家。这感觉真是不可思议。

违和感还不仅如此。自家的四周拉起了黄色胶带，玄关处不知为何被蒙上了蓝色薄膜。路上全是举起手机拍照的好事者和把他们向外推的警官。一个面熟的记者正一脸兴奋地说着："这里就是案发现场，嫌疑人家。"

和贤一几个小时前看到的景象相比，现在闹得更厉害了。

"这样看来，暂时是无法走近那一片了啊。"

"啊，不好意思。"

优子慌忙按下了遥控器上的电源键，大概是为了照顾贤一的心情。

"不用关啊。"

"看了令人怪不爽的，还是不看了。"

贤一比起习惯，更像是已经麻木，连看这种新闻都不会有什么心理波动。反正事态会自行发展，和他怎么想的并无关联。

"啊，又是我爸妈打来的。"优子关闭了手机电源。

伦子姐妹的父母住在神奈川县横滨市。一开始是优子把这件事告诉了父母，在知道此事成为重大新闻之后，他们似乎来过好多次电话。就算他们现在过来，也只会徒增困扰，所以优子以"会被媒体围追堵截"为由阻止了他们，想来是明智的判断。

姐妹俩的母亲先不提，父亲是个性格十分刚烈的人。在这种情况下，即使被那位父亲责问"你作为一家之主，打算怎么处理这次的事态"，贤一也无法做出任何回答。

贤一接到信一郎秘书的通知，将会在下午四点半派车来优子的公寓接他。另一方面，律师那边还没有联系。

在贤一的要求下，两人决定利用这段时间去看望母亲智代，毕竟如果错过这个机会，以后可能就更难了。

时间刚过下午一点半。他们又坐上优子的红色小汽车，前往日间看护机构。

"也许是我多管闲事，见面之后，你打算和他说些什么？"

优子一边熟练地操纵方向盘，一边歪着头问道。贤一说了声"抱歉"。

"连这种事都要让你陪我，实在对不住但我还是想至少和她见上一面。"

优子在不妨碍开车的前提下看了贤一的脸两次，"嗯嗯"地表示理解。

"不是啦，我说的不是伯母，而是那个南田专务。如果他不需要你向他谢罪，那到底他想打听些什么呢？"

"我反而觉得幸好他联系了我，要不然，还得由我主动申请与他见面。"

"我说，贤一啊。"

伦子和优子虽然是一对在很多方面看似相像实则不同的姐妹，但在对贤一说教时，两人的语气一模一样。她对贤一的称呼也不知何时从"姐夫"变成了"贤一"。

"——别忘了，姐姐现在还没被起诉，甚至还没被移交到检察院呢。就算对方提出要赔偿，也不能轻易同意哦。尤其是在纸上签名或盖章之类的，不管是什么要求，绝对不能照做。"

贤一想起了自己依照隆司的命令写下的自白书。

"太夸张了。我只是出于道义，想和他道个歉而已。"

车子只开了几分钟，便到达了智代所在的机构。

在这栋中等规模的十层公寓里，一层部分是几家出租店铺，其中一家的窗户上贴着"针对痴呆症的老年人看护所·日间护理服务中心太阳之家"这一冗长的横幅。记得这里是把原来一家较为宽敞的美容院之类的店铺重新装修而成的。

幸好没有看到媒体和好事的人。两人把车停在建筑物旁的停车场，在走向入口的路上，贤一对优子拜托道："可不可以再给香纯打个电话或发个短信？虽然她说要去朋友家，但也会给朋友添麻烦吧？"

优子点了点头，立刻发了短信。

"我跟她说了，让她联系我或是她爸。"

"谢谢。"可以肯定的是香纯绝不会联系自己。

两人打开门，在入口处换上了拖鞋。

"您好——"

优子似乎已经来过很多次，没有请人带路，自己径直往里走。

贤一原本担心自己把照顾母亲的事全都推给了伦子，但现在看来，或许在他不知道的时候，给优子也添了不少负担。

走过由观叶植物和齐腰隔板围成的格挡，眼前出现了十几个人。

这里有四张与公司食堂类似的大圆桌，旁边是类似幼儿园游戏室的空间。被照顾的老人有十二三人。桌边坐着四人，其他人在地板上围坐成几个圈，各自玩着游戏。还有四名穿着看护师制服的工作人员。

"哎呀，您好。"

一位丰满的五十岁左右的女性工作人员认出了优子，向她打了招呼。

优子也回了礼，说今天把藤井女士的儿子带了过来。

"初次见面，我是藤井。母亲一直承蒙您照顾了。"

"我是院长德永。这次真是出大事了啊。"

院长把紫色的大框眼镜向上推了推，厚厚的粉底上浮着一层薄汗。

"希望没给您这边添麻烦。"

"添什么麻烦，我们的员工刚才还在说呢，伦子女士肯定不会做那种事的，对吧？我们相信肯定是有什么地方出错了。"

"谢谢。"贤一的头低得比刚才更深了。

在坐在桌边的成员中，贤一发现了母亲智代的身影。她身上穿着白色衬衫，外面套着紫色针织衫，所有扣子都好好地系着。虽然记忆和判断力越来越衰退，但她的习惯似乎还没有消失。

包含智代在内的四人正以两两相对的形式坐着，似乎在玩什么卡片游戏。

"那么，下面是动物。"在员工开口说后，坐在智代对面的女性思考了片刻，放下了一张香蕉图片的卡。

"哎呀，香蕉可不是动物哦。"员工温柔地指出。

既然还能玩游戏，说明智代应该没怎么受到事件的冲击。反过来看，她连这么重大的事件都无法认知，想想也不是什么值得高兴的事。

贤一知道的只有在痴呆症中，阿尔茨海默病是最为常见的病症这一点。

"智代女士。"德永院长呼唤智代,然而她却没有反应。

在德永走近并轻轻地触碰她之后,智代才像吓了一跳一般抬头看向德永。

"——您儿子来了。"

"我儿子?在哪里?"

"哎呀,不就在这里吗?"

德永指向贤一。智代看着贤一的脸,露出了有些不悦的表情。

"真讨厌,就知道说谎。我才不会被你骗呢。"

她一边说着一边回看手上的牌,打出了苹果图片。她似乎能认出每天都有接触的德永。

"哎呀,智代女士,苹果可不是动物哟。"

"香蕉不也是水果吗?"

"现在是要出动物。"

虽然员工这样声明,智代也没有退缩。

"我才没耍赖呢,那个人从刚才开始都耍过好几次赖了。"

智代指向打出香蕉卡的女人。

"我才没耍赖呢。"

"雅美才没耍赖。"

坐在智代的斜对面,将一头稀疏白发梳得整整齐齐的年长男性插嘴说道。他身子坐得笔直,嘴瘪成"ヘ"字,瞪着智代。

"跟隆彦先生没有关系哦。"员工按住了那位男性的手臂。

"我才没耍赖呢。"那个叫雅美的女性抗议道。

"好了好了,各位,这个游戏不是决胜负的游戏哦,要开心地玩。"看不过去的德永插嘴说道。

智代旁边的男性又同时打出了狮子和警车两张牌,一脸骄傲地挺起胸。这下四人吵得更凶，简直一发不可收拾。

德永把其他三人交给负责的员工，用手扶住智代的手臂和腰，令她缓缓地站起身。

"去那边说话吧。"

贤一被领到了一个单间。这里装饰着有些垂头丧气的熊玩偶以及鸟和花的折纸，大概是为了让房间看起来不要太单调。

和在正月见面时相比，智代的症状似乎更严重了。

虽然如此，她还没到走不动路的地步，反而不知是不是因为杂念和烦恼消失的缘故，肌肤的光泽和血色都比贤一的调动刚定下来时更好了。

然而，那时的智代还能隐约地理解"贤一将要去远方"的事，也知道贤一已经不是初中生了。贤一还记得那时她一脸寂寞地不断追问"你要去哪里？""明天还来吗？"，而自己只能闭口无言。

"在去年秋天之前，偶尔还会完全恢复正常，突然问我：'我为什么会在这里？'，令我暗自心惊。"

德永院长在桌边交叉起手指说道。

"最近呢？"

面对贤一的提问，德永轻轻地闭眼摇了摇头。

"最近很少能理解当前的状况，头脑倒是很清楚，像刚才那种游戏的反应也很好。然而，她连不久之前刚发生的事都想不起来。如果让她出'动物'，她会打出'狗'，然而要是之前的人打出了'香蕉'，她便会打出'苹果'。不可思议的是，她能理解这是一个打牌的游戏。而至于贤一先生您，她的记忆估计停在了您上初中或高中的阶段。"

有人说过,"痴呆症就是过去的人生逐渐消失"。

那时贤一觉得这话太过粗暴和冷酷,然而最近却经常觉得这话没错。大概说出这话的人也是基于自己的经验总结的吧。

有传闻说在诚南的内部,已经开始对治疗阿尔茨海默病的划时代新药进行临床试验。虽然只是完全没有任何依据的公司内部小道消息,连传闻都算不上,但如果那是真的,贤一还想过让智代去应征,成为实验者。

新药被承认并被投入使用,至少也要花上数年。在那之前,母亲脑海中的自己会逐渐消失,直至无影无踪——

"太阳之家"通常营业到下午四点半,但院长表示可以收留智代到晚上七点,早上似乎也有看护服务。

"这么说来,刚才……"在贤一要回去时,德永像是突然想起一般说道:"她孙女来过。"

贤一花了一点时间,才把孙女这个词和自己的女儿联系在一起。

"香纯?"

"是的。她来和智代女士聊天,并为她擦拭四肢,然后就回去了。"

刚上优子的车,贤一就忍不住开口。

"香纯那家伙,来就来了,怎么也不说一声。"

"她那是害羞,还为伯母擦拭手脚,多好的孩子啊。不说这个,以后我会在晚上七点去接伯母,让她睡在我的公寓里。隔天早上我会先把她送上晨间看护服务的班车,然后再去上班。"

优子在位于涩谷区代代木的准一流网页制作公司担任设计师,贤一曾听她说过上班时间很灵活。

"真的可以这么麻烦你吗……"

"你刚才不是也看见了，智代可是把你当作陌生人。要是让你们两人住在酒店，那可是会出大事的。要是她晚上醒来后发现旁边有个陌生人，会大闹一场的。"

贤一能够想象，智代应该会乱扔东西或打人。

"在这件事上，你就把我当从小到大的好朋友就好。"

"抱歉，之前也一直承蒙你的照顾……"

"都说了现在不必道谢啦。"

在道谢的同时，对于自己在母亲心里终于变成了"陌生人"这点，贤一的内心涌上一股悲伤。他对着车顶"呼"地叹了一口气。

"坦白来说，在回东京之前，我还觉得自己总有办法能处理这次事件，真是太小看现实了。万一优子你没有住在附近，光是想象事情现在会变成什么样，都让我感到毛骨悚然。我自己一个人，只知道像无头苍蝇一样地乱跑。"

"才不会呢。我早上问过邻居，你不是还因为进入家里的事和警官吵起来了吗？"

"那没什么大不了。"

"不管怎么样，打起精神来吧。现在可不是消沉的时候。"

"好的。"

就在这时，优子的手机响了。

"喂，我是泷本——啊，您好。这次就拜托您了——好的，麻烦了——五点对吧？请您稍等。"

优子把手机从耳朵拿开，看向贤一。

"是白石律师。他说今天五点能空出时间，要是五点不行，就要等到明天下午。"

"这可难办了，我四点半已经有约了。"

贤一指的当然是与南田专务的约定。优子盯着贤一的眼睛看了大概不到一秒，就立刻把手机放在耳旁。

"让您久等了。一会儿将由我来代替咨询。需要我准备什么吗？"

中途两人在贤一自家附近停下车，贤一托优子去问在场的警察能否取出存折和信用卡之类的物品，却被告知那些东西正被保管在警察局，需要办理手续。

现在再办手续已经来不及了。由于优子手上还有现金，贤一只能在无奈之下管她借了一些。

14

到达优子的公寓之后，刚要进门，贤一便接到了一个电话。

是一个陌生的电话号码。虽然提不起劲，但贤一还是接了电话。优子先进了家门。

"喂？"

"我是真壁。刚才我们在若宫警察局见过面。"

听到这个缺乏起伏的声音，贤一立刻回忆了起来。

这是在那个态度自大的磐田刑警旁边基本没有插嘴，只是倾听的刑警。磐田还曾别有深意地加了一句"他来自警视厅搜查一科"。虽然不知道磐田的意图何在，但那两人看起来关系不太好。

"您有什么事？"

"在今天之内，能和您再聊几句吗？"

"我很想配合您，但接下来我已经约好了和人见面。"

"不会占用您太多时间的，马上就结束。"

"我四点半必须待在公寓。现在去警察局的话有点……"

"这点您不用担心,我就在您附近。"

转过身的贤一一下子放下了拿着手机的手,连挂断电话都忘了。

不知道真壁是从什么时候出现在那里的。在公寓入口处,拿着手机的他冲贤一轻轻点了点头。

"我出去一下。"贤一给优子发了条短信,进入了一家从优子的公寓步行约五分钟的由民宅改装的咖啡店。

另一组客人是四名六十岁左右的男性,正热火朝天地谈论旅行的回忆。

贤一和真壁坐在了与他们方向相反的角落。店里放着音量恰到好处、不会妨碍对话的古典乐,应该不用担心对话被听到。

"我真是吃了一惊。"

贤一坦诚地说道。他确实把优子的公寓地点作为今后的住所告诉了警察,然而,真壁怎么知道自己会在几点外出,又会在几点回来呢?

"我并不知道你的出行计划。"

"那你是怎么做到的?"

"我一直在等。"

真壁若无其事地说道。虽然已经过了立春,但现在的气温只有十二三度,不知道他在外面等了多久。

真壁似乎对这种话题没什么兴趣,继续说了下去。

"听说你赶时间,我可以快点进入正题吗?"

"啊,好的。您请。"

"首先,抱歉让您又来一趟。"

"是有什么事忘记问了吗?"

"也可以这么说。"

不对，贤一想着。恐怕真壁是想聊些不想让磐田刑警听到的内容。虽然不清楚详细情况，但总部和地方的刑警或许就像民企的总公司和分公司一样，多少有些摩擦。

真壁打开一本破旧的笔记本式手账，突然读了起来。

"家里出了点麻烦。我衣服刚洗到一半。我跟我妹妹商量，她说直到警察赶来之前还是不要清扫为好，所以——"

和伦子发给贤一的短信正文一模一样。

"刚才对于我的提问，您的回答是对短信内容的不得要领感到惊讶，觉得她应该是被吓到了。请问伦子女士平常是很冷静的人吗？"

"是的。用个在眼下可能不太恰当的比喻，就算手指被菜刀切出了血，她也会默不作声地自己处理，即使我就坐在客厅看报纸也不会发觉。"

"原来如此。不过如果对这条短信进行更仔细的研究，就会发现这可能是一个生性冷静的人为了装出内心动摇的样子故意编写的短信。"

"什么意思？"

"虽然内容有令人读不懂的地方，但用词造句很正确，最重要的是连一处错字都没有。虽然很失礼，但如果是您，能在把人打死之后发出如此冷静的短信吗？"

贤一不知该如何作答。

真壁指出的这一点，其实贤一在最初也感觉到了。

当时贤一就总觉得有哪里不自然，这也是他无法接受现实的主要理由之一。那时贤一没有对原因做深入思考，而现在真壁犀利地指出了这一点。

贤一瞥了一眼真壁的脸,对方依旧是一副读不出想法的表情。

"让您久等了。"

店主端上了咖啡,紧张的气氛在瞬间缓和了一些。

在等待店主把杯子放在桌子上的时间里,贤一的脑海里闪过"一丘之貉"这个古早的成语。

这位名叫真壁的刑警,和上午审讯贤一的磐田刑警给人的感觉很不一样。

磐田经常瞧不起别人——不,应该说是努力做出瞧不起人的态度。但真壁却不会,给人感觉只是在认真完成工作。然而说到底,他也是一名警察。优子也曾劝告过自己,发言要慎重……

突然,贤一眼前的焦点模糊了。

不知是不是暖气让身体热起来的缘故,困意似乎战胜了紧张感。也许是从昨晚就一直持续的紧张状态起了反作用,贤一开始不由自主地松懈了下来。

"请慢用。"

在店主离开时,贤一小幅晃了晃头,提前开口。

"你是问我对那条短信内容的想法,对吧?——也许这种回答很狡猾,但我没有杀过人,而且我不是伦子本人,所以没法回答你。"

真壁盯着贤一的嘴听着,点了点头说声"知道了",继续以沉静的语气说道:"那么,对于伦子女士和被杀的南田隆司之间的亲密关系,您知道到什么程度?"

贤一过了好一会儿才明白真壁的意思。

在明白之后,困意立刻烟消云散。贤一都能感觉到自己的脸在一瞬间开始发烫。

像是补刀一般,真壁又问了一遍。

"怎么样？什么事都行。对于那两人之间的关系，如果您知道什么，请告诉我。"

贤一深吸了一口气，又吐了出来。

他用指尖微微颤抖的手，拿起一直放在那里没动的咖啡喝了一口。

虽然咖啡依旧烫得仿佛会令人灼伤，但他仍不管不顾地喝了下去。在喉咙被灼烧之后，脑海里的雾逐渐散开。

这个问题与贤一深信这次的事件是场误会，并一直坚持到现在的最重要的理由有关。

就目前听说的现场状态来看，南田似乎不是因强行闯入民宅遭到反抗而死。

然而，在自己不在的家里，还是夜晚，南田隆司常务为何会到访，又为何会在客厅喝威士忌？而伦子又是出于什么动机从他身后把他打死？贤一完全毫无头绪。

没有任何理由可以解释。贤一只觉得自己像是一直在做一场冗长的噩梦。

他把力量汇聚在胸口，做出回答。

"现在还没有证据能证明他们有亲密关系吧？也许你是在虚张声势，但我认为这没什么意义。即使你让我产生动摇，我也对你们想知道的事一无所知。"

"您好像有什么误解，我只是在问您是否知道些什么。"

"我相信伦子的清白。顺便一提，如果你们觉得她是因为我被调动而心生怨恨，才把常务叫到家里并把他打死，那可是大错特错。如果有做这种事的闲工夫，不如去找真凶更有意义。"

虽然贤一认为自己多少扳回了一城，但真壁的脸色丝毫未变，又扔下了一颗石子。

"那您女儿呢？我记得您说她叫香纯。会不会是她以金钱为目的与被害者发生了关系，而她母亲在得知此事之后把被害者叫来，趁其不备将其殴打致死——有没有这种可能？"

贤一觉得自己的视野瞬间变窄，周围仿佛暗了下来。他用手撑住桌面，调整呼吸。第一次知道原来愤怒也会令人眩晕。在呼吸变得轻松一些之后，他抬起了头。

"我刚才应该已经说过了。即使你试图令我动摇，也无法从我这里问出任何事情。"

在说出这句话之后，连在警察局对磐田的失礼态度都硬是忍受了下来的贤一的感情防线终于快要崩溃。

"你们这些人——"

他看到自己紧握的拳头在微微颤抖。大吼大叫是非常容易的事。然而，如果自己在刑警面前变得情绪化，就正中了对方的下怀。虽然不知道他们的具体目的，但如果那样做，其结果便是会陷进他们的计划之中。如果自己现在失去理智，就无法再支持家人。

"对你们这些人来说，这也许只是一年中处理的众多案件之一。然而对我们家，不对，对我来说，这是令生活本身——令我的人生都为之动摇的大事。我正在认真地、拼上性命面对这件事。也许这是你们调查的手段，但我希望你们尽量不要玩弄别人的感情。如果实在有必要，就把我也逮捕起来进行审讯吧，你觉得呢？"

虽然声音有些变调，但从现在的立场来说，已经算是成功控制住自己情感的说法了。

贤一对上了真壁的眼神。真壁依然是一脸冷漠，既没有反驳也没有辩解的意思。贤一只好继续说了下去。

"总而言之,我的妻子,还有我的女儿跟南田常务有关系之类的事,我完全没听说过,甚至连想都想象不出,我也不愿去想象。"

真壁在手账上简短地写了几笔,轻轻点了点头。

"谢谢。下一个问题。你在昨晚八点后收到了刚才的短信,然后买到夜间巴士的车票回到了东京。关于车票,我与当地的几家巴士运营公司确认之后,都得到了同样的答案。座位是预约制,而且票卖得很快。再加上晚上八点已经过了售票截止时间,无论哪家公司都表示'那天的那个时间应该已经停止售票了'。"

磐田放过了的线索被真壁指了出来。贤一反射性地考虑该如何隐瞒高森的事,又意识到面对这个男人,说谎是行不通的。更何况他和高森原本就没做过什么亏心事,没有说谎的必要。

他坦诚地把自己拜托了部下高森久实,让她从熟人手中订到了被取消的车票的事讲述了一遍。

"就是刚才磐田在意的那名女性,对吧?你为什么对磐田隐瞒了让她帮你买票的事?是因为与她有特别的关系?"

"真的没有,就连和她一起吃饭也是第一次,巴士的车票是当时事态自然发展的结果。"

"如果没有收到那条短信,你觉得你们之后会怎么发展?"

"什么怎么发展?"

"就是你和那名叫作高森的女性。"

贤一回想起高森久实柔软厚实的嘴唇和湿润冰凉的手。

"我、我可以保证什么事都不会发生。"

真壁刑警表情未变地点了点头。

"原来如此,你可以保证。那么,根据你刚才对磐田的解释,关于这次案件的具体情况,你完全是在预订完车票后才知道的,对吧？"

针对这点，之前磐田也只是大致问了一下。贤一进行了一遍解释。

"是的。妻子发来奇怪的短信之后，她的电话一直打不通，我就拜托高森帮我订了票。后来坐出租车前往巴士发车的山形站的途中，我接到了警察打来的电话，才知道发生了什么事。"

真壁看着手账点了点头。应该没有什么矛盾的地方。

"抱歉再多问一遍，在那之前，你完全不知道这是一起杀人事件？"

"是的。"

"但你却利用人脉购买了车票，还花费绝不算是小数目的金额和时间，从酒田市打车到山形市，乘坐夜间巴士回到东京。真是果敢的决断与行动。而且第二天你们公司并不休假，对吧？"

"这个——"

想要说明自己那时的心境是件很困难的事。

用一句话来说，就是厌倦了。

在那片土地上的每一天都令人厌烦。他感受到了被家人排除在外的寂寞。受到高森微妙的接近的影响，他想起了妻子肌肤的触感。既然女儿高中入学考试成功了，他觉得趁这个时机，搞不好能修复与女儿之间的关系。对于松田分店长的讽刺挖苦，他已经厌倦到了极点。在上门销售时受到顾客仿佛要撒盐驱逐般的对待，也让他快要无法忍受。

最重要的是，对于怎么等也没有等到的调回总部的通知，他再也等不住了。

那条短信，令他烦闷的感情一下子炸裂开来。

"解释不清楚吗？"真壁率先开口。

"是的。只能说我的内心感受到了一阵不寻常的骚动。"

"我知道了。"

真壁合上手账,塞进有些发皱的西装上衣里。

"感谢你在百忙之中抽出时间,也谢谢你的配合。说是谢礼有点奇怪,但我多少可以告诉你一些我的想法——你是个非常克制的人。面对我的多次提问,一般人都会在中途勃然大怒。特别是在被卷入案件中,大脑一片混乱的情况下。只要看他们的态度,就能大致知道他们对案件参与到什么程度,又知道多少事实真相。刚才你说我'虚张声势',也许的确没错。"

事到如今,贤一已经连气都生不起来了,只得苦笑着回答"是吗"。

"最后请允许我再问一件事。"

"什么事?"

"您有什么证据相信您妻子是清白的吗?只因为你们是夫妇,还是有什么可以用来判断的具体依据?"

在做出理性思考之前,贤一的嘴里自动说出了回答。

"因为我了解伦子这个人。之前我也说过,她不是那种会用威士忌酒瓶把人打死的人。"

"那么,你知道从去年夏天到秋天的这段时间,在她身上发生了什么事吗?比如九月?"

"九月?你是什么意思?"

真壁只投来探询的目光,不发一语。

"请告诉我,去年九月,伦子发生了什么?"

"很抱歉,因为这与调查内容相关,所以如果你不知道,就请当作没听过。只是我觉得,即便你们是夫妇,也终究不能完全互相理解。"

真壁的脸上毫无愧疚之情，他微微点头，结账并走了出去。

被留下的贤一看向只喝了一口就再也没碰过的咖啡杯。在没有放牛奶和砂糖的黑色液体表面，映出了一张疲惫的中年男子的脸。

贤一刚进入优子家，优子便一脸担心地对他说道："怎么这么长时间，去买东西了？"

"嗯……"在犹豫之后，贤一还是说了真话，"刚才，在警察局见过的刑警来公寓门口找我稍微聊了一会儿。"

"刑警来到我家门口……什么情况？埋伏吗？"

贤一不想说谎，也不想让优子有不必要的担心。

"没那么夸张，只是来确认上午忘了问的几件事。"

"是吗……"

优子看上去暂且接受了这个说法，没有再多问。

贤一走到洗手台，用在超市买来的剃须刀刮了胡子。明明包装上写着"不会刮伤皮肤"，却在脸上划出了两处细小的伤口。他还管优子借了熨斗想熨平西装，却因为思考事情停下手，反而熨出了奇怪的褶皱。

优子隔着笔记本电脑冲他开口。

"果然还是很不对劲。"

"什么？"

"你在和那名埋伏在门口的刑警谈话之后，话突然变少，表情也变得像能面一样。他是不是对你说了什么过分的话？"

虽然不知道该不该问优子，但贤一还是下定决心，把熨斗立在一旁。

"实际上，那人说了奇怪的话。说是去年九月，伦子身上好像发生过什么事。"

"发生过什么事?"优子一脸惊讶地皱起了眉。

"不清楚。在我反问之后,对方说让我就当没听过。"

"这算什么啊?"

"先不管他们失礼的态度,优子你知不知道些什么?记得他确实说的是'夏天到秋天'。"

"他的意思是说,那件事与此次案件有关,对吧?"

"我觉得他说的是这个意思。"

优子皱着眉思考了一阵子,摇了摇头。

"想不出来。我对姐姐的生活也不全了解。"

"其实,他说的话与我的体验有微妙的吻合之处。就是在那个时期,伦子开始对我说'你不用回家了'。也是在那个时期,香纯给我发来了'绝交宣言'。之前我一直以为时间一致只是偶然,但搞不好是我家那时出了什么事情。"

"会不会是你想多了?我也会试着再想想看。"

"拜托了。"

没过多久,来接贤一的车到了。

15

贤一被带到位于西新宿的高楼林立的街道一角。

他坐电梯直达最上层,进入了一家因价格高昂出名的日本料理店。

在最靠里的包间,南田信一郎正独自等着。

"这次造成了无法挽回的事件,实在是……"

"行了,坐吧。"

幸好这里是圆桌式的包间。上次和隆司吃饭时，贤一已经深刻地体会到日式座席桌子矮不能放松姿势，让人身心都静不下来。

贤一正襟危坐在说是大久保利通曾经用过也会有人相信的厚重木制椅子上。"话先说在前头。"信一郎开了口，"我们都很忙，以后不要再说什么'这次实在抱歉'的话了。这种空话没有任何用处。"

他直接的说话方式和隆司很像。

"很抱歉。"

"好了，那就开始吧。"

桌上已经摆满了怀石料理。

"因为我不希望被店里的人打断对话，所以虽然不太风雅，我还是让他们直接全都摆上来了。酒的话这些就够了吧？"

在桌旁推车上的保冷壶中放着三瓶啤酒，还有三合用冰块冷却在日式玻璃酒壶里的冷酒。

"好的。"

在彼此的酒杯里倒上啤酒之后，信一郎说了句"要说干杯也有点奇怪"，便只是走形式地把酒杯放在了嘴边。贤一模仿着信一郎，把筷子伸向看似小菜的碟子里。

"我的秘书劝我不要来。"

"啊？"

"不要来和你见面。她是一名通常不会对我提出意见的女性，却罕见地说'希望您重新考虑'。"

"我也同意她的意见。"

"所以，你觉得是你的妻子——那个，是叫'林子'还是'伦子'来着？你觉得是伦子对隆司下的手吗？"

"不，我不这么认为。"

"那你觉得是谁干的？"

"我不知道。"

"喂！我要听的是你对这件事的意见啊。"

"是。"

"只要是能想到的，都说出来。警察那帮人，只要一开始走错了方向，就很难修正轨道，毕竟他们是大组织。虽然有的案件可以用人海战术解决，但毕竟也有'个头大的人脑袋笨'的说法。"

传闻都说信一郎是待人亲切的绅士，但他果然也有辛辣的一面。

"是。"

"什么'是'啊，我让你说你的意见。不管事情真相究竟如何，我弟弟可确实死在了你家。"

"就算您问我……我的意见就是我相信我妻子不是凶手。"

"真是的，这点你早就说过了。我理解你因为爱妻子，所以想袒护她的心情。但是在这种时候别以再感情用事了，你好歹也是一个商务人士吧？我也从警察那里听说了一些，目前的情况很明显地指向你的妻子就是凶手。不仅如此，虽然还没对外公布，但听说连她本人都已经承认了罪行？

"也就是说，隆司那家伙出于某种原因在那个时间造访了你家，在那里发生了某些情况，最终衍生成暴力事件——这听起来很合理。如果还有其他的解释，请你告诉我。如果是不想对警察说的事，我保证为你保密。你知不知道些什么？"

贤一也一直在考虑这点。自己相信伦子的清白，但这同时也意味着真凶另有其人。那真凶究竟是谁？如果事情的真相是一个偶然路过的陌生人在那时闯入自己家里，将隆司打了一顿之后又逃跑了，那该有多好。然而，这也太不现实了。

如果冷静地，不，应该说是冷酷地审视事实，当时家里还有一个人，那个人正处于丧失正义感和伦理感的边缘。若用消除法来考虑，答案就只有这一个。然而，贤一不能说出出卖母亲的话。

"实话说，我对常务和我妻子私下有接触这件事感到很意外。"

信一郎明显从鼻子发出一声哼笑，放下了酒杯。他似乎特意提高了音量。

"接触点不一定只局限于你妻子吧？也有可能是你女儿和母亲啊。"

"我觉得这两种情况的可能性比较小。"

信一郎吃了一口菜，略带茶色的眼瞳紧盯着贤一。

"我说啊，隆司那家伙不是以前就对你妻子发起过攻势吗？"

贤一下意识地做出了诚实的反应。

"您怎么知道？"

虽然没有人刻意隐瞒，可这都是二十年前的事了。

信一郎又嘲讽般地哼笑了一声，端正的五官看起来有些扭曲。

"那种事，就算我不亲自调查，等着要向我报告的人也排成长队了。"

"我听说，在我们结婚之前，他们曾经一起去看过音乐会并用餐。"

"结婚之后呢？"

"没有了——我相信没有。"

"哼，你相信。"

信一郎把杯中的啤酒一饮而尽，挥开想要为他倒酒的贤一的手，自己往酒杯里倒满了冷酒。

"会长因太过激动而病倒了。"他突然说道。

"南田会长吗?"

"本来会长最近就血压高,主治医生劝他最好引退,这下,搞不好就再也起不来了。我也很忙的,要是需要办葬礼,就麻烦他们一起办吧。"

原本就没什么食欲的贤一觉得胃越来越重,连拿起筷子的心情都没有了。虽然他总觉得该说些什么,却又怕一张嘴,便会被信一郎以与真壁刑警不同的切入点不停逼问。

"再这么下去,你不仅会被我们公司解雇,还无法在其他正经公司就职。虽然隆司那家伙经常在官员和政治家身上砸钱,但我爸和我在业界可是有很多人脉,再加上最恐怖的乃夫子似乎也正怒不可遏。"

信一郎微微一笑,抿了一口酒。贤一不祥的预感总是会应验。

"我会被解雇吗?"

"总不能让你就这样继续在公司里待下去吧?"信一郎一脸讶异地看向贤一。

"该不会是隆司对你说过'会马上把你调回本部'之类的话,你还真信了?"

"我……"贤一说不下去。

信一郎用店员特意为他准备的崭新的毛巾擦了擦嘴。

"喂,该不会被我猜中了吧?太令人惊讶了。就是因为你的想法这么天真,才会被那家伙的花言巧语骗了。不仅拉了大家的后腿,还害得自己被调到偏远外地。"

贤一想起隆司也曾笑话过自己"太过天真"。

"我不想说这种像在威胁你的话,但因为那封自白书,憎恨你的人应该不止一两个。特别是承担了全部责任的矶部科长,想必是恨你入骨。在我看来,这次的杀人事件居然不是发生在你和他之间,这才叫不可思议。还有被发配到大阪的山川部长,和被发配到北九州的那个什么次长。本来我还打算等我正式回到这里之后好好犒劳他们一番呢。"

"请您原谅。"

话说到这个地步,虽然还不至于下跪,但贤一还是拉开沉重的椅子,弯下腰来。他一边把头低得比桌面还低,一边想着自己到底在做些什么。

明明妻子正背负杀人或伤人致死的嫌疑关在拘留所,连面都见不上,自己却在为派系斗争中犯下的过失谢罪。虽然贤一觉得自己很可悲,但该说的话必须要说。

"我并没打算给专务和大家添麻烦,但当时常务的提议,我实在无法拒绝。"

实际上,他觉得自己当时的选择就只有接受隆司常务的要求,或是辞职。

"哎,我并不恨你,但我的手下就不知道了。"

信一郎把玻璃酒杯中剩的冷酒一饮而尽。

"不过,至少我相信这次的事情不是你计划的,因为你看起来并没有那个能耐。如果是这样,我要忠告你的就只有一件事……"

贤一感到喉咙极度干渴,却无法把手伸向酒杯。

"关于这次的事件,除了警察以外不要对任何人开口,包括公司的人在内。你现在知道的事和以后知道的事,都不准说出去一个字。"

"好的",这句话卡在了喉咙里,贤一咽了一口唾沫。信一郎又补充道:"不管今后会有怎样的流言。"

"流言？"

"比如说会有关于隆司的流言，说他'把对医院相关人员的招待添油加醋地泄露给外界，并为了一己私欲干涉公司人事，利用自己的身份与女性员工和被贬员工的妻子发生不伦关系。最终因男女纠纷，惹出了此次的事端'之类的话。"

"但是，这样一来，伦子不就成了他的不伦对象——"

"别废话。"

信一郎充满魄力的声音使贤一说到一半瞬间噤声。

"这样一来，你的妻子也有酌情量刑的可能，不是吗？不然你要怎么样？要去宣传你妻子为了让丈夫不再被借调到外地，主动向隆司张开了大腿？"

果然绅士只是信一郎的假面。即使母亲和隆司不同，他也继承了那个花费一生打造出如此巨大的企业的南田诚的DNA。看贤一说不出反驳的话，信一郎把音量略微降低，继续说了下去。

"我会让人事部在今天或明天联系你，你暂时先待在东京，不用回酒田了。毕竟要是让杀人犯的丈夫去兜售药品，那可了不得。刚才我也说过，我会给你安排酒店，你千万不要在你家附近擅自游荡，被媒体咬上。"

即使先抛开公司内部的流言不谈，贤一还是想对信一郎断定伦子是凶手这一点提出抗议。

"但是，审判还都没开始……"

"你看到电视新闻里出现被逮捕并押送的嫌疑人时有什么想法？通常都会毫不怀疑地想'啊啊，那家伙就是犯人'，不是吗？会从摆在药局架子上的相似商品中选择我们公司的产品的，可不是法官——听好了，要是你老实照做，虽然和总部有关的公司是不可能了，但我可以把你塞进某个关联企业。对了，不如把你和矶部换个位置吧？北海诚南医药品销售公司的北见分店长代理。听说那里的海产品很美味，空气也很新鲜哦。"

信一郎笑得很开心，"呲溜"一声将包在果冻里的海胆一口吞掉。

贤一只想喝到毫无意识，然后睡去。

然而还有数不清的事情要做。

与信一郎分别后，人事部管理科仿佛看准了时机一般打来电话，通知他在西新宿东京都政府大厦附近的城市酒店为他预订了房间。对方语速飞快地传达完必要事项，还没等贤一提问，就立刻挂断了电话。

贤一又给优子打了个电话，两人约好晚上八点在池袋站西口的白石律师事务所大楼前集合。据优子说，在那之前白石律师会先与伦子见面，再回到事务所。

时间已经过了六点二十分。由于距离和优子见面还有一段不长不短的时间，贤一便向着公司准备的酒店走去，从这里步行过去也就几分钟。

在前台报上名后，贤一顺利地得到了房卡。不知道对方了解多少内情，但即使看到恐怕与挎包和西装一样满是皱褶与疲惫的贤一的脸，前台的工作人员也依旧一脸笑容。

贤一以为自己会睡不着，然而在设定好晚上七点的闹铃，躺在弹性十足的床上之后，他立刻陷入了梦乡。

<h1 style="text-align:center">16</h1>

白石法律事务所位于池袋站西口站附近的东京艺术剧场与立

教大学之间。

从车站步行过去只需要几分钟。当贤一在这条名叫剧场大道的宽阔道路上等红灯时，手机震了起来。是优子打来的电话。

"你现在在哪里？"

"我已经到附近了。"

"你知道地址吧？那你能不能直接到事务所来？我还在这里。机会难得，还是一起见个面吧。"

"知道了。"贤一挂断了电话。

贤一坐电梯上到这栋破旧大楼的五层，敲了敲写着事务所名称的大门，门立刻开了。

"欢迎光临。"

一名穿着黑色西装的女性微笑着站在那里，一瞬间，贤一还以为是身穿正装的优子，但却是另一个人。

"请进。"

贤一被迎进了事务所。这里并没有他想象中那么宽阔。

几台办公桌上堆满了文件夹或杂志，仿佛快要雪崩一般。

内部装修和陈列柜都给人上了年头的印象。

接待用的桌椅组合也很陈旧，一名刚刚步入老年的男性和优子正坐在那里。贤一在刚才那位女性的带领下走向两人，大家都站起了身。

"我来介绍一下。"优子说着，手掌指向贤一，"这位是藤井伦子的丈夫，也就是我的姐夫藤井贤一。"

"初次见面。"

据优子介绍，这位白发男性就是这家事务所的所长，也就是她在之前提到的律师白石慎次郎，而刚刚负责接待的年轻女性是他的女儿，同样也是一名律师，名叫白石真琴。

"听说真琴小姐以前曾被杂志誉为'美女律师'。"

听了优子的话，真琴略微露出苦笑，挥了挥手。

"请您不要再提这个了，毕竟这与审判没什么关系，也是我并不怎么想提及的过去。"

这个话题最终以旁边的父亲慎次郎轻笑了一声，之后被真琴瞪了一眼而结束。确实，如果不是在这种时候，真琴的美貌会让人看到入神，是一位与优子不相上下的美人。

"我们已经聊了很多，姐姐的案子将会由真琴小姐负责。"

在优子向贤一说明后，真琴低头说了句"拜托了"。慎次郎站起身去泡茶，顺便补充道："我们事务所也有其他律师，但考虑到嫌疑人是一名女性，所以这次决定由真琴来负责。虽然以我的立场说这种话可能不太合适，但请不要以性别或外表来下判断。保守来说，她的行动力是我的两倍，战斗力更是我的三倍。"

真琴轻瞥了父亲一眼，立刻进入了正题。

"刚才我去见了伦子女士本人，大概情况已经和您的妻妹泷本女士说过了，下面我再简单给您说明一下。"

看来她确实很有行动力。

"拜托您了。"

"首先是基本事项，目前警方禁止外人与嫌疑人会面，除了负责律师之外，即使是家人，也不能和她见面。"

"连我和女儿都不行？"

"是的。"真琴点头说道。所长慎次郎把盛有日本茶的茶碗放在了两人面前。

"至于理由，首先是因为犯罪现场就在您家，其次是因为被害者是您的前上司，所以身为丈夫的您也有可能怨恨被害者，再加上证据还没有完全调查完毕。"

"也就是说，原因是我可能会和妻子串供，企图消灭证据？"

"正是如此。"

贤一感到从胃部附近涌上了炽热的东西，却什么都吐不出来。

"这条禁止见面的规定，要持续到什么时候才能解除呢？"

在意识到自己的声音有些嘶哑后，贤一含了一口日本茶。

"今后她的罪名恐怕会转变为杀人嫌疑，再加上这起案件的社会影响似乎很大，所以我觉得最短也要到起诉才能解除。在过去期限较长的例子里，也有一审判决下达后才解除会面限制的情况。由于会面限制的期限取决于法庭的决定，所以我无法下定论，但如果被告人配合调查，并有足够的客观物证，也有提早解除会面限制的可能性。"

"我听说我妻子已经承认是她干的了——对了，我妻子，伦子现在怎么样？似乎不应该问她过得好不好，她的脸色看起来怎么样？"

贤一把身体探向前询问，真琴律师谨慎地选择措辞，回答道："她给人的印象多少有些憔悴，但只要不是把拘留所当免费住所的惯犯，其实大家都差不多。她看起来情绪不太激动，应该说是很平淡。"

"平淡……"

在贤一重复之后，真琴歪了歪头。

"我也不知道该怎么正确表达，怎么说呢，像是之前就已经抱有觉悟的感觉。"

"觉悟？你的意思是她是有计划的犯罪？"

"我没有这么说。抱歉，是我的说明不太恰当。我收回仅凭感觉说出的言论，让我们只关注客观事实。"

接下来，真琴律师对于今后的流程进行了尽可能详细的说明。

即便如此,对于个别的法律用语,贤一依然无法理解。在听到若因某项罪状被二次逮捕,拘留期可能会被延长一至两个月时,贤一想起了磐田的脸,心情变得更加沉重。

"虽然理论上是这么说,但从现实情况来看,大概也就是一个月。毕竟检察官手上也有很多案件。当然,如果能在公审开始之前证明她是清白的,就可以立即释放。"

所长补充了一句,似乎想要安慰贤一,然而这个可能性立刻被真琴干脆地粉碎。

"虽然我明白你想搜集证据证明妻子清白的心情,但最好不要采取过于惹眼的行动。"

"您的意思是?"

"虽然不该从我嘴里说出这件事,但检察官和警察很可能已经将嫌疑人的丈夫——也就是贤一先生您'教唆犯罪'的可能纳入了考虑。具体涉及的法律条款是《刑法》第六十一条'教唆他人犯罪者,按主犯论刑'。"

"也就是说,警察有可能认为是我指使妻子杀了人?"

"是的。虽然只是假设,但您也有可能被以与伦子女士同等的量刑送检,并被起诉。"

贤一从刑警的态度已经隐约感觉到了这一点。岂止是"嫌疑人的丈夫",搞不好他们已经把自己当作"主犯"看待。

他在心中试着轻声念道"杀人犯藤井贤一"。

没有一丝真实感。

17

走出大楼时,贤一看了看表。

已经过了晚上九点半。他感到疲惫不堪。

虽然大脑莫名地清醒,但也许只是因为神经已经麻痹,感受不到困意而已。

"以后你要住酒店了吧?"优子问道。贤一把自己居住的酒店名称和房间号码告诉了她。

"我是开车来的,要和你在这里告别了。"

优子说她把车停在了附近的停车场。

"虽然从一大早我不知道说了多少次感谢,但真的很谢谢你。真是帮大忙了。"

优子"呵"地笑出了声。

"你听说过我的'养子症候群'的事吧?"

"嗯。"

优子挑起形状优美的眉毛,露出苦笑。

"现在想想,可能是因为姐姐太过'优等生'了。比如当我把父亲心仪的茶杯打碎时,姐姐会先道歉,说'爸爸,对不起,是我让优子帮我洗盘子来着'。然后父亲就只会说一句'哎呀,没办法,下次注意啊'。"

"真令人羡慕。我是独生子,所以很想有一个会袒护我的哥哥或姐姐。"

"但小孩子会对那种伪善感到非常愤怒,不是吗?不仅如此,偶尔姐姐不在时,只要我一失败,就会被父母无休止地说教,'都是因为你平常就冒冒失失的'。太过愤怒的我偶尔也会故意选择和姐姐在一起的时候把玻璃杯摔碎。"

"结果我大概能猜到。"

"没错,虽然母亲很生气,但父亲却冲着姐姐说'没受伤吧?',所以我便认定了,自己绝不是他们亲生的孩子,他们对我没有一丝爱,再后来就变得有些叛逆——最烦恼的恐怕是被夹在中间的姐姐吧。"

"也许吧。"

听着优子的话,浮现在贤一脑海中的却不知怎的不是伦子,而是香纯的脸。

如果香纯也有这样的姐姐,现在的情况应该会不同吧。

"我也说过,现在我是在为那时的事赎罪,也可以说是终于能偿还欠姐姐的人情,所以你不用一直道谢。等这件事顺利结束,我会让你请我吃烤肉的。"

优子说她明早会先把贤一的母亲智代送到"太阳之家",随后她便走向了投币停车场。贤一对着她的背影又鞠了一躬。

好累。

贤一回到酒店房间冲了个澡,还没等把在便利店买的罐装啤酒喝完,眼皮就开始沉重了起来。

到最后贤一也没有等到香纯的联络。

在连续不断的荒诞梦境的最后一幕,出现了一个贤一曾在哪里见过的女人,突然用怪鸟般的声音唱起了歌。

"快停下——"叫声哽在喉咙中,贤一醒了过来。

他慌忙直起上身,用力地晃了晃头。在混乱尚未完全消散时,他意识到房里的电话在响。那就是歌声的真面目。

他没来得及穿拖鞋,光着脚下床冲到桌边,拿起了听筒。

"喂?"

声音嘶哑得像是狂咳不止一晚后第二天一早的声音。

"您早,这里是前台,是藤井贤一先生的房间吧?"

"是的,我是藤井。"

"很抱歉打扰您休息。前台有您的客人。"

贤一看向房里的钟表,时间刚过早上八点。自己竟睡过了头。

"是谁?"

他没有隐藏自己的警戒心,脑海中第一个浮现的便是昨天见过的那个名叫真壁的刑警的面容。

"名字是藤井香纯。"

"咦?"

处于半呆滞状态的头脑一下子清醒。

"是香纯?我马上下去——不,稍等,能让她来我的房间吗?"

"请您稍等。"

电话那头的人进行了短暂的对话之后,贤一得到了同意的回复。

这个时段,大堂里恐怕都是早餐后稍作休息和等待退房的客人。再怎么想,贤一和香纯接下来要说的肯定都不愿被他人听到。

贤一还穿着充当睡衣的运动服,但只是见女儿应该没关系。脸还是要洗一下。

他用冷水冲了冲脸,正用毛巾擦拭时门铃响了。贤一用猫眼确认,看到了别开眼看向别处、一脸不悦的香纯。

"到底是怎么回事?"贤一一边说一边打开门,结果在香纯背后,优子也走了进来。

"什么啊,原来优子你也在。"

确实,仔细想想,香纯当然不会一个人来。

"早上好。"

优子昨天理应花费了不少于贤一的精力,但她看上去一点都不疲惫,精神十足。

"昨天多谢你了,多亏你的照顾。"

优子仿佛在说"别介意"一般地点了点头,扫视了一圈房间。

"这房间还可以嘛。不愧是称霸天下的'诚南Medicine'。"

她的话里似乎带有几分揶揄。

"出于种种原因,这里总觉得令人静不下心来。"

应承过优子后,贤一对板着脸呆站在一旁的香纯说道:"随便坐吧。"

优子也催促香纯坐下,两人分别坐在了两张单人沙发上。贤一把桌边的椅子拉过来坐下,发出了"吱"的一声令人不快的声音。

"要喝点什么吗?"

贤一问了一句,优子回答不用,而香纯则无视他的提问。

优子开始了正题。

"我总是放不下心,就决定在去工作前先让你们两人见一面。"

"谢谢。昨晚你住在哪儿?"

贤一的后半句是对香纯发出的提问,然而她一言不发,最终只得由优子代替她作答。

"最终她还是住在了我家。我让你妈妈睡在床上,我们俩在地上铺了备用被褥,挤在一起睡。要是平时可能会像女孩子的聚会一样开心,但现在并不是那种气氛。"

"我能体会你不安的心情,但你也要考虑一下家人的——"

"等一下。"贤一的话突然被优子打断。

"现在请不要说这些话。我不能在这里待太久,更何况现在是非常时期,这时候家人之间更要齐心协力,明白了吗?"

虽然贤一仍有不满，但毕竟是受了照顾的优子说的话，他只能点了点头。

"好了，既然时间也有限，那就赶紧进入正题。让香纯过来，是为了让她把前天晚上看到的事和知道的情况告诉你。"

优子说到这里停了下来，似乎在催促下文般地看向香纯。贤一也忍着没有插嘴，只是等待。然而，香纯依旧只是呆呆地看向窗外，最终还是由优子继续说了下去。

"那么，我来说一下昨天从香纯那里听到的情况，如果有错请指出。案件发生时，香纯不在家，她与朋友去家庭餐馆打发时间，然后才回了家，进入家门是在案件发生后不久。那个人，是叫南田吧？他后脑勺上全是血，趴在客厅的桌子上，身边没有任何人。看到这样的场面，任何人都会感到慌乱。就在香纯快要叫出声来时，她看见姐姐——也就是伦子，正在水池附近洗着什么，后来才知道，那是作为凶器的威士忌酒瓶。可以想象得出，后来香纯吵嚷着问姐姐'怎么了？发生了什么事？'，还说要报警，姐姐却对她说'已经报过了'。我说得没错吧？"

香纯沉默着轻轻点了点头，贤一冲她问道："那时候的妈妈看起来是什么样子的？既然会把人殴打到致死的地步，想必很激动吧？"

香纯依旧保持沉默，优子继续替她说了下去。

"这点香纯似乎没告诉警察，但她说总觉得姐姐那时很镇静。"

"很镇静？"

这话似乎在哪里听过。就在贤一努力回想时，优子说出了答案。

"昨天白石律师，我是指那位女性，说到和姐姐见面的印象时也说过类似的话，对吧？"

"没错。说'给人的感觉很平淡'，还说'像是从之前就已经抱有觉悟'。"

"不过，也可以认为姐姐是因为打击过度而吓蒙了。总之，没过多久，身穿制服的警察和救护人员就来了，家里乱成一团。后来的事情就像我们从警察那里听到的一样。不过香纯说，其实她还有其他事没对警察说。"

"什么事？"

贤一看向香纯，然而香纯依旧不与贤一对视。

"是警察到达之前的事情。香纯发现自己的手上沾了一点血，也许是慌张之下碰到了什么——你知道我说的是什么，对吧？感到害怕的她跑到洗手池想用肥皂洗手，却发现洗衣机正在运作，旁边是伯母，不对，应该说是她奶奶？太麻烦了，我就以智代称呼了。总之，她发现智代在那里，吓了一跳。"

"我妈在那里？"

"据说智代那时紧紧地盯着发出'嗡嗡'声的洗衣机，在看到香纯后，又突然慌张地回到了自己的房间。是这样吧？"

优子寻求赞同，香纯微微点了点头。

"这意味着什么呢？"

"我问过智代，答案你也能想象出来吧？毕竟她是几乎连昨天和前天都无法区分的人，所以接下来只是我的想象。最大的可能就是她仅仅只是盯着洗衣机看而已，我从前就听说过智代有这种习惯，不知道是不是她的癖好。"

优子应该是听伦子说的。的确，贤一的母亲智代从以前就有这种习惯。贤一知道当父亲健在时，几乎每次夫妇吵架之后，智代都会没完没了地洗衣服。她会把家里所有要洗的衣物堆在一起，把自己关在洗手池，一动不动地站在洗衣机旁，等待几十分钟的洗衣流程结束。如果母亲是在对等的辩论中输给父亲，那还好说，但如果只是因为"夫与妻"或"男与女"的立场而被迫让步，可以想象不服输的母亲心中的不甘。

对于原本就有些洁癖，又没有其他容身之所的智代来说，也许这里是唯一一处可以使她的心灵恢复平静的地方。

"另一种可能是智代并不只是在一旁看着，而是清洗了沾血的衣物。"

"那也就是说，清洗衣物的人不是伦子？"

据磐田刑警所说，有人清洗了"沾上血的牛仔裤和毛衣"。在试图照顾濒死——或是已经死亡的——南田隆司时，伦子的衣服上可能沾了血。慌忙之中，伦子脱下了衣物。而智代一感到不安就喜欢用洗衣机洗衣服，于是她往洗衣机里偷偷倒入了含氯的漂白剂，开始清洗衣物。这种情况倒也不是不可能。

"如果是那样，为什么伦子没有对警察说呢？"

依照磐田的说话方式来看，他已经认定洗衣服的人是伦子，目的是销毁证据。

"我能想到的理由之一是她想袒护伯母。就算伯母有痴呆症，如果试图销毁证据的举动属实，那便是有判断事物的能力，警察肯定会怀疑她是不是装病。如果她因此被迫去做精神鉴定，那就太可怜了。也许姐姐就是出于这种想法，才说是自己干的。毕竟从结果来看，洗的是瓶子还是衣服，都没什么两样。"

听着优子条理清晰的说明，贤一心中一直在意的情况终于变得明晰起来。

"实际上，有件事我一直觉得很不可思议，就是伦子在殴打南田常务之后的行动，怎么会……"

一直沉默地看着别处的香纯第一次看向了贤一。

"那种事，你现在叽叽歪歪也没用啊。真够蠢的。"

虽然贤一没想搭理这充满孩子气的顶撞，但他还是下意识地说道："你说谁蠢呢？"

贤一瞪了过去，但香纯不仅没有害怕，反而瞪了回来。

"爸，我想问问你，为什么你明明没错，却不对公司说你'不想调职'？"

虽然贤一听见自己的声音说"别管她了"，但由于刚才已经做出反应，情绪冲上了大脑。

"你才是，为什么现在要说这种话？这跟这次的案件有什么关系？"

"你看，又想这样混过去。"

"我才没想混过去！说到底那根本不是调职，而是借调。"

"你看，就是因为这样，才没法跟他谈。"

香纯试图站起身时，优子阻止了她，让她再等一等。

"姐夫。"

连优子都微微瞪向贤一。为什么自己会被责备？自己到底做了什么？哪里做错了？

最终贤一还是屈服了。

"我知道了，只要是和这次案件不相关的事，我就不多计较了。关于你刚才的问题，对于公司职员来说，人事命令是绝对的。如果拒绝，就得从那家公司辞职。"

优子"哎呀"了一声，似乎想说些什么，却又作罢。贤一继续说了下去。

"那家公司虽然是东证一部的上市公司，本质上还是家族企业。也就是说，如果我惹南田父子不快，一辈子都只能受到冷遇，那样一来，就没办法养活你和你妈妈——"

"又来了、又来了，全都是为了我和妈妈，对吧？"

"有什么不对吗？"

"所以你才不管收到什么命令都说'好的好的'？那跟奴隶有什么区别？我是奴隶的女儿，妈妈是奴隶的妻子？"

"香纯，你这话有点过分了。"

优子把手放在了香纯的腿上。贤一趁机铆起精神，开始说教。

"没有工作过的人是不会懂的。所谓'付出劳动并获得相应回报'就是这样，要在不违反……"

他把后面的"要在不违反法律规定的前提下，对公司极尽忠诚"咽了下去。

香纯用比刚进这间屋子时还要冷淡的语气说道："去年，妈妈怀了那家伙的孩子。"

18

在所有人都一动不动的寂静房间里，贤一感到自己的心跳都停止了。

这种时候，贤一才希望优子能够训斥"香纯，你这话有点过分了"。

就在贤一意识到自己的喉咙极度干渴，勉强咽了口唾沫时，冰箱发出了低沉的"嗡——"的声音。

"那、那是……那是什么意思？是讽刺我的笑话还是——"

贤一的视线在香纯和优子之间摇摆不定。随着冰箱轰鸣声的消失，房子里又恢复了静寂。

优子低声开了口。

"非常遗憾,但她说的是真的。"

"你所说的'非常遗憾'是指怀孕的事?不会吧,是骗人吧?对不对,优子?"

即使对方是优子,贤一的语气也不由得粗暴起来。

"姐姐让我不要告诉你。"

贤一一时无法找到恰当的话语。

"你说她让你,那种、那种事我根本没听说过。毕竟,毕竟这也太奇怪了,怎么会有那种……"

贤一知道自己已经语无伦次,然而内心的震惊胜过了理智。香纯略显自暴自弃地哼笑了一声。

"奇怪的是你吧。事到如今才手忙脚乱。"

"你——说什么事到如今,这也太过分了。怎么可能会有那种荒唐事?"

"反正你只是奴隶,不管被怎么对待都不会反抗吧?"

贤一差点儿就动手了。他握紧拳头,咬紧后牙,努力调整呼吸。

"你说话注意点。"

"别吵了,你们两个。"

优子一脸严厉地呵斥道。

贤一一边数着"一、二"一边深呼吸。

"因为姐姐拜托过我,所以我本来不想说,但既然发生了这种事件,想必警察会调查,那样一来姐夫你也会知道。而且,这怎么想都是对姐姐不利的间接证据,但我一个人实在是说不出口,就让香纯陪我来了——很抱歉。"

优子低下头,短发在空中轻柔地摇晃。

"可、可是……"

贤一找不到接下来该说的话。

他总算明白，那么厌恶自己的香纯为什么会突然改变主意来到这里。她一直在等待责问贤一的机会。不，不对，现在的问题不是这个。怀孕是怎么回事？是怀了孩子的意思？伦子怀了隆司的孩子？

他陷入混乱，抱着头揪住头发。

优子对香纯说"你能不能先离开一下"，而香纯仿佛在等待这句话一般迅速起身，消失在洗手间的门后。

"很受打击吧？"优子安慰他说道。

受打击？自己现在的这种心情应该叫作受打击吗？

"该怎么说呢？那种事，比我的妻子被当作杀人犯还要令我难以相信。怀孕……那、那个孩子？该不会……"

他无法冷静地计算天数。孩子是在自己不知道的情况下生下来了吗？

结合从伦子本人口中听说的过去的事，隆司的男女关系之乱，以及最重要的案发现场的状况来考虑，即使贤一想否定，心中某处却也想着"搞不好他们两人真的因为某个契机，犯下了男女之间的错误"。

虽然不想承认，但他无法消除这种想法。

然而，事情还不止如此。贤一回想起跨年夜，他伸出的手被伦子拒绝。难道那时伦子的腹中就已经有了隆司的孩子？

胃中的东西仿佛要逆流而出，他努力地压了下去。

"让医生处置了。"优子平静地说道。

"也就是……堕胎了？"

优子一脸抱歉地点了点头。贤一眼中的优子突然显得有些阴沉。他一边调整呼吸，一边拼尽全力问道："什么时候？"

"姐姐知道怀孕之后就立刻堕掉了，是去年九月的事。"

九月？记得有谁——对了，那个名叫真壁的刑警提到过，说去年九月曾有事情发生。

"那是——在哪里？"

"在大久保的一家妇产科医院。"

"说到底，到底为什么会发生那种事？是双方同意的，还是强迫的？"

"你听了别生气啊。"

"快告诉我。"

"据说是被迷昏后强迫的。"

贤一眼前的焦点变得模糊。他用力咬紧牙齿，眼前的景象急速地暗了下去。

"姐夫，你还好吗？姐夫！"

视野终于恢复了光明。

"优子，公司那边怎么样了？"

声音沙哑到令贤一自己都感到惊讶。

"咦？"

"你不用去公司吗？"

优子一脸不知所措。

"差不多该去了。为什么问这个？"

"我想一个人待着。我……暂时有些接受不了。该做什么、要说什么都不知道……我想一个人待着。如果可能，希望你把香纯也带走……"

看着痛苦的贤一，优子站起了身。

"我知道了。"

她走了几步，又说道："你别冲动啊。"

能够咬住牙对优子点头，已经花光了贤一全部的力气。

优子敲了敲洗手间的门与香纯说话，没过多久，两人走出了房门。

在关门声响起的同时，贤一冲进了厕所。

19

吐到胃仿佛要飞出来，脸上的皮肤洗到生疼，之后，贤一倒在了床上。

虽然他很想就这样睡去，但眼睛却闭不上。

香纯那句"妈妈怀了那家伙的孩子"化为无数的碎石从天花板落下。他在床上不停地翻身，仿佛为了闪躲那碎石一般。

他用拳头敲打头部前方和太阳穴，努力回想记忆中的伦子，以及南田隆司的发言和表情。

在自己被劝说接受调动的那个夜晚，隆司曾经提到过"那么漂亮的老婆"。当时他以为那只是对方为了说服自己而使用的社交辞令，但现在想想，这句话出现得十分不自然，而且隆司的语气仿佛对伦子很熟悉一般。

即使伦子真的怀孕并堕胎，对贤一来说，"被迷昏后强迫"这一细节更令他难以相信。也许那只是优子为了照顾贤一的心情而采取的说法，那两个人，搞不好从以前就一直是那种关系。

自己今后该如何是好呢？

警察禁止进家门，又被南田信一郎命令不要擅自游荡，难道自己就只能这样苦闷地等待时间流逝吗？

心情稍稍平复了一些之后，贤一忽然想起手机电源还关着。

虽然提不起兴趣，但这样下去自己就会与外界完全隔绝。想到这里，他还是打开了手机。立刻来了一通电话，是没有存过的陌生号码。犹豫之后，他还是接了。

"喂。"

电话那头突然传来"接了，接了"的私语声。

"喂？"

"啊，股长，是我，小杉。"

是以前的部下小杉康大。贤一依然觉得他是自己的部下。

"怎么了？"

那头窸窸窣窣的，周围似乎有好几个人在侧耳倾听。

"没什么特别的事，您还好吧？我们这边闹得很大。您家还上电视了。那种情况下，您应该没法住在家里吧？我听说您现在住在酒店，是真的吗？我们正打算召集大家为您捐款……"

"不好意思，我现在不方便说话。"

还没过十分钟，高森久实又用手机打来了电话。贤一干脆把手机设为静音模式，塞进了枕头下。

除了偶尔响起的冰箱发动机的声音之外，基本听不见任何声音，贤一坐在床上，呆呆地看着窗外的天空。

时间流逝的感觉已经麻痹。

不知道就这样待了多久，一看表，已经上午十点多了。由于还是有些不安，贤一又把手机从枕头下面拿了出来。高森又打了两次电话。另外还有两通陌生号码的来电，并不是公司的号码。

突然，他意识到地板上散落着几张传单，似乎是从桌上掉下来的。

其中有一张是"家庭住宿套餐"的传单，上面印着在公园里幸福微笑的一家人，包括父母、女儿和祖母。

传单上的一家人乍看很幸福，笑容却显得有些疏远。这也是当然，毕竟是几个模特假扮成一家人照的照片。

真正的一家人，会笑得更加自然……

贤一打开了手机里保存的图片。是他被调动之前拍的妻子、女儿和母亲三人的全身照合影。伦子和智代在笑，香纯也没有板着脸。

记得那是智代的状态稍有好转的一天，恰逢休息日，三人决定一起外出，就在玄关拍下了这张照片。

贤一拿起扔在桌上的挎包。

他伸手摸索，想找的东西应该在包里。

指尖被尖锐的东西扎到，他骂了一声，把包里的东西全倒在了床上。

钱包、驾照夹、记事手账、圆珠笔、薄荷糖、空塑料袋、以为已经丢失的储物柜备用钥匙、便携指甲刀，散落在床上的这些物品中，没有他想找的东西。

他又把手伸进了包里，从角落开始翻找，终于在类似暗袋的地方找到了那件东西。

也许是因为被挤在包里的缘故，那东西从中间折了一道，上面还沾着像是食物残渣的东西。怪不得起不到保佑的作用。

——孩子他爸，给你，这是护身符。

贤一后来才知道，那天三个人是去了离家三站远的新井药师神社，为将要独自去外地工作的贤一祈祷身体健康。

——反正你肯定不会自己做饭，对吧？别因为挑食把身体搞坏了。

伦子一边说着，一边把护身符递给了贤一。

贤一为了掩饰自己的难为情，回了句："你们肯定是去祈祷香纯考试合格，顺便为我祈愿的吧？"伦子吐了吐舌头，笑着说"被你看穿了"。

在一旁听着的香纯的嘴角也浮现出了一丝笑意。

至少在那时，自己的家庭还没有崩坏。然而，贤一曾经感到十分不可思议，为什么在秋天到来之前的短短几个月里，一家人的关系竟会完全冷却。

现在他终于知道了答案。如果可以，他希望永远都不要知道。

——奇怪的是你吧，事到如今才手忙脚乱。

香纯说得没错。最奇怪的是自己。怀疑家人的心情、行动，还哀叹家庭分崩离析的自己，才是最滑稽的人。

在不知不觉中，水滴落在膝盖，将裤子打湿。

他打开短信界面，输入文字，发给了优子，没等十分钟就收到了回复。

"你问这个干什么？"

打出的错字比平时要多，不知是不是因为慌张的缘故，但他尽量快速地回了短信。

"我想去问一问情况，比如是否还留有当时的资料。"

"什么资料？"

"如果有DNA信息，也许能发现什么。"

"你是想去确认那是否真的是南田隆司的孩子？"

"我也不知道，我只是想为伦子做些什么。"

贤一刚想着隔的时间有点久，就收到了一条长长的回复。

"我不明白你的意思。而且我不觉得会有那种资料存在。就算真的有，哪怕你是她的丈夫，医院应该也不会把那些信息告诉你。"

"这要等我去了才知道。"

又隔了一段时间——

"楠木妇产科医院。"

从这短短一句里，贤一仿佛能听到优子的叹息声。

DNA之类的理由都是他临时想到的。虽然不全是谎言，但那不是他真正的目的。毕竟只要他没有记忆，那肯定就是别的男人的孩子。难道剧情真的会朝着妻子受到丈夫的卑劣上司凌辱，之后成功复仇的方向发展吗？

他有一件无论如何都想知道的事，虽然即便知道了那件事，也不会对审判有任何帮助。

从新大久保站向大久保站方向步行数分钟，在商店街的幽深一角，就是"楠木妇产科医院"的小楼。

这栋三层建筑似乎还兼用作自宅，一层是医院，看起来很老旧。

贤一先在门前端详整栋建筑物。

如果他听到的事情是真的，那么几个月之前，伦子应该也曾经站在这里。

那时伦子在想些什么，又是怎样的心情呢？她是否怨恨过什么人和事？心中是绝望还是愤怒？

贤一想知道的就是这点。

他觉得如果毫不顾及伦子的心情，只凭眼前的情况就主张她是"被冤枉的"或"正当防卫"，是偏离了事实重点的行为。

然而，不管此时在这里站多久，都无法体会伦子的心情。

贤一看向伦子送他的手表，时间是十一点三十分。依照看板上的文字，离上午的诊查时间结束仅剩一小会儿了。

贤一拉开门走了进去，闻到了一股令人怀念的医院的味道。

在铺着木地板的狭小接待室和同样陈旧的走廊长椅上，有几名女性在等待。这里没有一名男性。穿拖鞋时，贤一能感受到几乎所有人的目光都看向了自己。

走上玄关便是接待室，有一扇狭小的玻璃拉窗，一名年龄在三十五岁左右的白衣女性打开窗户看向贤一。贤一率先开口。

"我想询问一下去年九月在这家医院'处置'了孩子的藤井伦子的情况。"

虽然有点唐突，但他不想聊什么没用的天气。

在听到"藤井伦子"这个名字时，负责接待的女性的表情立刻变得僵硬。

"请稍等。"

"那个……"

不等贤一继续说明，对方就钻进了房间深处。刚把视线从贤一身上短暂移开的女性们又重新看了过来。

没过多久，一名六十多岁的白衣女性快步从走廊深处走来。

"不好意思，请问您是哪位？"

她的表情和语气都流露出防备，看起来很强势。

"我是藤井伦子的丈夫。"

"丈夫？"

这话不但没有解除她的戒备心，反而使她的眉头皱得更紧了。

"驾照和保险证都有，需要的话我可以出示。"

对方说了句"请来这边"，把贤一领入接待室内。这里狭窄到似乎连四块榻榻米都不到。

"警察要求我们不能对任何人透露患者的事。"

白衣女性的吐息中有漱口水的味道。

被优子说中了。虽然贤一考虑过警察已经来调查过的可能性，但他没想到医院的人会被警察封口。

"您指的是伦子的事，对吧？"

"也包括在内。"

"我可是她的丈夫啊。"

"警察说'任何人都不行'。"

她上身后仰,仿佛在说"对话到此为止"。

"请等等,即使只用 yes 或 no 回答也可以,首先,伦子怀了孕并堕了胎的事是事实吗?"

"抱歉,我无法回答。"

"您这里有没有留下那时伦子写下的检查申请书之类的资料?"

"我无法回答。"

对方是拒绝一切问答的语气。

"我知道了。"

这样看来,从非官方途径是无法得到资料了,只能再找白石真琴律师商量。虽然贤一想尽可能地凭借自己的眼睛和耳朵来确认,但也无计可施。

贤一道谢并走出接待室时,望向这边的患者们一下子移开了视线。

贤一离开医院,还没在狭窄的道路上走出几步,就听见背后传来了声音。

"藤井先生。"

声音很熟悉。贤一停下脚步转过身,发现是自己不太想见到的面孔。他该不会一直跟在自己后面吧?

"又有什么事?"

"他们告诉你你想知道的事了吗?"

真壁刑警以提问回应,瞟了一眼医院。贤一以听起来尽量讽刺的语气回道："他们似乎被警察封了口，对我毫不理睬——不说这个，如果你知道怀孕的事，为什么没对我说清楚？"

"毕竟有各种事要考虑，请你理解。"

回答干脆到令贤一感到扫兴。

"是因为我有可能是主犯吗？"

他试着把昨天从白石律师那里听到的忠告说了出来。真壁露出了"哎哟"的表情。

"那你是主犯吗？"

真壁看起来不像在开玩笑。贤一似乎突然明白了从初次见面就不爽这名男子的真相。这人虽然不像是喜欢没完没了地折磨人的性格，但似乎欠缺了一部分人类应有的感情。

如果是这样，试图对他动之以情是没用的，讽刺估计也行不通。

"我还有事，再见。"

贤一行了个礼转过身。如果真壁想跟在后面，那就随他的便吧，自己还有必须要做的事情。

真壁没有追上来。

20

贤一径直走向 JR 新大久保站。

虽然具体细节还没想好，但他已经决定了目的地。

路线有好几条，但他几乎下意识地选择了熟悉的通勤路线。

贤一在高田马场站换乘地铁东西线。站在车门旁边，他看着映在玻璃窗上的自己的脸。

警察要求我们不能对任何人透露患者的事。

贤一转过身，两名警卫站在快要贴上来的位置，稍远处还有两名，不，是三名警卫，其中一名还对着无线对讲机说着什么。这个男人他也很脸熟，不仅是见过面，之前贤一在这里工作时，每次和这名警卫擦身而过都会问候他"早上好""辛苦了"。然而现在，对方的表情里没有丝毫亲近之情。

我到底做了什么？

贤一把视线移回到野崎尚美身上。

"拜托了，我不会给野崎小姐你添麻烦的。"

野崎微微垂下眼。

"我们收到指示，如果想见科长职位以上的人，必须事先预约，否则一律不能受理。"

"这是谁的指示？该不会是专务本人吧？"

野崎一脸苦涩地移开了视线。

"我听说这是董事会的决定，说是不允许有任何例外，即使是关联公司的员工也……"

"即使是关联公司的员工——"

对于现在的贤一来说，这是十分具有屈辱性的称呼，然而问题还不在这里。这条命令明显是冲着贤一制定的，昨天专务还和他见了面，为什么今天却突然把他拒之门外呢？难道在专务眼里，他已经连见面谈话的价值都没有了吗？

"要怎么办？"

紧贴在贤一身旁的警卫询问野崎的指示。

在总部改建之前，贤一曾目睹一名男子一边大喊自己因"诚南 Medicine"的药物副作用胖了三十公斤，一边把大堂的观叶植物盆栽全部推倒，最终被数名警卫合力压制的场面。警卫对待暴徒的方式仿佛对待一头从笼子中出逃的熊。

周围传来喧闹的声音，似乎是结束午休的员工三五成群地回来了。当注意到人群的中心是贤一时，人们突然降低了说话声，仿佛怕被扯上关系一般地快速走过，那其中也有贤一认识的面孔。

我到底做了什么？你们和我到底有哪里不同？

决定成败的不就是那张调令？我只是碰巧不走运地在那个职位上，不是吗？听好了，明天就会轮到你们。

不，不对，这并不是决定因素。

他们之所以会表现出那种态度，就是因为贤一的妻子是"杀人犯"。

"藤井先生，在引起更大的骚动之前，今天就请您先……"

刚才那位贤一认识的警卫用仿佛刚刚记起贤一一般的语气说着，抓住了藤井的手臂。

"我哪里有引起什么骚动？"

"总之，今天就先……"

又有警卫上前抓住了他的另一只手臂，用力很大。

"好疼，放开我！"

"喂，怎么回事？"

不知从哪里传来了一个粗野的声音。

贤一看向声音来源，是园田守通副社长，旁边还有三名部下。

三名部下都穿着暗色西装，看起来似乎有急事发生，园田却仿佛刚要开始饭后散步一般气定神闲地看着贤一。

"我记得你是……"

"我是原营销部的藤井。"

"啊啊，没错没错，果然是你。"园田缓缓地点了点头，稍稍降低了音量。

"我记得你是，和隆司有一腿的女人的……"

"不是的，副社长，那是有什么误会。"

看起来最为年长的暗色西装男故作姿态地把视线从贤一身上移开，仿佛催促园田般轻轻拽了拽园田的袖子。园田瞟了他一眼，"啊"了一声，又重新转向贤一。

"你在这种地方走来走去没关系吗？哎，我听说他也快被捕了，是吧？"

被园田问话的部下眨了眨眼，不知该如何回答。

"我……吗？"

传闻已经到了这种地步？看来正如白石真琴律师所说，在流言中，贤一的身份已经从"嫌疑人的丈夫"上升到了"共犯"。一想到这里，贤一竟然不可思议地镇静了一些。

"那个，实际上，我来公司是因为有事想找南田专务。"

从派系上来说，信一郎专务和园田应该是敌对方。园田应该会对这个话题有兴趣，而贤一正打算利用这点。虽然他还没有想好下一步要怎么做，但至少比吃闭门羹强。

"你找信一郎？"

"是的。"

"为什么？"

果然上钩了。

"这件事只能与他本人谈……"

"他不在，正忙葬礼的事。"

"那我就改日再来吧。"

园田对年长的暗色西装男命令道："你们几个，先坐别的车过去。"

"副社长您呢？"

"我跟他有话要说，迟点到，你们替我说一声。"

"可是，副社长，那边……"

"有什么关系？让他们先开始吧，反正是我们付账。好了，你，跟我走吧。"

园田对贤一扔下这句话，没等他回话便直接快步走了。

贤一又看向野崎尚美的脸，她那双在拒绝贤一入内时十分冷淡的眼睛，现在仿佛浮现出了同情之色。

21

贤一坐在顶级雷克萨斯的皮革座椅上。

由于南田诚会长的坚持，公司的车都是国产车。然而，据说园田、信一郎和已逝的隆司私下乘坐的都是高级进口车。贤一曾经看到隆司在招待官僚或议员打高尔夫后回了一趟公司，开的是一辆大红色的奔驰。

这么说来，前天晚上，隆司使用的是什么交通工具呢？

如果隆司坐的是公司的车，司机应该能够成为证人，或许还知道些事情的来龙去脉。并且，那也能成为隆司是因公事才造访贤一家的证据。如果他坐的是那辆大红色奔驰，那因私造访的可能性就会大很多。

如果是奔驰，应该很引人注目。贤一家没有多余的停车位，家门前方的道路也不太宽，不能长时间停车。最近的投币停车场在哪里来着？那里的防盗摄像头会不会拍到了什么？

"先在这周围转一转。"

园田命令道。司机没有反问原因，只是点头说"好的"。

真到与园田单独相处时，贤一却不知道应该主动提出什么话题。刚才他只是想利用园田攻破公司的大门而已。

"那我就把你带去见信一郎吧。"

贤一天真地以为园田会这样说，然而他猜错了方向，导致眼下陷入了尴尬的状况。

"您是不是和别人有约？"

贤一终于找到了谈话的契机，却遭到园田的嗤笑。

"那种事无所谓，是一帮人说要来悼念隆司，我就招待他们吃顿午饭。反正只是一些见缝就想钻的乌鸦和黄鼠狼般的家伙，先让他们自己去相互试探就好。"

"啊。"

"不说这个，你刚才说是来找信一郎的，对吧？就我看来，你刚才差点儿就要被轰走了。"

"因为我没有提前预约，是突然来访。"

"然后呢？因为什么事？"

贤一看向园田的侧脸。

园田头发稀疏，梳成紧贴头皮的大背头，满是脂肪的脸上凹凸不平，有点像小行星的立体模型。他转动眼珠看向了贤一，贤一下意识地移开了视线。

"搞什么？是能跟信一郎说，却不能跟我说的事？"

园田因脂肪而显得沉重的眼皮微微上挑。

"不，不是的。"

该选择现任副社长，并基本确定将是下任社长的园田，还是选择在不久的将来可能长期稳定掌权的信一郎呢？

如果是平时，他应该会毫不犹豫地选择年轻一方。然而现在的贤一别说两年，就连两个月后自己会变成什么样都不知道，他已经无法判断该信任谁、依赖谁了。

"其实我来公司,是因为觉得南田专务也许知道常务之死的真相。"

"信一郎知道隆司事件的真相?"

园田的语气仿佛在问"你想说什么"?

"是的。说到底,我连常务来我家的理由都想象不出。"

"还能有什么理由,不就是为了收拾把人家的肚子搞大了的事吗?"

园田轻巧地说着。

伦子和隆司的关系,搞不好除了自己以外,所有人都知道。搞不好连贤一夫妇的闺房秘事和香纯正处于反抗期的事,也被其他人知道了。

"我想和他确认的事,也包括这一流言的真伪在内。"

"事到如今还有什么真伪,我听说是隆司生前自己对亲信泄露的。"

"泄、泄露他和伦子的关系?"

"怎么也不会傻到把名字说出来吧。反正他说自己搞出了这么一档子事,弄得很麻烦。"

"这么一档子事……"

虽然贤一不愿去想,但还是忍不住想象。

现在已经排除了被迷昏的可能,如果真的受了凌辱,伦子应该不会忍气吞声。只要提起诉讼,并告诉周刊杂志的记者,隆司就会社会性死亡。既然伦子没有这么做,就说明即使她没有主动,也默认接受了,难道不是吗?

不,这只是贤一擅自的想象,伦子也许受到了无法说出口的伤害——

他实在想不明白。明明没有任何确切的消息,各种情景却在他眼前不断浮现。

在那个瞬间,伦子的眼睛是闭着的还是睁开的?如果是睁开的,是看着天花板,还是看着对方的眼睛?是僵硬地躺着,还是自己主动——

贤一的思绪已经快要不受控制。正因为伦子是自己最亲近的人,即使想从脑海中挥去,她的各种表情和身体部位仍不断在眼前浮现。

司机在路口右转,咔嚓咔嚓的转向提示音听起来十分刺耳。

"副社长。"

贤一擦了擦汗。

"怎么?"

"如果您知道,我希望您告诉我,有具体证据能证明我妻子和常务之间的关系吗?或者证人?"

"警察说得并不详细,但隆司的司机做证说他曾经把隆司送到过你家,虽然只有一次。在那之后,隆司似乎一直用的是自己的车。不过隆司也是,看起来像模像样,却这么不会做事,居然和普通人搞出丑闻。"

"可是,搞出那种事的……"贤一至今仍无法说出"怀孕"这个词,"没有证据能证明搞出那种事的人是常务,不是吗?"

"你的意思是,让你老婆怀孕的是别人?"

话题向着违背贤一期望的方向发展。

"要是按你刚才这种说法,就是你老婆和很多人睡过,那这可就不只是一场家庭主妇的危险游戏了。唉,以前的女人出卖身体都是迫不得已,最近的女人为了赚点零花钱或生活费,就会轻易脱掉衣服。不过,被睡遍了外面的男人的老婆用回家路上买的白萝卜喂饱的丈夫也是够可怜的啊——啊,等等。"

园田费力地弯曲肥胖的身躯，取出了手机。虽然贤一没注意，但似乎是电话响了。

"喂，是我。啊啊，现在正要去那个聚会呢——啊啊，对哦——我知道了。"

在园田和部下通话时，不知从哪里飘来了一股白萝卜的腥臭味，无论贤一用手在脸前挥了多少次，讨人厌的臭味也挥散不去。

"你在干什么呢？"

结束通话的园田对挥着手的贤一说道，随后又问他现在住在哪里。贤一诚实地回答了酒店名和房间号。

"还有，守夜是在明天。"

告别仪式在后天。

"你还是不出席为好。"

"是的。"

虽然不知道从道义上来讲是否合适，但单凭贤一在总部大楼引起的骚乱，就能想象假如贤一出席，会造成怎样无法收拾的局面，搞不好可能会毁掉整个葬礼。道歉和烧香的事，还是等事实关系再清楚一点之后再去为好。

关于事件的真相，在知道贤一掌握的情报并不比自己多之后，园田似乎失去了兴趣。

"就在这附近停车吧。抱歉占用你的时间了。"

车子停在地铁筑地站的出入口附近，从公司到这里正常只需要十分钟，刚才却绕了三十多分钟。

在贤一行礼并想下车时，园田说了声"啊啊，对了"。

"你想去总务部，对吧？"

"是的。"

贤一已经不再惊讶了。估计贤一的履历表已经在高层会议上被所有人传阅过了。

"有一个跟我有多年交情的先生在一家公司担任董事,他们公司的关联企业正在招聘总务科长。你考虑考虑吧。"

这样一来,贤一回归总部的希望就完全消失了。

"谢谢。请让我考虑一下。"

"犹豫也是白犹豫。"

贤一不禁看向园田的脸。园田浑浊的眼睛从耷拉着大半部分的眼皮深处迸发出锐利的光芒。

"这是什么意思……"

"信一郎正打算把你圈养后杀掉。"

"怎么会……"

"你想想看,要是现在把你放走,怎么保证你不会把去年的事情到处去说呢?对信一郎来说,这相当于自找麻烦。从信一郎的角度来看,在自己试图疏通和董事的关系,打算卷土重来的时候被那种事绊住脚,那可忍不了,所以才暂时把你束缚在能看到的地方,让你求生不得,求死不能。这样一来,他也可以凭借温情地对待杀死弟弟的女人的丈夫,来提高自己的声誉。"

"温情……"

"对于信一郎来说,什么杀弟之仇根本就无所谓。搞不好他内心还很感激,有人把挡他路的人给收拾掉了。即便如此,他也不会给你好脸色。"

就在贤一不知该如何作答时,园田又继续说道:"我话说在前头,几年后的事情,谁也不知道。"

"那,您想让我怎么做?"

"如果你去我刚才介绍的地方忍耐三年,或许能有别的出路。

不过，有一个条件。"

"什么条件？"

"不准说出去年那起贿赂疑云的事情经过。"

"那是当然。"

那是超越了派系之争，会给整个公司抹黑的丑闻。即使没人堵他的嘴，贤一也从未想过对外宣扬。不，说到底，现在那种事根本无所谓。

"特别是不准袒护信一郎，说你是被隆司哄骗的。"

"我知道了。"

"嗯，总之，凡事都要从长远的角度思考。"

把贤一放下后，园田坐着雷克萨斯离开了。

贤一始终无法释怀。他有点搞不清，自己现在直面的问题到底是什么。明明是想证明妻子的清白，却眼看着被卷入无聊的权力斗争。什么贿赂疑云，对他来说根本无所谓。

真的有人死在了我家吗？

事到如今，贤一仍在思考这件事。就在他准备慢慢地走下地铁楼梯时，电话响了。

是一个陌生的号码。他回到人行道上，接了电话。

"喂？"

"是藤井先生吗？我是前台的野崎。刚才真是失礼了。"

"啊？哦哦。"

是贤一意想不到的人。事到如今，野崎打电话来做什么呢？

野崎尚美以辩解的语气说道："我向销售一科的小杉问到了您的电话号码。时间有限，我可以直接说正事吗？"

"好的。"

"我打来电话的事，请您不要对任何人说。"

"我保证。"

真是不可思议,贤一完全没有对外散播的念头,所有人却都让他保密。

"其实,我在去年十月看到过您的妻子。"

"伦子?在哪里?"她究竟想说什么事?

"丸之内。那时我在减肥,中午只喝蔬菜汁,剩下的时间为了散心,就经常去丸之内散步。那天,我记得也是在沿着从日比谷大道通往东京站方向的唯一一条人行道上散步时,看见您的妻子出现在对面。"

"你确定不是认错了人?"

"结合之后的事来看,应该不是。之前您不是也给我看过一次您家人的照片吗?"

"确实,但你只看了一次就记住了?"

"毕竟这是我的工作,而且我本来就很擅长认人。"

"然后呢?后来发生了什么?"

"她看起来似乎在等人,所以虽然很失礼,但我还是好奇地在一旁观察了一下。实在抱歉。"

贤一从未给伦子看过野崎尚美的照片,所以即使那真的是伦子本人,也不会意识到野崎的存在。

"没事,不用在意。"贤一更在意后来发生了什么。

"过了不到五分钟,有一辆车停在那里,把您妻子接上车后立刻离开了。"

贤一后背的汗毛都倒竖了起来。虽然不想再听下去,但野崎还在继续,贤一也只好竖起了耳朵。

"虽然时间很短,但我看到了开车人的脸。"

"那——是谁?"

贤一轻咳了一声，感到喉咙处有些痒。

"我让您不高兴了吗？是不是不说下去比较好？"

"不，没关系，可以告诉我是谁吗？"

"是专务。南田信一郎先生。"

耳边传来巨大的喇叭声。贤一惊吓地转身看去，似乎是一辆货运面包车对突然变道的出租车表示愤慨。

他意识到拿手机的手开始发麻，把手机换到了另一只手上。

"喂？"

"啊啊，抱歉，我在听。你是不是把弟弟隆司——常务认错了？那两个人从远处看上去很像。"

那就是你老婆和很多人睡过。

"不，我确定没认错。首先，他们的车子不一样。常务开的是方向盘在左边的大红色奔驰，而专务开的是全白的捷豹。由于捷豹的方向盘在右边，所以我看见了他的脸。后来我调查过，车牌号也对上了，就是信一郎专务的私人用车。"

"那应该没看错。"贤一的声音嘶哑到悲惨的地步。

"抱歉。"

——被睡遍了外面的男人的老婆在回家路上……

"不仅如此……"

贤一已经不想再听下去了。

"在车辆离开之后，我看到有一名女性目送着车辆离去。比起目送，不如说是瞪视。"

已经，什么都不想听了。

"喂？"

"啊啊，抱歉，我在听。"

"虽然是我不认识的人，但我记得她的穿着，不像是附近的

OL。那人穿着紧身牛仔裤和苔绿色的夹克,头发在脑后扎成一股,与夹克同色系的帽子深压到眼睛上。在意识到我的视线后,她立刻离开了。就我所见,是个长得很漂亮的人。"

听着听着,一名女性的笑容浮现在贤一的脑海。

"我提个奇怪的问题,现在用来通话的是野崎你的私人手机吧?"

"是的。"

"我给你发一张照片,你能帮我看看是不是那名目送那辆车远去的女性吗?"

那边沉默了一瞬。

"我知道了。那我把邮件地址告诉你。那个,我得回座位了。"

"啊,好的。谢谢你告诉我。这件事你跟其他人说过吗?"

"我和警察说过,他们嘱咐我不要告诉任何人。"

"那你为什么要告诉我?"

"我以前受过您照顾,而且我觉得这次的事情肯定是哪里出了错,希望能帮上您,所以请您不要说是我说的。"

"我明白。如果警察跟我说什么,我会设法蒙混过去的。总之很谢谢你。"

虽然贤一还能冷静地应答,但指尖颤抖到无法对准结束通话键。过了一会儿,野崎尚美用短信发来了邮件地址。

贤一坐在护栏上,缓慢地反复呼吸。在稍微冷静之后,他又拿起手机,从照片库中费力找出了想要的那张,发到了野崎的邮件地址。

没过多久,他就收到了野崎的回信。

"应该没错,就是这名女性。"

那是去年的四月,家里人一起去小金井公园赏花,就连母亲智代也去了。虽然香纯一脸不情愿，却也被优子半强迫地带了过去。

贤一发给野崎的，就是那时拍的一张照片。

在一脸不高兴的香纯背后，优子展开了笑颜，把手指戳在香纯的头上当作角。瞪视着南田信一郎的车载着伦子远去的女性，就是优子。这到底意味着什么呢？

紧接着，贤一的手机又响了。

贤一本以为是野崎发来的补充信息，却是当事人优子发来的短信。

他慌张地确认短信内容。

"我收到消息，你母亲从看护中心出走了。请给我回电。"

"啧，搞什么啊！在这种时候。"

贤一脱口说出对母亲的埋怨，并对这样的自己感到生气。

本想立刻给优子回信息，但贤一在发信息之前打消了念头，原因是他想起了刚从野崎尚美那里听到的话。

伦子坐上南田信一郎的白色捷豹离去，而优子在后面瞪视着这一切——

这到底是什么情况？不对，到底曾经发生了什么？

为什么伦子要与信一郎见面，坐上他的车？如果是在东京站附近，离"诚南Medicine"只有几步之遥，应该是特意约好见面。昨天见面的时候，信一郎还说"不知道是'林子'还是'伦子'"，现在来看，那只是他拙劣的演技。假如信一郎和伦子谈的是关于隆司的事，那他并没有必要对贤一隐瞒。也就是说——那就是你老婆和很多人睡过。

难道正如园田副社长所说，伦子不仅曾与被杀的隆司，还曾与信一郎交往？

然而，优子从来没有对贤一提起过这件事。她应该是故意没说，而不是不小心忘记提起。如果是这样，也许她还对贤一隐瞒了别的事情。她可能是在包庇姐姐，也有可能是有别的想法。

"也许""也许"，一切都只是怀疑和揣测。

不管怎样，贤一开始对之前完全信任的优子产生了怀疑。他没有心情回电话，只是回了短信。

"我现在在电车里，正前往看护中心。"

"了解。我还在工作，如果有什么事，请联系我。"

贤一疾步走下通往地铁检票口的狭窄楼梯。

22

当贤一在都立家政站前坐上出租车，告诉司机日间护理服务中心"太阳之家"的地址时，又来了一通电话。这次显示是真壁的手机号。

"什么事？我现在很忙。"

"智代女士现在在你家门口，似乎想进家里。"

"我妈在那边？"

贤一不由得放大了音量。司机透过反光镜瞟向这边。

"你想怎么做？虽然也可以让警察保护她，但如果你能马上过来，我就让他们先把她留在现场。"

"我刚在地铁站坐上出租车，马上过去。"

贤一挂断电话后对司机致歉，把目的地改成了自家地址。

真壁站在距离贤一家还有一个转角的位置。

贤一让司机停车，摇下了车窗。真壁把脸凑近，瞟了一眼贤一家的方向。

"你家附近还有媒体的人在。"

"我母亲呢?"

"我现在让他们带她过来。"

贤一把钱递给司机,下了车。

"她有没有闯什么祸?"

"好像没做什么特别的,只是一直在说'贤一没做那种事'之类的话,并试图进入家门。你知道是怎么回事吗?"

真壁探询般地看了过来,贤一摇了摇头。

"我还想知道呢。"

没过多久,三个人影出现在拐角。

智代被两名穿制服的警官夹在中间,不过看起来并不像被强行押送。年轻的警官苦笑着安抚一直在说些什么的智代,而年长的警官则在看到贤一和真壁时露出了困扰的表情。

"妈。"

贤一出声呼唤,智代却没有看他。

"贤一不是会做出那种事的孩子。"

"你在说什么事啊?"

贤一的声音被再度无视。

"辛苦了,接下来让我们接手吧。"

真壁让两名警官回到工作岗位。

"妈!"

贤一又用稍微强硬的口气呼唤,这次智代终于看向了这边。

"你,是老师……"看着贤一的智代表情突然明朗,但又迅速阴沉了下来,"——不对。"

"你不能出现在这种地方啊。快坐出租车回去吧。"

贤一抓住智代的手臂,智代的表情突然变得十分可怕,她甩开了贤一的手。

"别碰我!"

她瞪着贤一,并意识到了真壁的存在。

"啊,老师。"她求助般地看向真壁,"请不要对警察说。"

"说什么呢?"真壁温柔地问道。

"老师,贤一没有偷别人的东西。"

贤一的脸在瞬间开始发烫,想必还发红了。真壁又对贤一问道:"就是这个样子。你知道她的话的意思吗?"

"我怎么可能知道?这只是老人的胡言乱语。"贤一的用词变得有些粗暴。

"是吗?"

真壁点了点头,不知道是不是接受了这个说法。贤一把抵抗着说"不要、不要"的智代强行塞进了出租车后座。

真壁探头看向车内。

"我可以和你们一起走吗?正好我还有些话想和你谈谈。"

"我没有什么话和你谈。"

"比如,你和园田副社长都聊了些什么呢?"

23

贤一对院长德永道了歉,把智代交给了"太阳之家"的员工。

虽然智代有些不满,却也在其他员工的带领下走进了看护中心。

刚刚的话题似乎已经在她心中画上了句号,现在她又开始重复自己心仪的帽子不知道被丢在了哪里的事。

这是一场贤一十分熟悉的闹剧。智代似乎时不时就会回想起大约二十五年前,一家人一起去温泉时,自己把帽子丢在了吃午饭的荞麦面店的事。

"我才是,非常抱歉。"德永低下了头,"本来应该一直看着她的,却因为新员工稍不注意……"

面对不停擦着汗道歉的德永,贤一说了几句"请多关照",便离开了看护中心。

"让你担心了。我已经把她保护起来,并平安送到看护中心了。"

贤一发短信通知了优子。由于真壁就在他旁边,他不想打电话让真壁听到。

"风有点冷,要不要去哪家咖啡厅坐坐?"

听了真壁的提议,贤一点了点头。

步行约五分钟之后,出现了一家看似是个人经营的咖啡厅。

一进门,响起一阵"嘎啦嘎啦"的铃声。这是个只有吧台位和三张圆桌的小店。

在最靠里的圆桌边坐着一名穿西装的女性和一名穿夹克衫的男性,看上去都是三十岁左右,正摊开资料热烈地交谈。这幅光景经常会在咖啡厅出现,贤一曾听别人说那是派遣公司在进行面谈。店里没有其他客人。放着音量恰到好处的BGM。

一名女店员来为他们点单,贤一点了咖啡,真壁点了意大利面套餐。

"其实我还没吃午饭,所以请恕我失礼。"

听了真壁的话,贤一意识到自己也还没吃饭。时间已经快到两点半,他也感受到了空腹感。然而,他不想和这个刑警一起吃饭。

喝了一口水之后，真壁突然切入正题。

"在公司总部有什么收获吗？"

真壁似乎也在尽量以他的方式避免引人注目，稍微压低了音量。

"你跟踪我？我没注意到。"

"失礼了。跟踪你的是其他搜查员，我在'楠木妇产科医院'还有事情要问。"

贤一不由得看向四周，没看到类似的人物。真壁轻轻挥了挥手。

"现在只有我一个人。我们交班了。"

"这就是你的工作吗？"

贤一的意思是"你们居然不惜采用交班制来跟踪嫌疑人的丈夫"，这次他的话里多少含有讽刺的意味，然而真壁的表情完全没变。

"是的，这就是我们的工作。先不提这个，刚才你母亲说的话是什么意思？"

贤一歪头皱起眉，仿佛在说"我完全不知道是什么意思"。没想到，发生了罕见的事情，真壁突然"呵呵"地笑出了声。

"我明白了。这个话题还是不谈了。"

"你到底是什么人？"

"警视厅搜查一科的警察。"

"虽然我不太懂，但像这次这种案件，不是应该归当地的——不是该由当地的警察负责处理吗？"

这是贤一好不容易才想出的抗议。他回想起在白石法律事务所咨询时，白石父亲曾说的话。

在这次的案件中，嫌疑人当即被逮捕，并且大致承认了罪行，所以应该不会成立搜查总部。

那时他只是听听就过去了，觉得这种事没什么关系。

真壁往店员端上的咖啡里加了两勺白糖。

"藤井先生，你说得没错。虽然我觉得没必要对你详细解释，但姑且说说吧。我属于搜查一科里名为'特别任务班'的部门，虽然这次的案子没有到令搜查总部出动的水平，但如果总厅想要介入，会让我们在当地管辖部门的许可之下进行独立搜查。所谓'许可'，只是走个形式，实际上我们等同于不请自来。另外，如果真的是有必要让一科介入的事件，我们会与总队进行交接，自行退出。不知道我们算不算是侦察兵，说得不好听点，就是里外不是人的绊脚石、局外人、惹人厌的家伙。"

这下贤一终于明白，为什么在最初审讯自己时，那个叫作磐田的刑警对真壁是那种态度。他从真壁身上感受到了些微的亲近感，轻轻地点了点头，说出了实话。

"我不是去见副社长的，是有事想问前专务南田信一郎，但被婉言下了逐客令。"

"你是想问被杀的隆司先生和你妻子是不是真的有不伦关系？"

贤一慌张地看了看周围。无论是在柜台深处正把刚做好的意大利面移到盘里的店主，还是在一旁等待的店员，或是深处的两名客人，都没有注意这边。

"你是为了说这种讨人嫌的话才带我进了这家餐厅？"

"我没想讨人嫌。"

"让您久等了。"

真壁点的意大利面端了上来。

"失礼了，请让我边吃边说。"

贤一轻轻点头，真壁立刻开始用叉子卷起面条，发出响亮的吮吸声，只嚼了几口就把面条吞了下去。

"藤井先生你似乎一个人在到处调查？虽然很失礼，但应该没获得什么成果吧？"

贤一诚实地点了点头。再这样下去，即使再过一百年，恐怕也无法查明任何事情。他已经明白，先不提什么搜查权之类的复杂话题，说到底，自己根本就没有调查的天分。他试着向真壁提问。

"既然你这么说，我能问你一个问题吗？"

真壁抬起脸，吞下吃到一半的意大利面。

"什么问题？"

"我的妻子——伦子，那个，什么怀孕又堕胎的，那是真的吗？"

真壁以反问代替了回答。

"藤井先生你之所以会去'楠木妇产科医院'，是觉得也许会有与藤井伦子同名同姓的人，对吧？"

贤一不知道该如何作答。自己完全被对方看穿了。真壁继续说道："其实我和你想的一样，以防万一，我也去了那家医院确认。那名把你赶回去的女性是院长的妻子，也是护士长兼事务长。除了她的证言，还有正式的病历做证，住址也没有问题，保险证的副本也是伦子本人的。"

要想凭贤一的一人之力洗刷伦子的伤人致死或杀人的嫌疑，恐怕是不可能的。然而，贤一还抱有微小的希望，想着怀孕的会不会另有其人，或者会不会是误诊。如今，这一可能性被真壁刑警轻易地推翻。

"是这样啊。"

"我能理解你的心情。"

"你嘴上这么说,但医院对我的态度那么冷淡,难道不是因为你们把我和伦子说成是穷凶极恶的人吗?"

真壁淡淡地回答道:"我认为那倒也不是。只是因为那位护士长兼事务长出于个人信仰,对堕胎行为十分厌恶。"

贤一觉得自己现在也能够理解有那种信仰的人。对于贤一来说,伦子怀了其他男人的孩子并堕了胎这一事实,比她的杀人嫌疑要难以接受得多。

杀人的嫌疑只要能被洗清,便能迎来晴天。然而孩子,可不是只要堕了胎就可以过去的问题。

他们夫妇二人,已经回不到从前——

这样的想法充斥着贤一的内心,而且,虽然他嘴上还在否认,但他心里其实已经开始渐渐接受这一事实。然而,不可思议的是,他完全没有责备伦子的念头。

有的仅仅是寂寞,和"原因搞不好是出于自己"的自责。

之后他们也许会走向离婚吧?然而,即便如此,在这次的事件了结之前,自己必须支持伦子,相信她的清白,至少相信她有可以酌情处理的重大缘由,并为她的释放或减刑做出努力。贤一的心情逐渐向着这个方向转变。

这并不是爱情或信任的问题。非要说的话,更像是义务或赎罪。

把意面在一瞬间扫光的真壁用餐巾擦了擦嘴。

"也许你很生气她对很多事情保密,但可能正因为你们是夫妇,她才有很多话不能对你说。"

在听到不太符合这个男人的风格的安慰话语时,贤一看向真壁的脸。

"刑警先生，你结婚了吗？"

"结过。"

"离了？"

"是死别。我妻子在死去时怀有身孕，并且没有告诉我这件事。"

"你妻子去世了……是生病还是事故？"

"都不是。"

"该不会，是被杀——"贤一把下面的话吞了下去。

"嗯，正如你所说。"

真壁略微露出了苦涩的表情。这是贤一第一次看到真壁的脸上流露出人情味。

"你妻子没有把怀孕的事告诉你，莫非——"

真壁之所以一边说"讨厌"自己，一边对这次的案件执着地追查，是不是因为他曾经遇到同样的事？但贤一的设想被真壁干脆地否定了。

"如果是怀孕的事，不是你想象的那样。她只是想在结婚纪念日说出来吓我一跳才保守秘密，却在公布之前失去了生命。"

"原来是这样……凶手被抓住了吗？"

"嗯。"

然而，即使贤一等了又等，真壁也没有再继续说下去。看来这名神经仿佛是铁打的刑警也有不愿回想的过去。

"那请回答我这个问题，你想用自己的手杀死凶手吗？"

真壁一脸惊讶地看向贤一。

"——即使抛开刑警这一身份，也没想过要复仇吗？"

"在追查凶手期间，我的脑海里只有复仇这个念头。即使要以其他一切事物做交换，我也要亲手杀死凶手。然而，随着一天天过去,没能好好守护妻子的自责情绪开始占了上风。"

"刑警先生。"

"什么事?"

请店员追加免费咖啡的真壁看向贤一,眼神里的感情已经消失不见。

"你见过伦子了吗?"

"我没有和她直接对话。审讯也不是谁想做就能做的。"

"但是你有旁听过,对吧?"

"嗯,算是吧。"

"那请告诉我你的真实想法。你觉得我的妻子真的是为了清算不伦关系而杀死了南田隆司常务吗?不都说有刑警的直觉这种东西吗?"

真壁没有立刻回答,他缓缓地喝了一口刚被端上的第二杯咖啡。

"至今为止,我见过很多犯下杀人等重罪的犯人,什么人都有,既有眼神一看就很凶暴的暴力团伙成员,也有令人怀疑用这么纤细的手怎么能杀害体重是自己两倍的丈夫的女性。然而,我能感受到的他们的共通点,就是只要一开始坦白,犯人们都会露出相似的表情。"

"那是什么表情?"

"用一句话来形容,就是安心的表情,仿佛卸下了肩膀上的重担。"

"伦子呢?她的表情是什么样子的?"

这正是贤一最想知道的事情之一。

"不好意思,虽然很像是在讨价还价,但在回答你这个问题之前,你能先回答我一个问题吗?"

话都说到这个份儿上了，居然还有交换条件。虽然贤一感到有些不快，但想知道答案的心情还是占了上风。

"什么事？"

"是你在酒田市的部下，高森久实的事。"

又来了。

"她怎么了？"

"你似乎曾经和她约定，在你回到总部以后会把她带到东京，还会帮她租公寓，这是真的吗？"

贤一差点儿被刚咽下的唾沫呛到。

"到底、到底是从哪里传出这种荒唐的——"

"当然是她本人。是当地警察问询后得知的。"

"这是假的，完全是假的，是她自己的妄想——什么要把公寓的钥匙给我之类，这些话都是她自己说的。"

"也就是说，你们聊过这些，对吧？"

"等一等，那又怎么样？"贤一感到血气上涌，"你该不会想说我是为了快点儿回到总部，让她当我的情妇，就拜托我的妻子把碍事的常务给杀了吧？"

真壁的表情丝毫未变。

"我只是提出了一个可能性，只是想知道真相而已。至于藤井先生你在外地工作时有没有找情人，或有没有这个想法，我并不感兴趣——不过，若宫警察局的人已经去直接找高森问过话了。"

想必高森已经说出案发之夜他两人在乡土料理餐厅的事，以及贤一因业绩完全没有起色而丧失斗志，每天被松田分店长折磨的事，估计还添油加醋了一番，搞不好还会说贤一在茶水区紧贴上她的身体。

贤一原本就觉得在案情公布之后，媒体找到他在酒田市的工作地点的速度有些太快了。这么看来，有可能是高森泄露的。她也许是认为如果引发骚动，就能使自己被调到总部成为事实。

贤一曾经对这名对自己表示关心并主动搭话，还帮自己预订巴士车票的亲切女性多少抱有一些好感，难道这一切都是她的算计？

"一个两个，都在耍我。"

贤一硬挤出声音说道。虽然他不想在真壁面前展现脆弱的一面，但他还是把双肘撑在桌上，按住自己的额头。

"都在耍我……"

他张开嘴，吐出沉重的气息。口水从他的嘴角垂下，在桌上汇成了一小摊。

等他回过神来，发现周围一片寂静。店里的其他人似乎都不知从什么时候开始竖起了耳朵。

"我们走吧。"

听了真壁的话后，贤一点了点头，用手帕擦了擦脸。真壁付了账。

贤一走出咖啡厅，刚要糊里糊涂地往自家方向走，却想起自己现在住在酒店，又转向了车站的方向。

在旁边配合着他的步调的真壁开了口。

"对了，我还没有回答你刚才的问题。"

"啊啊，那件事啊。"

他已经完全忘记了交换条件的事。

"就我的印象来看，你的妻子还没有卸下肩上的重担。她的眼神透露出她似乎还有什么未完成的事。"

"那是什么事？"

"嗯……"真壁歪着头,"说得极端一点,我们现在正在调查的,也许就是这一点。"

"最后一件事。"真壁说着,停住了脚步,"虽然已经问了好多次,但刚才你母亲的那句'老师,贤一没有偷别人的东西',还是让我很在意。痴呆症患者如果编谎,有一个共通的理由,是为了让前后符合情理。因为他们不愿承认自己有痴呆症,才会编造出逻辑通顺的故事。你真的不知道那番话的意义吗?"

说实话,在听到母亲的话的瞬间,贤一就知道她在说什么事。然而,他还是摇了摇头。那件事跟这次的案件没有关系,而且他也不愿回答。

"刑警你不是也看见了吗?我妈并不认为我是她的儿子。至于她在说什么,我真的无法理解。"

"是这样吗?"

真壁暧昧地点了点头,随后便低头行礼,向车站的相反方向走去。贤一呆呆地看着他的背影。

——是你偷的,对吧?

那是他无法忘记的细小的尖刺。

那已经是三十多年前的事。上初一的时候,贤一曾经被班里的人怀疑是小偷。他被怀疑从外号叫作"麦当娜"①的邻桌女孩的钱包里偷拿了现金。

"麦当娜"这个词,即使在当时也已经是没人再用的过时词语。然而大概是因为那个女孩有一个在大企业就职的父亲,平时的态度就十分蛮横,又长了一张令人愤懑的可爱脸蛋,使人给她起了这么一个带有揶揄意味的陈腐外号。贤一就是被怀疑偷了这

---

①麦当娜:该外号源自夏目漱石的作品《少爷》里的女主人公。

个"麦当娜"的钱包。

那天,贤一在体育课上忘了戴头巾,便在老师的命令下回教室取。体育课下课后,"麦当娜"开始嚷嚷"我的钱包没了"。当时正好是吃饭的时间,所以学生们开始自行搜查小偷,后来又演变成同桌互翻书包,如果拒绝,就会被当作小偷。

最终,那钱包出现在位于教室后方的"麦当娜"的柜子里,然而里面的几百日元现金却不翼而飞。随后,有人站出来声称"我看到了,是藤井偷的"。

那是一个外号叫"小轰隆"的女生。她说她也因忘带东西而回到教室,目睹了贤一在翻"麦当娜"的背包。由于涉及金钱损失,最终这件事还是上报给了班主任。

放学后,贤一被班主任叫到教员室旁边的单间严厉地追问了一通。虽然贤一说自己是清白的,然而老师并不相信。争论的结果便是贤一被要求把一封信带给家长,让家长亲笔回信。贤一按照老师的要求做了。第二天,母亲智代比贤一还要早到学校,直接与班主任进行了谈判。

——老师,贤一没有偷别人的东西。

后来据班主任说,智代那时挺直身体、目光坚定,斩钉截铁地说出了这句话。

"这是关乎名誉的事情。请把那个说看到贤一偷东西的学生叫到这里。"智代坚定的意志成为最终在事件的解决中占优势的关键。

最终大家总结出了一个不上不下的结论。钱包之所以会出现在不同的地方,是因为"麦当娜"自己记错了。而贤一虽然碰了她的包,却没有拿她的钱包。随后班里的风向一转,开始对目击者"小轰隆"进行指责。而且在自主检查背包里的东西时,从

"小轰隆"的口袋里翻出了现金。

平时贤一就像是书里出现的典型的优等生，而"小轰隆"家里很穷，容貌与她的外号相称，据说在女生里也不太合群。

"'小轰隆'是骗子。明明自己是小偷，还嫁祸给贤一。"事情逐渐演变成了这样。

这次智代之所以会干出这种事，引起如此的骚动，恐怕是因为自家拥进了许多警察，令她受了刺激，使那时的记忆复苏，还把真壁认成了那时的教导主任。他那生硬的感觉和锐利的眼神和贤一的教导主任确实很像。虽然如此，真亏她能想起如此古老的记忆。

然而——

虽然事到如今才说出口，但其实"小轰隆"的证言是真的。

贤一确实偷了"麦当娜"的钱包。

平时"麦当娜"就不知道看贤一哪里不顺眼，总是散布"贤一擅自用我的圆珠笔""贤一擅自在我的本上乱画"之类的谣言，所以贤一才想小小地报复一下。

贤一发誓绝对不是为了钱，他也确实一分也没有拿，只是把钱包移动到了后面的柜子里而已。他知道"麦当娜"会叫嚷"钱包没了"，也预想到她会怪罪自己。他本来的计划是在她闹到无法收拾时从后面的柜子找到钱包，再以"怀疑别人之前，自己先好好找找"反击。

然而，事情向着意料之外的方向发展。从结果来看，应该是偶然目击到贤一行动的"小轰隆"趁机偷了钱——

回忆到这里，贤一开始觉得这次骚动是不是对自己从前的不诚实行为的惩罚。

不，不用追溯到那么久远的事情。

虽然自己正在外地工作，然而迟钝到连妻子怀孕都没有察觉，又怎么能看到伦子的内心深处呢？

优子发来了一条短信。

"我拦不住了。我的父母无论如何都要和你见面。"

24

令人头痛的因子——虽然并不是像因子一般微小的存在——又增加了。

贤一把应付伦子父母的事交给了优子，让优子拦住了非要"立刻过来"的父母。至于原因，是因为贤一能够预想到，应对这两人，特别是伦子父亲，会用光自己的时间和精力。

优子说"拦不住了"是怎么回事？就算要和他们见面，贤一希望至少优子也在，然而优子说由于昨天请了假，现在一时腾不出时间。而泷本姐妹的双亲据说已经离开了位于横滨的家，正在前往新宿。

无奈之下，贤一只好让优子告诉了他们自己的酒店房间号。

贤一感到心情十分沉重。连性格强势的优子都无法反抗那位父亲，只能转而向姐姐伦子撒气。如果和他争吵起来，贤一怕是连一句话都无法反驳。

"到底是怎么回事！"

不出所料，刚进房间，伦子的父亲泷本正浩便开口逼问贤一。贤一好不容易才咽下已经冲到喉咙的"我才想知道呢"。

正浩今年七十一岁，看起来要更年轻，他本人似乎也知道这点。然而今天他却显得比真实年龄还要苍老，令贤一有些心惊。

"您先请坐。我叫了客房服务，一会儿会有人送来咖啡。"

"我可得坐下。"

今年六十八岁的寿子瘫坐在单人沙发上。平常就怯生生的她今天更加视线游移不定。

正浩也一脸不快地就座。

"我们不能和伦子见面吗?"

寿子祈求般地看向贤一。

"是的。"

贤一把白石律师父女的说明转述了一遍。

像这种案例,直到伦子本人在开庭审判后承认了自己的罪状,这之前恐怕都不能与外人见面。现在连起诉都还没开始,所以应该还要等很久。

由于怕父亲正浩不能接受,贤一又作了补充。

"据说是因为有很多被告人在警方审问时很顺从,真到开庭时却主张自己无罪。所以像这次这种没有决定性证据,仅凭嫌疑人自白的案例,恐怕很难获准与嫌疑人会面。"

"说到底,伦子怎么会对人动手,这肯定是有什么误会。"

正浩是在农林水产省一直工作到退休的国家公务员。虽然不是通过了国家高级公务员考试的那一类人,但最终也升到了科长的职位,还曾空降到外郭团体①任职五年,算是比较成功的人。他还有过几次海外赴任的经历,伦子在高中时代去美国留学也是因为这个原因。

虽然应该与职业无关,但她父亲似乎对细节非常讲究,会严格规定门限,甚至干涉女儿的服装。伦子也曾经说过她每天都很憋屈,哪怕一天也想尽早离家,想尽快就职并独立,所以才选择

---

①外郭团体:指并非政府机关,但接受政府的出资和资金补贴的组织。业务活动与人事任免等与政府都有紧密联系。例如日本邮政株式会社、地方交通安全协会、市民共济会等。

了只需要上两年的短期大学。据说她父亲还为此埋怨不已，说是好不容易才让她上了神奈川县首屈一指的高升学率的私立女子高中，并在很长一段时间里拒绝跟她说话。

伦子对贤一说完父亲的坏话后，有些生气地抱怨"所以他才给我起了个这么不可爱的名字"。而妹妹"优子"的名字据说是母亲寿子起的。

"我也相信伦子。然而，警察现在认为伦子是凶手。"

不仅如此，我本人还被怀疑是"教唆他人犯罪"的"主犯"。还有传言说我被逮捕也只是时间的问题——

当然，这种话是不能说的，没必要主动去把问题复杂化，更别说怀孕之类的，绝对不能让他们察觉。

"她本人怎么说？"

"据警察和律师所说，她已经大致承认了罪行。"

"什么意思？她明确说了是她干的？"

"好像是的。"

客房服务上门了。正浩的怒气暂时无法爆发。

等服务员一走出房间，正浩又立刻开口。

"律师很优秀吗？"

你自己去问不就好了。

"据说那位律师过去曾经使冤案反转，轰动一时。"

"他可别尝到了一次甜头，以后就只知道搞花样了。"

母亲也加了一句。

"可别让奇怪的流言传到优子的公司里啊。警察会守住这些秘密吗？"

贤一能够理解他们身为父母无从发泄的愤怒和悲伤，也明白他们是因动摇和担心才将情绪转化为怒骂。然而，贤一也是一样的愤怒和悲伤，甚至比他们更加严重。

满脸通红、口出狂言的正浩，和用手帕捂住嘴哭哭啼啼的寿子，轮番回应这两人毫无条理的提问令贤一感到疲惫不堪。

自从前天晚上收到伦子发来的奇怪短信之后，贤一既没有正经吃过饭，也未曾睡熟过。他现在累得想把所有事都抛开不管。

然而，即使他说出自己有多累，也只会使正浩更加愤怒，寿子哭得更凶，对他说"拘留所里的伦子才更辛苦"。

他看了看表，马上要到傍晚五点了。

真的可以在这里这样浪费时间吗？没有其他事可以做吗？贤一既觉得有无穷无尽的事要做，又觉得没有任何事可做。

"……预计是什么时候？"

"啊？"

"拜托你打起精神来，我在问你什么时候开庭。"

贤一感到悲从中来，自己不是刚说过"伦子还没被起诉"吗？

贤一和伦子已经结婚快二十年了，正浩仍然没有发自内心地祝福两人的婚姻，据说他一直希望伦子成为公务员——最好是通过了国家高级公务员考试的官僚——的妻子。他的口头禅是"民营企业不管有多少资本，都不知道明天会变得怎样，被解雇只是一瞬间的事"。

据说在贤一确定将被借调到连分公司都不是的"东北诚南医药品销售"时，正浩也说过"看吧，我说什么来着"。

"实在不好意思，我接下来还要去一趟公司。"

贤一说了谎。

"去干什么？"

"因为我得请假一段时间，所以要办各种手续，还得与公司里的人打声招呼。"

意外的是正浩并没有质疑"你们公司的高管都被你妻子杀了,你还去打什么招呼",也许常年在机关工作的正浩想不到这一点。

正浩一脸失望地发了一会儿呆,随后对妻子说:"我们去优子那里吧。"

"优子不是说她那边不行吗?"

寿子一脸顾虑地反驳,又瞥了贤一一眼,辩解般地补充道:"哎呀,优子不是说贤一的家人在她家吗?"

她指的是借住在优子家的智代和香纯。

"那你就去问问前台这里还能不能订到房间——不,算了,我自己去问。"

正浩说完想说的话,就离开了房间。

"你们接下来有什么计划吗?"

贤一之所以这么问,是因为正浩看起来似乎很着急。

"真是抱歉。"寿子对他说道,"他是太担心了,才会坐立不安。别看他总是逞威风,其实胆子格外地小。"

"您二位要不要先回家?虽然这么说不太好,但即使你们在这里,也不会使事情好转。"

而且我现在非常疲惫。

"我也这么对他说过,但你也知道他的性格,根本不听。"

寿子叹了口气,之后便是一阵沉默。

"现在想想,也许就是指这件事吧。"寿子低声自语道。

"什么事?"

"优子啊,在半年前还是更早的时候,曾经在给我打电话时说过'幸好我是单身,要是有了家庭,还得给丈夫、孩子和丈夫的双亲擦屁股'。她是不是早就预想到了会有这种事发生呢?"

不是"照顾",而是"擦屁股",优子的措辞令贤一有些在意。说到半年前,正是伦子怀孕并堕胎的时期。这样看来,可能当时伦子的确找优子商量过。

优子目送坐在信一郎车上的伦子离去的证言,也许可以和这件事联系在一起。

不过,如果让好似刚刨过的方木一般棱角分明的正浩知道了这件事,会有什么结果呢?是不是即便如此,正浩依然会寻找证据,说女儿会变成这样是贤一的错呢?贤一甚至想见识一下那种仿佛世界末日一般的骚动。

内线电话响了,是正浩打来的,他以命令的语气要求换寿子接电话,贤一便依话照做。他似乎在这家酒店里订到了房间。

"那就拜托你了啊。"

鞠了好几次躬之后,寿子走出了房间。

25

藤井贤一坐在床边,呆滞地望向窗外。

他不想和任何人接触,关掉了手机电源。他觉得无论是在公司还是在警察眼里,自己的所在地和动向都像是被现场直播了一般清楚。

窗外暮色将至。从事件发生开始,已经快要过去整整两天了。

这期间自己到底做了些什么呢?只是东跑西窜,从结果来看什么也没做成,反而累得够呛。

他将手在头后交叉,躺在床上。

从岳父自顾自地说话时起,他就一直在想一件事。

有没有什么更重要的、需要更优先考虑的事呢?

似乎应该有，但他想不起来。

不知道是因为情报量太多还是冲击性太大，也可能是两者兼有，导致他无法理性思考，只能在事情发生时判断"去还是不去""说还是不说"。

为了让头脑冷静下来，好整理事实关系，他决定以从优子、香纯，以及刑警那里听来的话为基础，把至今为止发生的事梳理一遍。

事情的开端，应该是在贤一被借调后不久，南田隆司常务与伦子有了接触。

虽然不知道具体的契机和借口为何，但那两人原本就认识，隆司还是伦子丈夫的公司里高高在上的领导。如果是隆司主动联系，伦子应该无法立刻拒绝，想必是答应了隆司见面聊一聊。

问题在于之后到底发生了什么，使两人陷入了更深的关系？

是隆司以他的强势步步紧逼，伦子没能反抗到底，还是伦子其实也一直并不讨厌隆司？至少伦子应该没有为了保护丈夫在公司的立场而主动献身这种旧时代思想吧？

不过贤一觉得隆司之所以会接近伦子，应该也不是从一开始就百分之百地为了伦子的身体。

如果只是为了发泄性欲，应该还有很多人选。

"应该还有更加没有后顾之忧的玩法……"

园田副社长以及隆司本人在贤一被借调之前都说过这种话。如果隆司是在偶然之下选中伦子做出轨对象，并且两人的关系还一直持续到现在，那也太偶然了。

虽然也有喜欢铤而走险的人，但考虑到隆司的背景，贤一总觉得应该还有什么其他理由。

去年六月发生贿赂骚动时，公司在南田会长的牵头之下成立了包含外部人员在内的调查委员会，贤一也曾被叫去盘问。

虽然贤一只是小兵，但也属于信一郎派，却迫于隆司的说服——准确来说是威胁——将真相说了出来。这相当于贤一无视了信一郎派"只要你担下责任，我们不会让你吃亏"的劝说，给信一郎脸上抹了黑。

至于在那之后两派之间展开了怎样的攻防战，贤一只能想象。最终结果是信一郎派败北，也许是受了无论如何也要守住公司体面的会长的影响。

毕竟信一郎掌管的促销部，从很早开始就习惯性地进行行贿等灰色行为，所以要说咎由自取也是没错。然而这样一来，就相当于排在队伍最末尾的贤一，把勉强停在悬崖边的信一郎派全员推下了悬崖。

而另一方面，隆司轻而易举地背弃了与贤一的口头约定。最终，贤一也被"肃清行动"波及，被调到了位于酒田市的"孙辈公司"。

虽然贤一觉得这与之前约好的不同，但他还是相信高层们口中的"马上"，说服自己这次借调只是一时权宜，"最长也就到明年六月"。

太天真了——

不用南田兄弟和园田指出，贤一也已经惨痛地认识到了这一点。

并且他发现，这帮人对自己的看法惊人地相似。

"只要稍加威胁或暗示一点好处，这家伙就会轻易变节。"

很明显，他们就是这种想法。

现在想想，对于隆司来说，把贤一调到连周末都无法轻易回家的远方是有好处的。只要极端地减少贤一与总部员工的接触，就很容易控制情报的传播。不光是贤一，只要是公司职员，在无法掌握公司内部情报时都会感到十分不安。

松田分店长三番五次地泄露相当于"公司内部机密"的情报，显示自己"在总部有人脉"，也许他只是隆司派用来监视兼折磨贤一的一颗棋子。或许他们试图通过虐待贤一，使贤一越来越想回到总部，再恶劣的条件都愿意接受。

再往下猜，高森久实那不自然的接近，到头来搞不好也是背地里受了分店长的指使。虽然算不上是什么圈套，但万一贤一犯了错，他们就掌握了贤一决定性的弱点。

这样一想，贤一至今为止一直想不通的种种事情就都变得合理了。然而，在拼图看似将要拼上的同时，又有新的疑问产生。

隆司派做出如此计划，到底是想让被借调的贤一做什么事，或是做什么证呢？贤一不觉得自己是什么重要的人物，也没有任何能攻击信一郎派的其他材料。

而如果是为了笼络贤一，有什么必要让隆司与伦子接触呢？

难道是想利用隆司和贤一的妻子伦子认识这一点，来拉拢她的丈夫？或者只是单纯地为了调查贤一的品行？

这些问题的答案，贤一在一定程度上能够想象。

对隆司来说，最初的一两次，恐怕只是随意提出的见面。毕竟伦子与他是旧识，如果能引出拉拢贤一的证据，自然再好不过。

然而，隆司的主要目的却迅速地变成了追求伦子。虽然一开始不是为了肉体关系，却渐渐对她的身体产生了渴望。

或许隆司是记起了二十年前——如果伦子的话是真的——他

们一起去看演唱会并用餐,却"没有发生任何事"的回忆。也可能与二十年前无关,只是从现在的伦子身上感受到了魅力。又或者——不可思议的是,这是最使人无法冷静的想法——是在算计如果发生了肉体关系,女人就会对他言听计从。

贤一自然是希望伦子拒绝了隆司。然而,隆司并没有轻易放弃。贤一只在调职前和隆司在料亭直接交谈过,但那次给他留下的印象很深。虽然隆司表现出一副豪爽的样子,但贤一能感觉到他是个执念很深的人。

贤一想起了一件发生在五六年前的事。

那次也是一名三十多岁的男员工被调到了地方分公司,并在一年后离婚。当时公司里传出了这样的流言。

那对夫妇是职场婚姻,而离婚的原因,据说是妻子与丈夫的同事出轨。不,据说出轨对象不是同事,而是上司。不,据说是比上司的地位还要高很多的人……

贤一原本就对公司里的流言没什么兴趣,当时只是觉得"大家还真敢说"。然而现在来看,搞不好真的发生了和流言相近的事。如果当时记住了那名男性的名字就好了,贤一这样想着,又不由得苦笑起来。记住了又能怎么样?难道要相互安慰,或者听对方抱怨吗?

他不愿去想象隆司是通过药品或蛮力使伦子无法抵抗,但他更不愿意相信是伦子经不住纠缠,最终接受了隆司的追求。不知道他们是仅仅发生了一次关系,还是隆司以此为威胁,发生了多次——贤一不愿再想下去了。总之,伦子为了怀上香纯花费了半年多,居然会在夏天结束之前就怀上了孩子。

在得知怀孕的瞬间,伦子在想什么,又是什么表情呢?

贤一感到呼吸困难,从床上起身。

空调温度设定得很低,明明房间里已经很冷,贤一却一直在冒汗。他用洗手池边的毛巾拭去额头和脖子上渗出的汗水。

去年夏天,知道自己怀孕时,无法与贤一商量的伦子应该只告诉了优子,或者是优子出于同是女人的直觉,发现了这件事。

从优子知道那两人的关系却只字不提这点,贤一得出了她在包庇伦子的结论。今后对于优子说的话,他不能再像从前一样无条件地全盘接受了。

很难想象伦子会主动告诉香纯,所以香纯会知道这件事,肯定是从她们两人的异样中猜了出来。

后来,伦子就在那间医院把孩子"处置"了。

隆司知道这件事吗?应该知道吧。

不仅如此,这件事还传到了信一郎的耳中。在短暂回国期间,信一郎向伦子提出见面,目的当然只有一个,就是抓住隆司的弱点,好进行反攻。

伦子接受了信一郎的邀请,优子知道此事,并目送两人密会,这一幕还被前台的野崎尚美看到。

不知道针对南田兄弟和伦子这个三角关系,他们进行了怎样的对话。从结果来看,那之后的几个月似乎风平浪静,维持在平衡状态。然而,随着人事调动季临近,事情又开始出现新的变化。

南田信一郎前专务可能会回到日本的消息,就连贤一都在二月之后有所耳闻。这对隆司来说不是个好消息。明明只差一点就能把兄长根除,对方却在自己下手之前卷土重来。

日本人,尤其是公司职员,都十分排斥纠纷,更倾向于接受既定事实,哪怕其中有些不清不楚的部分,都会一并接受。所有人都期望事情能够尘埃落定。再加上哥哥信一郎很有领导气质,不难想象隆司非常不愿看到信一郎回到公司,使公司里的气氛变为"信一郎已经洗心革面，卷土重来"。

于是在这时，为了散播对信一郎不利的新情报——哪怕是捏造的——好给予信一郎和一直忠于他的部下致命一击，隆司再度试图拉拢贤一。

用园田副社长应该会喜欢的比喻，那起贿赂丑闻就是没有燃尽的"哑炮"。贤一这根"雷管"之前被拔了出来，埋在绝对不会令火药本体燃烧的远方。而隆司此时故意要把它挖出来，引起骚动。

从版图来看，这就是肩负要职、统领总务部和销售企划部门的"主流"信一郎，和负责新药开发这一听着好听、近年却完全没有成果，快要失去发言权的隆司之间的霸权斗争。另外还要加上并不想引退的园田。如果用单纯的势力图表示，就是"隆司与园田的同盟军"对"信一郎派"。

从秋季到二月那段时间之所以风平浪静，也许是因为隆司和伦子之间的关系因为"处置"孩子而冷却了下来。然而，随着信一郎回国一事逐渐变为现实，隆司也开始焦躁，又与伦子进行了接触。虽然不知道他的具体要求是什么，但伦子拒绝了他的要求，两人之间产生了争执——

这是贤一能够想象到的最为合理的事情经过。

虽然他不愿相信，但前后没有矛盾。恐怕警察也在以类似的假设搜查证据，寻找犯罪动机。

贤一用毛巾使劲擦拭着脸上的汗水，把皮肤擦得生疼。

事到如今，他才重新对整件事情进行了思考。

就算真的是伦子打死了隆司，他也要接受，并原谅她。不，不对，是求她原谅。如果非要有人杀掉隆司，那个人只应该是他自己。

贤一看了看手上的毛巾，又环视这间狭小简陋的房间。

他想再与优子和负责律师谈谈。优子肯定知道一些与真相有关的情报，只是可能不愿说出来。而律师更是与伦子本人见过面。

虽然贤一完全不想触碰手机，但他还是打开手机电源，给优子发了一条短信。

"我有些话想对你说，可以等你工作完，请告诉我你什么时候方便见面。"

接下来，贤一又给白石法律事务所打了一通电话。接电话的是负责处理杂务的女性，贤一请她转达"我想和白石律师见面谈谈"。

先收到的是优子的回复。

"我接完你母亲之后就去酒店找你，可能要快九点。"

血涌上头的贤一对自己完全忘记了母亲的事感到有些自责。就在这时，白石真琴律师打来了电话。

"我今天又和伦子女士见了面。在电话里不太方便说，我想当面和你谈谈。"

贤一与白石律师约好晚上七点去造访事务所，一看表，发现已经没有多少时间了。

他吃了个三明治果腹，并迅速冲了个澡，走出房门。

26

"你妻子依然说是她干的。"

贤一到达了位于池袋站西口的白石法律事务所，比约好的晚上七点提前了五分钟。

他刚在会客椅上坐下，白石真琴律师就开了口。不知道她是在一天的活动后懒得补妆，还是本来就没有化妆，看上去几乎是素颜。她那令人感到有些冰冷的面孔依旧十分端正。

"她自己那么说的？"

"是的。"

负责杂务的员工似乎已经下班，身为资深律师的慎次郎为贤一端上了日本茶。贤一对他行礼致谢。

"这样一来，她会被送上法庭，并被判有罪？"

"这样下去，百分之百会。"

"百分之百……"贤一重复着这个说法，却没有一丝真实感。

"她有提到和动机及当时的情况有关的事吗？"

白石律师捧着有深蓝色圆点的茶碗喝了一口，说道："虽然她没有说得很具体，但她一直坚持的大意是'她多次提出要结束关系，对方却不听，甚至威胁要告诉她丈夫，并把她丈夫辞退，所以她就一下子气血上涌……'。"

"你觉得她说的是真的吗？"

一边说话一边确认着笔记的白石律师抬眼看向贤一，仿佛在确认贤一的意思。接下来她的话，却与贤一的问题毫无关联。

"虽然只是我个人的经验，但很少有嫌疑人或被告人会从一开始就对律师和盘托出，包括最基本的究竟是有罪还是无罪在内。只要是人，谁都会有无法告诉别人、不想告诉别人的事，更不用说杀人这种罪行——"

贤一不想听这种泛泛的理论，他打断了律师的话。

"在现实中，难道有比与把自己的丈夫调走的上司发生肉体关系，并且在发生了那种，呃，那种事之后把对方杀死，还更难说出口的事吗？"

贤一实在没能说出"怀孕"二字。本以为律师会面露不悦地表示"这种事你问我也没用",但对方却一脸认真地点了点头。

"毕竟,对于什么才是最珍贵的事物,每个人的想法各不相同。"

贤一觉得对方好像话里有话。律师又看着贤一的眼睛说道:"对于女性来说,非自愿的怀孕或堕胎会造成相当大的负担。如果把这点作为动机进行强调,应该能争取酌情减刑。"

接下来,她又对今后需要办的手续进行了说明。

优子姗姗来迟,比约好的时间晚了三十分钟。

据说她在把智代接回公寓后,又被父母叫了出去,说什么也不放她走。

"所以才没能给你回信,真是抱歉。"

在不知道说了多少次"没有没有我才是"之后,贤一进入了正题。

"其实今天我也问了几个人,知道了一些新情报。"

虽然贤一欠优子的情,但还是想确认一下事实。

"什么情报?"

从优子的表情无法读出她的内心。

"比如——那个,优子,你是不是从去年开始,就已经多少知道伦子的事情了?"

"姐姐的事情?"

"也就是南田兄弟和伦子见面的事。"

"你听谁说的?"

优子那丝毫没想掩饰、过于坦然的态度,令贤一瞬间产生这件事他们以前已经谈过的错觉。

如果对方是自己的同事，贤一大概会激动地质问："你既然知道，为什么不说？"他缓缓地呼气又吸气，努力保持冷静。

只是自己和香纯就算了，毕竟还有母亲要考虑。就算说他算计也好，眼下他必须要请优子照顾智代，欠她一份人情。

"实际上，是我们公司的人看到了你。在去年的秋天，曾经有人看到你在暗处盯着伦子坐上南田信一郎专务的白色捷豹离去。"

突然，优子笑了出来。不知道出于什么原因，她用手背捂着嘴，"咻咻"地笑着。贤一不觉得有任何事情好笑，但也没有表示不快，只是沉默地等在一旁。

笑完之后，优子"唰"地撩起垂下的刘海。

"不愧是大企业，到处都有间谍啊。"

"没那么夸张。我听说目击人是在东京站附近的丸之内地区看到你的。你应该也知道，我们公司的总部就在大手町，走过去最多花十分钟。目击人只是怕被连累才没对外说出这事，也许还有其他员工也看到了。"

"你生气了？"

"生什么气？"

"气我没告诉你。"

虽然贤一想回答"没有"并回以微笑，但嘴唇却只能轻微地抽搐。

"我没有理由对你生气。不过我希望你告诉我，首先，伦子和南田兄弟到底发生了什么？还有前天晚上，我家到底发生了什么事？"

"我不想说。"

贤一忍不住"欸"了一声，把身子探向前。

他实在没想到优子竟会这样回答。他只想过她也许会装傻，或是袒护伦子，或是将自己的行为正当化。

"为什么？"

优子又撩了撩刘海。这是她在觉得厌烦时的习惯。

"之前我也说过几次，在我上初中到高中的时候，曾经有一段时期十分叛逆。父母和姐姐跑去美国，把我一个人留在了亲戚家。当然了，说'不想去'的是我自己，然而正常的家人会直接同意吗？我就是因为这点才愤怒不已。之前对你说过的我的'养子症候群'，直到那时都依然存在。"

优子"呵呵"地笑了起来。

"你是想说，其实你也想和他们一起去美国？"

"我也不清楚。虽然内心有很大一部分不想去，但也有一部分希望他们即使强拉着我，甚至把我绑过去，也带我一起走。"

"真难懂啊。"

"那个年龄段的女孩是很麻烦的。"

确实，香纯已经让贤一见识得够够的了。

"记得你昨天也说过，现在帮的这些忙，是为了还当时欠你姐姐的人情。"

"没错。因为我在叛逆期受了姐姐的照顾。那时，被家人留在日本的我做过很多坏事，最终被亲戚扫地出门。只有姐姐找借口回了国，对亲戚道歉。还有很多其他事，有的甚至不能对姐夫你说。"

"既然这样，你现在就更应该与我分享情报，好把伦子从现状中救出来……"

"我之所以不告诉你，还有别的理由。姐夫你看起来温厚，却很容易发火，不是吗？在发生这次事件之后，虽然你努力地控制自己，但指不定什么时候就会爆发。我不能让你在不恰当的时候、不恰当的场所说出不恰当的话。这也是原因之一。"

比起气愤，贤一感受到的更多是无力。

"我就这么让你信不过吗？不，说到底，难道你知道些什么一不小心说出口就会遭殃的事？"

"包括这点在内，我现在都不能告诉你。"

"现在不能。那什么时候能？"

"等证据和证词都集齐，并且开庭之后。到时候即使姐夫你做出什么哗众取宠的事，应该也不会影响案件的审理。"

"哗众取宠……"

"别担心，据说陪审员大多都凭感情判案，肯定都会同情姐姐。日本人很难抵抗外表温和的美人。"

在那之后，贤一反而被优子问了几个关于今后在公司的立场的问题。等贤一回过神来，时间早已过了十点，优子说她该回去了。

"啊啊，肚子好饿。明天早晨，我会在上班前再去给姐姐送些换洗衣物之类的日常用品。"

"谢谢。"

"那我先走了，还有工作没做完。"

"真的很感谢。"

在疲惫不堪的脑海一角，贤一想着，自己到底在谢她什么呢？

第二部

1

事件发生后的两天长得仿佛没有尽头,但再往后的每一天,却都几乎没什么变化。

尽管贤一的心里十分焦灼,却做不出任何有建设性的事情,眼看着即将过去四个月。

日历已经变成了六月。

虽然贤一的工作性质从在家待机变成了自主停职,但依然不用去公司,也不能出去晃荡,基本每天都待在家里。

虽说这样一来自己能在家照顾智代,算是一件值得感激的事,但每天要和绷着脸的香纯面对面,也使他感到很郁闷。讽刺的是,由于他们之间完全没有对话,可以说是处于绝交状态,所以也没有发生什么大的冲突。

在多次争吵之后,香纯参加了一所公立高中的第二波招生考试并成功合格,开始在那所学校上学。

至少就贤一看到的,她每天早晨都有穿着制服,从在案发一个月后终于可以重新居住的自家出门。对于香纯升学的事,贤一已经不想再去思考是非对错,他需要把全部气力集中到马上就要开始的对伦子的公审上。

不知道是不是因为贤一的愿望被上天听到了,在距离公审还有一周的时候,他终于被允许与伦子见面。之前还说他们在庭审开始之前恐怕无缘得见,也许背后也有白石真琴律师的努力。

贤一详细地写下了在与伦子见面时想要问她的各种问题。在见面的前一晚，他激动得几乎整夜没合眼。

然而，在简陋的面谈室，当隔着附有通话孔的亚克力板看见完全没有化妆的伦子的脸时，贤一最先出口的话却是"有没有好好吃饭"。

伦子无力地微笑起来。

"有，你放心。不说这个，大家怎么样？香纯和你妈妈都还好吗？你也憔悴了不少啊。真是对不起。"

听到伦子反过来担心自己，贤一没出息地流下泪来。

"其实——"

贤一说起了香纯上高中的事。之前他也寄出过很多封汇报近况的信，每次从伦子那里收到的回信都相当简短，内容都是在道歉。伦子最终也没有问起她曾经那般期待的香纯的升学结果。

贤一艰难地将事情说出口，得到的答案却令他意外。

"这我已经知道了。"

据说是伦子向白石律师死缠烂打地问出了结果，并请白石律师对贤一保密。

"是吗？唉，想想也是。"

"抱歉啊，给你们添麻烦了。"

贤一再次看向亚克力板后面的伦子的脸。她的眼周和嘴角的确显得有些疲惫，但并没有想象中憔悴。

在来之前，贤一还曾想象伦子在看见他的脸之后一定会控制不住涌上心头的情绪而号啕大哭，而自己则会好好安慰她，并为一直以来的事情谢罪。眼下的情况却和他的想象完全相反。

"虽然你可能会埋怨我事到如今才说出这些话，但我终于意识到有太多的事情需要对你道歉和道谢。等你离开这里，我再把那些话慢慢对你说。现在我希望你一定要告诉我的是——真的，是你把常务给……"

听了贤一的问题,伦子低下头,微微点头。

伦子旁边就坐着身穿制服的职员,背对着贤一。据白石律师所说,只要不是明显的消灭或伪造证据的对话,一般不会被打断。

即便如此,贤一还是忍不住压低了声音。

"难道不是因为审讯过于严酷,你才被迫说是你干的?"

"不是的。"

伦子边说边摇了摇头,嘴角又露出了笑容。

"那你是不是在袒护谁?"

职员轻轻咳嗽了一声,不知是出于刻意,还是喉咙里真的有痰。

伦子没有说话。

"你倒是说点什么啊?"

"我没有袒护谁。"

贤一实在不明白。伦子那寂寞的笑容和职员的咳嗽一样,都令他无法理解其中的含义。

"不提这个,刚才也说过,我比较担心香纯和你母亲的情况。"

"香纯有好好去上学,没有逃课。我妈也很好,受了优子很多照顾。"

最终他们就一直在聊这些毫无重点的话题,很快便到了规定的时间。

看着在职员的催促下站起来、转过身背对自己的伦子,贤一开口道:"不管发生什么——"

这是他今天来到这里后发出的最大的声音。

职员和伦子都回过了头。职员的眼神里略带责备,而伦子依然一脸冷静。

"我都相信你,而且我会等你。"

这次伦子真的笑了起来。

终于到了公审这天。

上午九点开始抽选旁听券,队伍从一大早就排到了大门外。

这可是进军世界的超大型制药公司的高管和底层员工的妻子——在某些新闻里还被写为"美女妻子"——之间的不伦引发的杀人事件,自然不可能不引起世间的关注。

为了不引人注目,贤一他们把脸挡住,在人群中混了进去。周围充斥着贤一从未感受过的奇妙的紧张感。

通过安检之后,他们立刻前往电梯厅。这里的电梯很有威慑力,仿佛在对来客进行恐吓。贤一在电梯前放空等待,心跳已提前开始加速。

这是贤一第一次看到法院的内部,长长的走廊向左右延伸。他们在走廊正中间确认布告牌,走向事先打听好的法庭。法庭的门前也排起了队,看来即使抽中了旁听券,座位的位置也并不固定。

在走廊斜对面有一间任何人都可以进入的等待室,他们决定在那里等待十五分钟后的开庭。

据说法庭里已经预留了贤一他们的座位。

法庭为相关人员准备的旁听席紧挨着最前列的栅栏。之前贤一想到过法庭会为被害者一方准备座位,却没想到连加害者一方都有,也许这也是白石律师努力的结果。

到了规定的开庭时间。

他们走出等待室,看着旁听的人们争先恐后地涌入刚刚开启的大门，却基本没有人说话。这场肃静的座位斗争就像是在象征这起案件一般，显得无比荒唐。

由于给贤一他们准备的席位只有三个，所以最终决定由贤一、伦子的父亲泷本正浩，和伦子本人强烈希望出庭的香纯入座。至于被害者一方，南田隆司的家属和公司相关人员中，没有一个贤一熟悉的面孔。

听说南田会长已经连外出的气力都没有，马上就要隐退了。而在事件之后，以周刊杂志为主要"战场"，对伦子甚至贤一不断地进行恶魔般的中伤诽谤的"女帝"乃夫子也没有出现，这令贤一多少安心了一些。也许是周围的人阻止了她，不让她在法庭上作乱。

需要担心的不只有外敌。贤一从昨晚开始就十分烦躁，想着该不会要被迫一直听正浩没完没了地发牢骚吧？然而令他感到意外的是，无论是在出租车里还是进入法庭之后，除了最低限度的话语之外，正浩并没有多说什么。

和紧张感不同，贤一总觉得从正浩身上散发出切腹前的武士一般的悲壮感。

而另一方面，香纯即使在关掉一直在玩的手机之后也几乎没有开口。祖孙之间也基本没有对话。

三人并排坐在令贤一想起以前和伦子一起去过的老电影播放馆的窄小椅子上。

工作人员和检察官，以及白石律师和助手，都沉默地陆续坐在了指定席位上。随后，被穿着制服的职员夹在中间的伦子，终于从法庭深处的门里走了进来。

就像新闻的旁听记录里写的一样，伦子上下都穿着运动装，想必是优子拿给她的。听说这里规定禁止穿附有绳索、皮带和金属的衣物，只有少数服装符合要求。

看着连在家里都很少见到的穿着运动服的伦子的背影，贤一感到十分心痛。随后他又看到了更具有冲击性的一幕，令伦子的服装瞬间变得无关紧要。

置于伦子身前的双手手腕上铐着银色的手铐。不仅如此，手铐上连接的绳子还绕在了她的腰上。

"伦子。"

岳父那压抑的呢喃声刺痛了贤一的耳朵。

他感到自己脸颊发热，心绪混乱，也不想去分析。总之，他涌上了一股想要放声大喊，并把眼前的栅栏踢烂的强烈冲动。

伦子站立在原地让工作人员解开手铐和腰绳时，她瞥了贤一一眼。她的表情毫无变化，仿佛没有意识到贤一的存在一般。

过了不久，陪审员都已就位，三名穿着全黑法官袍的法官在庄严肃穆的气氛下入场。

"全体起立。"

伴随着嘎啦嘎啦的声音，法庭内所有人都站了起来。当然，没有人说话。

"行礼。"

终于，庭审开始了。

从一开始，伦子就站在被告席上。

坐在最前列的贤一如果站起来探出身子使劲伸手，几乎能碰到伦子的身体。他涌上一股强烈的想把手放在伦子肩膀上的冲动。

最初的程序是核实伦子是否为她本人，之后由检察官朗读起诉状。

"被告人于今年二月……"

检察官那富有穿透力的声音在鸦雀无声的法庭里回响。伦子一动不动地听着,令人怀疑她是否真的还活着。

最多只有三十五岁的检察官用干巴巴的语言列数伦子的罪状。

"同夜同时刻,被告在与之前有不伦关系的被害者清算关系时,由于在金钱等方面产生分歧,发生口角。被告先用提前准备好的外国威士忌令被害者卸下防备,再用酒瓶两次击打被害者的后脑,使其因脑挫伤及外伤性蛛网膜下腔出血而死亡。罪名及触犯的刑法条项为杀人罪,《刑法》第一九九条。"

法庭内产生些许骚动,又在泛起片刻涟漪之后立刻平息。随后法官告知伦子有保持沉默的权利,并询问她刚刚的起诉内容是否属实。

"没错,就是这样。"

伦子的声音使法庭内产生了一波比刚才更大的骚动。

"旁听人,请肃静,如有吵闹……"

法官的劝告声直接从贤一的耳朵里穿过。虽然他已经做好了准备,但此时他还是切实地感到这样一来,就回不去了。

如果伦子在法官询问是否认罪时承认了罪行,只要没有特殊情况,基本就无法再翻案了。

白石真琴律师曾经这样说过。

她还曾说由于伦子从一开始便已承认了罪行,所以庭审实际上只是针对量刑多少进行讨论。

在开头的案情陈述和证据审查之后,终于开始了对被告人的提问环节。

不知道是不是由陪审团审判的缘故,庭审进行的速度似乎比贤一设想中快,稍不留意便会跟不上,仿佛在看电影一般。如果这样下去，搞不好判决会在一瞬间决定，而且是贤一所不希望的结果。

检察官毫不隐藏自己的干劲，对伦子发起密集的提问攻势。法庭内一片寂静，仿佛连咽口唾沫都会被听见，只有各处响起的记笔记的"沙沙"声。

"请被告人亲口详细陈述当时的情况。"

"好的。"

虽然从贤一的座位看不见被告席上的伦子的脸，但她似乎正看着法官。检察官在一开始就说过"即使在回答我的问题时，也请面对法官席发言"，所以伦子严格地遵守了他的要求。这很像是伦子的风格。

"刚才也说过，我曾多次对南田隆司提出'希望终止这种关系'……"

"请等等，是在电话里说的，还是发短信？"

"是见面时直接说的。但是，南田不接受，还多次闯进我家，笑着说'如果你坚持要终止关系，那我就只能把我们的关系告诉你丈夫了。不过他反正也没法从酒田市回来，恐怕要等上很久'。"

虽然贤一很想闭上眼睛、堵上耳朵，但现在无论眼睛还是耳朵，都是最近不曾有过的清明。

"面对不断推脱的被害人，你逐渐抑制不住怒气？"

"不，不是渐渐，而是突然。"

"哦？突然？是有什么契机吗？"

"南田在大声谩骂后有些累了，让我拿点冰块，我便从冰箱里拿出了新的冰块，放到冰桶里。在越过南田的肩膀把冰桶放在桌上时，我的视线落到了桌上的威士忌酒瓶上。"

"是这个瓶子吧？"检察官拿出了一张打印的照片。

"是的。"

伦子承认后，检察官点了点头，开始对法官进行说明。

"证据甲十一号，是单一麦芽威士忌的酒瓶，商品名是'拉弗格'。然后呢？"

"然后，那一瞬间，之前的种种事情突然在我的脑海中浮现，使我无法抑制住自己的感情，回过神时手已握住了威士忌酒瓶。"

"回过神是在打人之前，还是之后？"

"应该是打人之后。"

"然后你又打了一次。"

"是的。"

"能再准确地回想一下吗？"

"我记得不太清楚，只有朦胧的印象。"

"原来如此。不过，依据被告自己的发言，请听好，"说到这里，检察官停顿了一下，视线转向法官席，"……正如被告人自己刚刚所说，犯罪时她下了两次手，两次。第一次的确可能是出于气血上头，然而第二次，难道不是带着明确杀意的殴打行为吗？"

"也许吧。"

"也许？这可是你自己做的事。如果没有杀意，是不会连打两次的，对吗？"

怒视检察官的白石真琴律师一下子站了起来。

"法官，我有异议。从刚才开始，检察官一直在强行诱导主张自己记不清的被告人回忆——"

"那我换个问题。被告刚才说'之前的种种事情突然在脑海中浮现'，'之前的种种事情'是指什么？"

刚刚一直抬着头直视法官的伦子第一次低下了头。贤一也仿佛配合她一般地垂下头，看向两膝之间的地面。

检察官的声音响起：

"一开始被告人是被对方用催眠药迷昏而强行发生关系，随后两人的关系逐渐变为常态。虽然被告人觉得这样不行，却一直拖着越陷越深。最终被告人发现自己怀孕，决定堕胎的同时，开始以此胁迫被害者南田隆司。那天晚上南田之所以会造访被告人的家，也并不是为了清算关系，而是为了给胁迫做个了结，难道不是吗？"

"法官大人，我有异议。"

"认可。检察官……"

"不是的！"

突然，法庭内响起一个年轻的女声。

声音的主人不是伦子，而是坐在贤一岳父旁边的香纯。

几乎法庭里所有人的视线都看向了这边。法官、陪审员、律师、检察官、旁听人，以及站在证人台上的伦子。

"不是的！"

香纯看着母亲的脸又说了一次，内容却是说给法庭内的审判相关人员听的。

"香纯！"

贤一出声呼唤，香纯却完全不为所动。

"旁听人，请肃静。"

法官探身凑近麦克风提醒。

"不是的，打那个人的不是我妈——"

"再继续下去，就请你退庭。"

"求您了，请终止庭审。因为打那个人的是——"

"警卫员，请带旁听人退庭。"

不等法官做出指示，就有两名身材魁梧的法庭警卫走了过来。一个站在贤一旁边的走廊上，另一个越过栅栏抓住了香纯的手臂。

"请听我说，不是的，因为——"

"请退庭。"

虽然法官的措辞很客气，语气却不容分说。

就在这时，贤一与香纯对上了视线。

香纯的眼睛仿佛在诉说着些什么，那眼神十分认真，比至今为止贤一见过的任何时候的香纯都要认真。那并不是从去年秋天到现在一直板着脸的女儿的眼神。

"香纯！"

警卫们从两侧抓住香纯的手臂，把她拉向出口。香纯的视线从贤一转到伦子身上，贤一也顺势看了过去。

始终站在被告席上的伦子望着被带走的香纯，然后看向贤一，两人四目相接。

"伦子……"

贤一从栅栏处探出上半身，用力伸直手臂。

"伦子！"

几乎所有工作人员的注意力都被大吵大闹的香纯夺走，只有一个紧跟在伦子身旁的警卫发现了贤一的行动。

理解了贤一意图的伦子伸出了左手。

"被告人！"

警卫从背后抱住伦子，试图把她拉回去，而伦子仿佛在反抗一般拼命地弯下腰，伸出了手臂。

"伦子！"

碰到了。

只是一瞬间，也许只是几十分之一秒，贤一的手指碰到了伦子的手指。

她的手指是至今为止未曾有过的冰冷，又像会令人灼伤一般火热。伦子无名指上微微泛白的戒指痕迹清晰地映在贤一眼中。她的手上没有婚戒，居然连那种东西也被收走了——

"伦子！"

"老公！"

"请让被告人暂时退庭。"

法官不带感情的命令声响起。

不知不觉中，警卫的数量变多了。伦子被两名警卫从两侧牢牢抓住手臂，又被另两名警卫铐上手铐，围上刚解开的腰绳。伦子瘦弱的身体在他们的摆布之下不住地颤动。

"别这么粗暴！"

贤一的声音被无视了。

不停回头看的伦子就这样在警卫的拉扯下被带出位于法庭深处的专用出入口。她的眼神仿佛在对贤一说"保护好香纯"。

贤一回过了神。

一半人的视线集中在贤一身上，其他人则看着将要被从大门带到走廊的香纯。贤一几乎是第一次听到女儿的叫喊声。

"住手，别碰我！放开我！"

虽然香纯的用词很粗暴，但她那高亢的喊声却没什么威慑力。她弓着身子试图抵抗，但自然敌不过两名身强力壮的警卫。她的身影很快消失在门外。在她身后，几个看似是记者的家伙迅速追了上去。

法官一直在说些什么,但贤一完全听不进去。法庭内的骚动逐渐向着无法收拾的局面发展。

我要守护她。

"香纯!"

必须要守护。

贤一已经顾不上什么媒体和旁听人了。他把眼前的人全部推开,向大门冲去。

"香纯!"

"喂!别乱来啊!"

"好疼,疼死了!"

"我是她父亲!"

在拥挤的人群中,他终于冲出了狭窄的门。

香纯已经被把她当成最棒的牺牲品的媒体团团围住。讽刺的是,那些原本负责把香纯赶出法庭的警卫却迫于形势变成了香纯的保镖。

"不要在这里吵闹!"

警卫的怒骂声在走廊回响。

法院的走廊由一条长长的主通道和通往各法庭的支道组成。此时其他地方都非常安静,只有这里充满了怒骂,气氛燥热。

"莫非你是被告人的女儿?"

"喂,不要乱推!"

"刚才的话是什么意思?"

"你是说凶手另有其人?"

"你们这帮家伙,不要太粗暴了!"

"喂,请说出你是怎么想的,说点什么都好。"

"给我让开!"

看着一边怒吼一边努力向这边挤来的贤一，记者们发出了"啊"的叫声。

"是被告人的丈夫！"

视线一齐向贤一集中。

"真的！请问刚才她的话是什么意思？是你让她这样说的吗？"

"别推我……"

"喂，别这么粗暴！"

"是我干的。"

香纯近乎悲鸣的声音，使骚乱瞬间平息了下来。

"是我干的。是我杀的人。用瓶子打了那家伙的头的人是我。"

在一瞬的沉默之后，骚动变得愈发不可收拾。

"你说是你杀的，这是什么意思？"

"你母亲是在为你顶罪吗？"

"你们给我住手！还不住手！"

贤一一边护着被人群推搡的香纯，一边向记者们怒吼。

不知是谁的拳头击中了贤一的右颧骨。

2

这真的是发生在自己身上的事吗——

在记者的推搡和数名警卫的包围下，贤一和香纯在法庭门口坐上了出租车。直到上车为止，贤一的脑海里一直想着这句话。

中途他看见岳父倒剪一名记者的双臂，把那人从人群中推了出去。那人直接像被扔出场地的相扑选手一般倒在路上，令贤一不禁为岳父出人意料的臂力感到震惊。本来岳父的性格就很火爆,现在会做出这一行为,恐怕是对自己的女儿被带到法庭上示众感到十分愤怒。

被扔飞的记者似乎在怒吼着什么,岳父却完全不以为意,又抓住了另一名记者的衬衫。

他们好不容易才坐上了出租车,其中也有一份岳父的功劳。

"请立刻出发,先往新宿那边开。"

刚系上安全带,贤一就迅速对司机说道。被打到的右颧骨还在一跳一跳地疼。

"要上高速吗?"

"随便。"

他粗暴地回应,随后立刻质问香纯。

"你刚才的话是什么意思?"

香纯表情凶狠地低着头不回答,只是盯着脚下。

"到底是什么意思?"

贤一当然在意司机的存在,但他实在等不到回家再问。

车子开到了国会议事堂。今天是梅雨季中难得的晴天,几个身穿荧光色运动装的慢跑者正排成一排在人行道上奔跑,大概是刚结束午休时间的霞之关的公务员。

这景象令贤一升起一股无名火。面对不回答的香纯,他又以更严厉的语气问道:"你倒是说话啊!这样下去,这事搞不好不会就这么算了。你害得庭审中断,还在记者面前说了那种话。也许警察会找来,让你接受问讯。"

原本这场庭审就十分受人关注,连旁听券都需要抽取,这么一闹,恐怕还会成为傍晚的新闻节目和明天报纸上的焦点。

"喂,你说的那些话不是真的吧?你是为了袒护妈妈,才在一时冲动下那么说的，对吧？我之后会告诉媒体你只是一时激动……"

"是我干的。"

香纯用不带感情的声音轻轻说道。贤一立刻看到后视镜中的司机向这边一瞥。

"上面的路好像在堵车，我走下面了。"

贤一没有回答司机，而是压低声音对香纯问道："所以我在问你什么叫'是你干的'，你到底干了什么？"

贤一压根儿就不相信什么"是我干的"。香纯总是这样，每次都故意撒谎惹贤一生气，又在贤一生气之后闹着说"反正你也不相信我"。这种把戏也差不多该到头了——

"我不会骂你，你给我说实话。你是为了袒护你妈吧？"

贤一已经确定不是自己的错觉，司机正通过后视镜有一搭没一搭地看向这边。

贤一也不知道该如何是好。

车子在溜池路口右转，右手边是首相官邸。即使不堵车，从这里到家也要再花上三十到四十分钟。贤一没有自信能在这段时间里绝口不提案件。也许中途下车换乘电车会更轻松一些。

"司机您好，不好意思，请在前面的——"

"我都说了，就是我干的。"

香纯打断了贤一的话。

"你用瓶子，做出了那种事？"贤一下意识地反问。

香纯咬住下唇点了点头。

"还打了两次？"

她又点了点头。

"听好，香纯，你给我好好听着。这可是庭审，不是在学校的课外活动里扮演欺负人的坏孩子……"

"那种事我知道。"

听到香纯"啧"了一声,贤一又血涌上头。刚才在法庭上他还在一瞬间觉得他们心灵相通,看来那果然是错觉。

"那你为什么一直没说?这种胡话你只是跟我说说也就算了,别再给周围的人添麻烦。现在光是处理你妈的案件,大家就已经用尽全力了。"

"跟你根本说不通。"

香纯看向贤一的眼神中含有憎恨。看着女儿的眼神,贤一突然感到身体十分疲惫。中途下车换乘电车的选项早已被错过。

"接下来怎么走?"

在停车等红灯时,司机问道。

最终,贤一决定在新宿站西口的东京都政府附近下车。

现在想想,如果回到家,可能又会被媒体围住。在稍作犹豫后,贤一让司机停在了与案发后公司安排的那家不同的酒店。

老实说,他还想省一些钱。

现在他正处于临时停职阶段,从公司领到的薪水只有平常的七成,还是基本工资的七成。去年被借调时,他的薪水就已经打了七折,现在还要再降到七成,算下来几乎只剩了一半。问题在于这只是基本工资,扣除各种补贴,实际到手只剩下了原来的大约三成。

聘请律师也是需要花钱的。香纯之所以会去公立高中,想必也是考虑到了这点,这让贤一很是感激,但即便是公立高中,也需要交学费。

智代还没有被认定为必须要接受看护的程度,所以日间护理机构的费用几乎都是贤一自费。眼看就要到不取出存款就无法继续生活的地步。

更何况，他也不能一直让优子照顾智代和香纯。

在和优子差点儿因一时冲动而吵起来之后，贤一说服自己她那样做是为了拯救伦子，并继续用以往的态度与她接触。优子对待贤一的态度也一如既往，至于她内心究竟是怎么想的，贤一无从得知。

贤一在酒店前台打听到还有一个双人床的房间，他懒得再去问其他酒店，直接办了入住。

在冲出法院时，他沸腾的肾上腺素仿佛要从毛孔里喷射而出，直到现在才终于收敛了几分。

在前台办完手续之后，贤一催促着慢悠悠地跟在后面，不知是不是故意想惹他不快的香纯，两人来到房间。

贤一拉开房间的窗帘，窗外的风景很美，在微斜的阳光中，首都副中心的街景鲜明地呈现在眼前，建筑物的光影对比强烈，落下长短有致的影子。这一景象像是曾和伦子在美术馆看到的超级现实主义的绘画，令贤一莫名感怀。

如果是在与现在完全不同的情况之下，这应该算是一间很舒适的房间。然而，贤一总不能和香纯住在同一间房。即使贤一说他睡沙发，香纯也一定会跑出去。要是那样，还不如让香纯在这里，自己再去找更便宜的商业旅店或胶囊酒店住。

突然，贤一想起在进法庭时关掉手机电源之后就再也没打开了。虽然没什么兴致，但他还是开了机。案发之后的一段时间，经常有媒体相关人员打电话来要求取材，问他案件调查到了什么地步。从一开始他就拒绝与那些人通话，一直采取无视的态度，所以最近基本没有那种电话再打来了。

贤一对从洗手间出来的香纯说"你随便找地方坐"，自己坐在了床的边缘。

就在他想要开口说正事时,一个电话打了进来。是白石真琴律师。

"我是藤井。抱歉刚才造成了骚乱……"贤一率先道歉。

"你现在在哪里?"

对方语速很快,从背景音可以听出她是边走边打电话。

"我刚住进新宿的一家酒店。"

"香纯也和你在一起?"

她听起来并没有生气。

"是的,她在我旁边。"

"我现在过去,可以等我一下吗?"

"我知道了。"

贤一把酒店名和房间号告诉了白石,虽然偶尔感觉白石有些强硬,但此时她的快语速令人心情舒畅。

贤一长长地呼了一口气,一边转着头,一边揉着自己的脖子。既然白石要来,就让她来做女儿的对手吧。

贤一感到如释重负,把身体深深陷入窗边的单人扶手沙发里,闭上了眼睛。

3

白石真琴律师是一个人来的。

刚才在法庭上还有另一位年轻男律师出席,但白石说那人还有别的案子,两人在法庭上就分开了。

"伦子的庭审怎么样了?"贤一率先问道。

"在那之后休庭了一段时间,后来又重新开始,最终以法官的总结发言结束。那位法官以庭审速度快而出名，说是明天也会开庭，应该会按预定日程结束审理。"

"对于香纯的发言呢？"

"虽然陪审员中应该有人因为她的话动摇，但专业法官应该会予以无视，毕竟旁听人的吵闹并不是什么稀奇事。"

也就是说，不论从好的方面还是坏的方面来看，庭审都不会被今天的骚动影响。贤一刚想点头表示同意，白石律师就开口补充道："但是……

"我认为，审判的进展和证言的真伪是两回事。"

"您说得没错。"

"那么我想直接进入正题，能让我和香纯谈谈吗？"

白石干脆地推进话题，连烦恼的时间都不留给贤一。

"当然可以——香纯，你也不要说谎和隐瞒，要实话实说。"

香纯应该听见了贤一的话，却没有反应。

由于香纯坐在床上一动不动，白石律师便把边桌旁的椅子拉了过来，坐在香纯身边。贤一又坐回窗边的沙发，这样可以与她们两人稍微隔出一段距离，反而更好。

"那么香纯，请多指教。"

香纯抬眼看向白石律师，一脸戒备地点了点头。

"我会遵守保密义务，所以请你说出真话。不然，要是以后警察要求问讯，可能会导致我们采取错误的应对措施。"

"警察果然还是会出动吗？"

贤一想着保持沉默，但还是忍不住插了嘴。白石律师看向贤一。

"法庭是依据起诉状行动的特殊的闭塞世界，但警察可不一样，他们是随时都可以行动的组织。香纯的发言已经被一部分媒体报道了出去。这件案子如此受人瞩目，我认为警察不可能不行动。警察——特别是上层的人，比大家想象得更在意舆论和评价。"

"这样啊。"

看着气馁的贤一，白石律师的语气转为安慰。

"不过香纯还未成年，才十五岁，相信警方也会慎重应对。"

"我知道了。"

优子对白石律师的评价是"那个人的态度有点强硬"，似乎对她没什么好感，贤一觉得原因应该不仅是她们同为美女这么简单。原本白石律师是优子的熟人介绍来的，如今优子却变成了退一步观望的态度。

白石律师又开始对香纯提问。

"我因为一直在法庭上，所以没有听到，但听说你对记者们说人是你杀的，那是真的吗？"

隔了一次呼吸的时间之后，香纯点了点头。贤一又忍不住插了嘴。

"好好出声回答。"

白石律师看向贤一。

"贤一先生，这里请交给我。"

"不好意思。"

"我再问你一遍。香纯，那是真的吗？"

"是的。"

律师轻轻点头，往笔记本上写了什么。

"那么，对于那个晚上发生的事，请尽量准确地依照时间顺序告诉我。"

香纯缓缓地开了口。

依照香纯的说明,那天她的朋友也考上了志愿的私立学校,两人在考上最想上的学校后彻底解放,一起在家庭餐厅吃了点东西,边闲聊边玩手机游戏打发时间。

晚上七点左右,两人走出餐厅。香纯在与朋友分开之后直接回了家。

当她一边说"我回来了"一边看向客厅时,看到了那个男人。香纯没在玄关看到那人的鞋子,也许是收到鞋柜里了。那人正坐在桌边喝着什么,转过身看到香纯,说了句"哟,我来打扰了"。香纯闻到了一股酒气。

当香纯问"你在干什么?我妈妈呢"时,那人回答"谁知道呢。我过来时玄关的门开着,谁也不在,我就在这里等着了",还别有深意地加了句:"有句话怎么说来着,'鸠占鹊巢',对吧?"

香纯知道这个男人曾经多次在白天来家里,是邻居的好事大妈特意告诉她的。而且,她也隐约明白发生了什么。

香纯没看到奶奶智代,也许是趁母亲不在的时候跑出去了。

"我和你母亲是老相识。不过,她不管多少岁都那么年轻,一点都没变。"

说完这句,隆司还说了句"香纯不愿复述的下流话",并笑了起来。他的表情、眼神和说话方式都令香纯不快。

不仅如此,隆司还说"你的父亲是生是死,都在我的一念之间""要是你父亲挣得少了,你上学可就难了",就在他嬉笑着说"你和你妈都是美女,下次和我去吃饭吧"时,香纯心中的某根弦崩断了。

趁那个男人把脸转向桌子拿起手机时,香纯抄起桌上的威士忌酒瓶,砸向男人的后脑勺。

男人趴在桌子上"呜呜"地呻吟，香纯感到十分害怕，用比刚才更大的力量又砸了一次，之后男人彻底安静了下来。

正在香纯不知该如何是好时，智代一个人回到了家，果然她是去外面闲逛了。智代偶尔会趁人不注意跑出去，贤一被调动之后，她跑出去的频率越来越高，每次伦子都要在周围到处找。毕竟不能把智代绑起来，但也不可能片刻不离，让伦子一直很是苦恼。

看见那男人的脸贴在桌子上，智代并不太惊讶，还说着"哎呀，这不是血吗"，作势要去摸。就在香纯阻止她时，伦子也回来了。

"香纯，你在吗？有客人？"

声音有些戒备的伦子出现在客厅，提着超市购物袋。在看到房间里的惨状时，她瞬间失去了语言。

智代一脸稀奇地看着香纯手里沾血的酒瓶，说"这可得洗一下啊"。香纯突然开始浑身颤抖，把刚才发生的事情告诉了母亲。而此时智代已经开始清洗酒瓶了。"现在没时间管你奶奶了，"伦子说道，"必须得决定接下来该怎么做。"

"这件事就当是妈妈做的，知道了吗？"

虽然有些激动，但伦子总的来说还算镇定。她看了看墙上的挂钟，香纯不记得准确的时间了，大概是七点四十。

"你在这个时间回家，发现家里已经变成这样了，记住了吗？香纯，你就当作这样，不管别人问你什么，你都要回答'回家时发现家里已经变成这样了'。"

伦子与香纯做了约定，并反复叮嘱了多次。之后在警察问询时，香纯也依照母亲所说，回答"和朋友分开之后，我不想马上回家，就在商店街闲逛了一会儿才回去。到家时，案件已经发生了"。

伦子为了把嫌疑转移到自己身上,没有把血迹擦拭彻底,还故意把沾血的衣服扔进洗衣机,又倒进漂白剂,并与优子联络,报了警,最后给贤一发了短信。

在香纯的说明接近尾声时,贤一接到了一通电话。是搜查一科的真壁刑警打来的。

稍作犹豫后,贤一接起了电话。他也想知道警察的动向。

在贤一报上名后,真壁说了句"好久没联系了"。

贤一大概回忆了一下,距离他们上次交谈已经隔了一个月。

"什么事?"

"是为了你女儿在法庭上的发言。"

这位刑警也和白石律师一样冷冰冰的,却不会卑鄙地攻击别人的弱点,这点令贤一很欣赏。

"这么快就被你知道了。不过,警察应该不会相信孩子的胡话吧?"

"胡话也要选择时机和场所,现在新闻上可是到处在播,警察自然不能放着不管。不管怎样,能让我先问问她那番话的含义吗?"

"问我女儿?"

"当然。"

"是自愿的吗?"

"是的。"

"也就是可以选择拒绝?"

"理论上来说是的,但如果拒绝,也许会把事情搞得更麻烦。"

"这是威胁吗?"

"应该说是好心提醒。如果对方拒绝时警察会说'好的'并老实退下,就不会有那种制度留下来了。"

"我明白了。如果是那样的话……"

贤一这才意识到白石律师正在用手势让他保留电话。

"请稍等。"贤一点了保留键。

"是警察打来的?"

"是的。"

"请换我来接。"

贤一顺从地把手机交给了白石律师。

"电话换人了,我是律师白石。是的,之前也与您见过几面。当然记得。不说这个,关于藤井香纯的自主问讯的事——"

由于通话的两人都很专业,事情立刻定了下来。真壁说会在约三十分后到达这间酒店。征得贤一的同意后,见面场所选在了这间房间,而不是大堂休息室。不用说,白石律师也会出席。

4

在等待真壁刑警的期间,贤一和白石就今后的事情简单地开了个会。

虽然两人想在香纯听不到的地方讨论,但如果不看着,也许香纯会跑掉。无奈之下,他们只能在窗边的小沙发上对坐,香纯则在床上玩手机。

"你觉得我女儿说的是真话吗?"

"在说出我的意见之前,藤井先生您是怎么想的呢?毕竟你们是家人。"

贤一看向香纯。香纯的耳朵里塞着耳机,似乎正在听音乐或看视频。虽然她也许只是装作没有在听两人的对话,但现在不管他们再说什么,也不会让状况更糟了。

"虽然羞于承认,但最近我们基本没怎么交流,我实在无法挺起胸膛说我们是家人。这一年中,我和女儿对话的时间加起来估计也不到一个小时。"

"我与家父,和你们很像。发生矛盾时,可能连续三天都不说话。"

贤一很惊讶,这是他第一次见到白石律师聊起与案件无关的话,甚至还露出了苦笑。这让他的心情稍微轻松了一点。

"虽然作为家长说这话不太好,但香纯那家伙莫名地沉着,即使面对大人也不会胆怯或退缩。只要不顺她的意,她就会不与你交谈,还会脸色不变地撒谎。"

白石律师恢复严肃的表情,点了点头说道:"原来如此。"

"确实,香纯她有时会面无表情,但如果把她所有的话都归结于临时想出的谎话,是很危险的。就我问话时的印象,她的回答很有条理,反而比伦子的自白更可信。"

"那……该不会真是香纯……"

贤一久违地感到全身起了鸡皮疙瘩。

即使到了庭审终于要开始的时期,贤一也没有放弃争取伦子的释放。然而,如果伦子是在为女儿顶罪,那么情况可以说是更糟了。

"然而,我也不觉得她说的都是事实。"律师补充道。

"律师小姐,假如事情向着真凶是香纯的方向发展,对伦子的庭审将会怎样?"

如果是共犯还另当别论,针对一起案件,应该不能同时审理两名不同的嫌疑人。

"香纯还没有被逮捕,也没有针对她立案。原则上来讲,针对伦子的庭审应该会继续下去。陪审团的审判很快,如果任凭其发展,应该下周就会结束审理了。"

"也就是会下达判决?"

白石点点头。

"那样的话,事情会变得更麻烦。"

"该怎么办才好?"

"有一个办法可以要求暂停庭审,在这个案例里……"

门铃响起,通知有人来访。

贤一开门把真壁迎了进来。

他们把窗边的两把单人扶手沙发都搬到床边,把床包围了起来。

"那么,大家就座吧。"

贤一说道,大家点点头,各自就座。香纯也把手机放下,在床上轻弯起腿坐好。

"先说明一下,我已经和'上面'商量好,这件案子暂时由我们负责。"

真壁突然说道。

"这是怎么回事?"贤一回问道。

"这起案件已经开始庭审,就负责搜查的管辖警署的立场来看,事到如今,他们肯定不想把结论推翻,所以我们不认为他们会认真搜查。"

贤一忍不住出口打断。

"这种事可以说出来吗?"

从某种意义上来讲,真壁的发言内容可以说令人十分震撼。

然而，真壁只是轻轻点了点头，继续说了下去。

"经过我和上司交涉，将由我和若宫警署的一名年轻刑警专门负责此案。如果有重新搜查的必要，也许指挥权还会转移。"

果然，正如真壁本人所说，他已经被排除在"搜查主流"之外。虽然贤一有些担心他是否值得信任，但白石律师却赞同地点了点头。或许是真壁坦率的说话方式让她产生了信赖，而且她似乎也没打算把事情扩大到"警方抓错了人"或"强行逼供"上。考虑到至今为止的经历，贤一也觉得这样安排更好。

接下来，由白石开始说明。她把刚才从香纯那里问到的内容按顺序进行了整理，并在说明时把事实和香纯的想象进行了明确区分，不到十分钟便说完了。

这期间，真壁只是偶尔记一记笔记，没有插一句嘴。

"毕竟香纯是在一时激动的状态下发的言，从律师的角度来看，我认为可信性较弱。"

白石淡淡地说道。

"我明白——那么，接下来作为律师您打算怎么做？"

真壁也用不带感情的声音回答并提问。

"我基本上不会对她的话发表评论，只会全力以赴处理现在进行的公审。不过，如果警方有什么未对外公布的证据能够证明真凶是香纯，那我也会为她进行辩护。"

真壁抿嘴笑了。

"原来如此，你打算把事情交给警方解决。以先攻后攻来说的话，这样属于后攻。很聪明的做法。你假装把事情交给别人，实则用别的方式展开行动。"

"这点您可以自由想象。"

"你真的打了南田隆司？"

真壁突然看向香纯问道。在香纯正要点头时,白石的声音飞了过来。

"等等!"

被声音吓到的香纯停止了动作。贤一自不用说,真壁也看向了白石律师。

贤一本以为她是想以香纯是未成年或有无搜查令为由拒绝真壁的调查问讯,但似乎不是这样。她对香纯告诫道:"我不是让你说谎。但是,不想说的话可以不说。而且最好不要说自己的想象,或主观判断的事情。"

香纯难得坦率地点了点头,开了口。

"是我干的。所以,请释放我妈妈。"

说到最后,香纯的声音带了点鼻音。她把被单拉到了脸上。

"原来如此。"

真壁陷入深思。白石律师插了句嘴。

"虽然我知道问了也白问,但我还是想知道警察,也就是你,是否有什么隐藏的王牌?"

"我不明白你的意思。"真壁装傻地说道。

"我多少知道你的立场。身为总厅的特别任务班,你与管辖警署之间应该有些不同吧?为了查明真相这一共同目的,我们要不要在可能的范围里互相帮助?"

"那我想你应该也知道,至少直到最近,我们几乎一直被排除在外。我们的存在,基本只是为了显示虽然搜查总部不会出动,但总厅还是多少有点关心。虽然是个不太好的比喻,但以赛马来说,就类似于为了保险买了一张无人看好的马券,没想到到了最后一个拐角,那匹马居然混到了第一梯队里。"

不知道是不是因为觉得自己的比喻很好笑,真壁嘴角露出微笑。他从胸前的口袋里取出了手机。

"我想让你们见几个人。其实,我已经让他们在大堂等候了。"

他开始按手机按键。

"请等一下……"

真壁无视白石的制止,把手机放在耳边。

"啊,是我。你们能过来吗?那我等你们。"

"喂,不要自顾自地行动。"

真壁无视白石律师的抗议,对贤一开口。

"你们可以先确认一下,如果不想见,我就让他们回去。"

过了约五分钟后,门铃响了。贤一刚一看猫眼,就慌张地开了门。

"妈!"他真的惊到了,"你在这种地方干什么呢?"

智代身边还有两个人。一名是二十五到三十岁的男性,想必是真壁的搭档刑警。另一个则是贤一熟悉的面孔。

"怎么回事?优子你也来了?"

5

"那么……"真壁刑警不带感情地开口,环视屋内。

"这下仿佛成了一场意外的家庭会议。在进入正题之前,我先介绍一下我的搭档。"

那名与智代一起进门的年轻男性果然是刑警。

"以前我们曾经因某起案件一起共事。由于他被派到了若宫警署,这次就请他来协助我。"

真壁介绍完,那名男性也打了招呼。

"我叫宫下,请多指教。"

瘦弱的他乍看不太可靠,眼里的光芒却很锐利。真壁环视房内。

"既然人数变多了,大家就挤着坐吧。虽然俯视大家很失礼,但我和宫下站着就好。"

香纯坐在床边靠里的位置,旁边坐着智代,前面坐着优子。白石律师还是坐在边桌的椅子上,贤一不想坐,也站在一旁。

智代问香纯有没有好好吃午饭,香纯红着眼睛认真地回答"嗯,吃了"。

"实际上,香纯在法庭上说出劲爆的发言时,若宫警署对智代女士的问询刚刚结束。不是我们让她来的,是智代女士自己说有话要说,在泷本优子女士的陪同下过来的。"

优子看着贤一,罕见地以辩解般的语气说道:"抱歉,我觉得你们应该正在法庭里,就没与你联系。"

"不是,我没明白,我妈是又闯了什么祸吗?"

"你母亲突然说有必须要对警察说的事,也不听我的劝说。"

今天的庭审除了贤一要参加,香纯也要旁听,所以以防万一,优子请假在家照看智代。

"什么情况?"贤一看向母亲问道。

然而智代却挺直身子看向窗户。

"这里是几层?"她自言自语般地问道。

"二十一层。比起这个,妈,到底是怎么回事啊?"

真壁插了进来。

"我来把详细情况告诉你。实际上,由于若宫警署不知该如何应对,他们就通过与我多少有过交情的宫下,把事情又交给了我。所以我立刻去了若宫警署,对你母亲进行了问话。"

贤一既担心问题变得更麻烦,又抱有微小的期待。或许他们真的成功进行了有条理的对话。

其实最近,贤一感觉母亲的症状似乎变好了一些。虽然她的记忆和对现状的认识依然在现在和过去之间穿梭,但话语开始出现连贯性,偶尔还能认出贤一是长大后的儿子,并与他进行对话。

虽然不知道有没有医学依据,但贤一最近正在猜想,儿子每天的看护也许能使智代的症状改善。

如果真是这样,她应该也有说出目击到的真相的可能。

"老师。"

然而另一方面,她至今仍把真壁认作贤一的小学老师。

"怎么了?"

"我不太会说话,偶尔还会忘事,可不可以把我对您说的事告诉贤一?"

她最后看向贤一。

"妈,你知道我是谁吗?"

"你在说什么啊?真是个奇怪的孩子。"

真壁点头说"知道了",又轻咳了一声。

"智代女士说,那个晚上,是她将南田隆司殴打致死的。"

真壁说出的这句话,使现场一片寂静。由于无人开口,真壁继续说了下去。

"那天她意识到家里没有人,正好想呼吸外面的空气,就出去逛了一圈,感到舒服了一些后回了家。结果那时,南田正在试图袭击香纯。我的意思是,肉体上的袭击。对于之前曾经多次来到这个家且态度十分无礼的南田,智代感到十分愤怒。看见孙女遇到危机,她抄起现场的瓶子,打向南田的后脑勺。南田抱着头坐在了椅子上，她上前又补了一击。"

"怎么会，怎么可能——不，说到底，她怎么可能事到如今想起这些来呢？"

贤一的反驳脱口而出。他并不是为了袒护母亲，而是感到难以置信。

"她说那时她的意识很清醒，所以为了不忘记，她做了笔记。笔记已经作为证据上交了，但可以给你看照片。"

真壁转过脸示意后，宫下刑警打开了笔记本电脑。

贤一和白石律师凑了过去。

"是我把那个男人打死的，意识也很清醒。"

上面还写了日期和自己的名字。虽然很笨拙，但的确是智代的字。

"但是，这种东西也可以事后……"

"边缘这里沾上的茶色污渍是血迹，现在正交由鉴定科鉴定。如果这是南田的血，事情就会变得比较麻烦。"说到这里，真壁做了一次深呼吸，环视全员。

"这样一来，主张自己是凶手的，一共有三人。"

6

贤一不住地眨眼，意识到自己一直半张着嘴后，他慌张地以咳嗽掩饰。

他的感觉已经不能用"意外"这种简单的词汇形容。

就连伦子成为杀人案件的被告人这个事实，他都尚未完全接受。偏偏在庭审进行到一半时，女儿香纯因大闹法庭被勒令退庭，还对记者大叫"是我干的"。结果现在，连是否能正确说出今年是公历几年都是个未知数的母亲智代，也开始说出类似的言论。

到底是怎么回事？

他看向房间里的其他人。

就连一直保持着冷静表情的白石真琴律师也一时不知该说什么，皱起眉头认真地思考。妻妹优子的脸上混合着疲劳和悲伤，却似乎并不惊讶，也许她在去找警察之前已经听智代说过这番话。智代挺直后背，依然看着窗户的方向，不知道是不是对外面的景色感到在意。

香纯则是一脸惊讶。然而，她的表情看起来不像是对事实感到震惊，而是觉得"为什么说了出来"。

真壁刑警打破了沉默。

"不过，我没能从她口中问出殴打之后的具体情况。她只是重复地说'是我干的……'。"

由于谁也没应声，真壁继续说了下去。

"所以我们也很困惑，不知道该如何处理这个问题。"

贤一觉得自己必须说些什么。

"伦子怎么说？"

"由于送检后主导权就移交给了检察方，再加上公审已开始，所以就算是警察，也不能轻易对她审讯。"

"你也知道，我母亲患有痴呆症，现在也一直在管你叫作'老师'。即使不问白石律师，我也觉得不应该把她的主张当真。"

几分钟前，贤一还在为智代的症状似乎和前些日子相比有所好转而欣喜，现在却在说否定智代的话语。当他怀着内疚的心情看向智代时，她的表情仿佛在问"大家吃晚饭了吗"。

真壁冷静地回答："我认为关键在于刚才给你看的那张智代

女士说是她在当天写下的笔记。如果上面的血是被害者的,而且笔迹也是智代女士本人的,那将会是有力的证据,焦点可能会一下子转移到她在犯罪时是否有对言行负责的能力。"

白石律师对贤一轻轻点了点头,又用锐利的眼神看向真壁。

"你该不会想限制她的人身自由吧?我能做证,你们不用担心她会逃跑。"

她的语气变得委婉了一些,贤一不合时宜地想着这样更好,更有人情味。

真壁苦笑。

"我们又不是魔鬼,而且怎么看,智代女士也不像是打算逃跑的样子。我们只是希望她能积极配合我们查明真相。"

"也就是希望她出面接受问讯?"

"嗯。虽然还要看情况,但不管怎样,估计都会请她尽早来警署一趟。"

白石律师似乎觉得没有办法,只是轻轻点了点头作为回应,又在笔记本上写了几笔。

真壁继续开口。

"我有一件事想问香纯。啊,在那之前,就像刚才这位白石律师所说,如果你有不想说的事,可以不用说,同时也希望你不要说谎。"

贤一看向香纯,香纯一脸顺从地点了点头,令他感到十分惊讶。

至少从在法庭突然大闹到进入这间酒店为止她一直对贤一表现出的赌气的态度,如今已经完全消失不见。

"父亲和律师都没意见了吧?"

白石律师和贤一几乎同时点头。

那名叫作宫下的年轻刑警把窗边空着的单人扶手沙发搬了过来，放在真壁身后。真壁轻轻点了个头，便坐在香纯面前，说"那就开始了"。

"我的问题说白了就只有一个，那就是到底发生了什么，是谁打了南田隆司的头。仅此而已。"

7

香纯瞪大了眼睛，仿佛喉咙里有什么东西卡着。她求助般地看向优子。

"够了。"

开口的正是优子。几乎所有人的视线都集中在她身上。

"不要再责问香纯了，是我不好。"

"什么意思？"

真壁刑警问道。他看上去并不惊讶。

"下手的并不是香纯，也不是姐姐——"

说到这里，优子抬起头看向香纯。

"抱歉，让大家的心意白费了。但是，谎言是无法撑到最后的。"

说完，她又转过来面对真壁。

"正如智代所说，也正如她在笔记上写的那样。殴打那个男人的，就是智代。"

贤一感到"咻——"的一声，仿佛有一股从缝隙中吹进来的风刺透自己的喉咙。

"怎么会……那优子你，早就知道了？"

优子"嗯"了一声，眼睛因充血而通红。

"那伦子为什么会……"

"她做了替身。"

"替身？她为什么要那么做？"

真壁似乎想说些什么，却被优子抢在了前面。

"我来把事情从头开始全说出来。那天姐姐说有点事，就让我把智代从日间看护中心'太阳之家'接回了家。就在我在厨房清洗餐具，想泡杯茶喝时，家里似乎来了客人。在我没注意时，智代去应门，还把那人迎了进来。来的便是那个男人。在那之后……"

真壁举起了手说"等等"。

"抱歉打断你一下，'那个男人'是指南田隆司吗？"

优子一脸看到了脏东西的表情，点了点头。

"嗯，没错。"

"那时被告人伦子呢？"

"姐姐不在家——后来发生的与本案无关的事情我就省略不提了。总之，我也和那男人见过面，曾经多次在姐姐家遇到他。还曾有一次，那个男人没注意到我在二层，毫无顾忌地用傲慢无礼的态度对姐姐说话，被我听到了。"

"那次谈话的内容是什么？"

"我没有听到全部，只听到什么'专务派又在把隐瞒的事……'，还有什么'你态度再配合一点'之类的。后来我问姐姐'没事吧'，姐姐只回答'没事'，没有告诉我详细情况。但我还是觉得很担心，其实那时我就总觉得会出什么不好的事情，于是经常找借口去姐姐家。然而最终，那人还是在我不在时，用安眠药——"

优子没说下去，应该是顾忌到香纯。香纯似乎也觉察到了，低声说道:"我知道的,没关系。"

优子一脸抱歉地点了点头,继续说了下去。

"从某个时期开始,姐姐的态度突然发生了变化,在我不停逼问之下,她终于告诉了我实情。在和姐姐有过一次那种关系之后,保持与姐姐的关系成了那个男人去姐姐家的主要目的。也就是说,他们之间的关系已经与'排除专务派'的工作无关。从那之后,我去姐姐家的频率降低了,因为我总觉得很肮脏——该怎么说呢,觉得很不正常。"

"然后那个晚上,伦子碰巧不在家时,你和智代遇到了南田。"

面对真壁的问题,优子回答"是的"。

"看到那家伙时,我只想赶紧回去。但姐姐不在家,我也不能留下智代一个人,所以我就劝他,让他改天在姐姐在家的时候再来,却没能成功。

"他不但没回去,还试图袭击我。虽然我不想说这么恶心的事,但一开始那人还只是嘴上说说,后来不知道是不是因为醉了,说着说着就兴奋了起来,站起身把我逼到客厅的墙角,开始摸我——我一闭眼,那人突然发出'咕'的一声,皱着眉捂住了头。在看到智代站在他身后时,我立刻就明白发生了什么。

"南田一边叫嚷'你在干什么',一边试图从智代手里夺下瓶子,我也冲了过去,三人纠缠在一起。然而突然之间,南田抱住头,瘫在了椅子上。"

"是疼痛滞后发作了吧?"

年轻的宫下刑警第一次说出像样的发言。优子点了点头。

"大概是。虽然那家伙那副德行,但我还是很担心他是否有事。就在我凑过去查看时,智代又挥起瓶子打了他一次。我没能及时阻止,只听见'啪嚓'一声,这次像是真的命中了。一切都只发生在一瞬间。"

优子用比平常稍快的语速一口气说完，肩膀上下起伏，调整着呼吸。

一时之间，没有任何人开口，大家似乎都在内心整理着各自的想法。两名刑警看起来也是第一次听到如此有条理的讲述。

一直边听边记笔记的白石律师开了口。

"那为什么伦子会说是她干的？"

"当然是为了袒护智代。"

"之后的事情，能不能也请你详细地说一下？"贤一插话道。

宫下刑警阻止了贤一的请求。

"接下来的事还是不要在这里说了。那个，因为包含比较敏感的问题。"

真壁把手放在宫下的肩上说道："算了，没关系。家人应该也想知道真相。"

优子微微低下头，仿佛在回想当时的场景一般地说道："被智代打了第二次之后，南田完全不动了。我的脑海中一时间涌现出无数个念头。虽然很丢脸，但我当时完全陷入了恐慌。就在我强打精神，想着无论如何也得叫救护车的时候，姐姐回来了。她似乎是去超市买了一些日用品。虽然她也十分惊讶，但比我冷静一些，看着那家伙的样子说'估计是没救了'。她让惊慌失措的我平静下来，并从我口中听说了事情的来龙去脉。"

"你告诉了她事实，对吧？"白石律师问道。

"是的。"

"后来，被告人在得知真相后对你说'这件事就当是我做的'，是吗？"真壁刑警问道。

"是的。虽然我主张还是说出真相比较好，但她说'说到底，事情会变成这样都是我的责任'……就在我们讨论时,香纯回来了。"

说到这里,优子把手帕按在脸上。香纯也发出吸鼻子的声音。

"这可真是令人惊讶。"宫下刑警小声说道。

"道理倒也说得通。"真壁刑警点了点头。

宫下对香纯问道:"这么说来,香纯你之所以会妨碍庭审,是想当替身的替身?"

香纯无言地点了点头。

"真是令人惊讶。"宫下又重复了一遍。

"伦子的庭审要怎么办?"

面对贤一好不容易才提出的问题,白石律师回答:"没有证据能证明刚才我们听到的讲述中有多少是真相。虽然我觉得这番话的可信性很高,但还要看检察官怎么判断。"

说到最后,她看向真壁。真壁接过了话。

"我们能做的就是尽早查明真相。我再重复一遍,是'真相'。为了查明真相,相信今后我还会再次找各位问话。当然,也包括智代女士在内。"

真壁又说介于不能让在场全员都移动到警署,所以会在本人同意的基础上,先让优子去警署接受问讯,毕竟她是除了智代以外最了解事实的人。

从优子身上已经完全感受不到平时的活泼,她只是垂着头,任由刑警把她带走,又像突然想起了什么一般对贤一说道:"我父亲那边由我联系。你还是不要联系他为好。"

贤一完全把他忘在了脑后。在法庭发狂的岳父泷本正浩现在怎么样了呢?贤一并不觉得正浩的愤怒已经平息。光是想象正浩在得知连优子都与案件有很深的关联之后会有什么反应,就令贤一感到郁闷不已。

抱着"交给你了"的心情，贤一对优子点了点头。

贤一突然又想起了一件事，叫住了正催促优子向门口走去的真壁。

"刑警先生。"

贤一对真壁的称呼曾经在不知何时变成叫他的名字，如今又变成以职业相称。

"什么事？"真壁站住脚，回过身。

"假如，我是说假如优子——泷本优子说的是真的，也就是我母亲真的做出了那种事，她会被关进监狱吗？我是指包括医疗监狱在内。"

"我已经说过很多次了……"

"还有，这也是假如，假如我妻子至今为止一直在说谎，她会被问罪吗？还有身在现场却一直没有说出真相的泷本优子呢？妨碍庭审的香纯又会如何？"

真壁刻意地咳了几声。

"虽然很失礼，但藤井先生您从刚才就一直只在意结果。现在最优先的事，应该是把扭在一起的线解开。至于罪状或处罚，难道不是在那之后再考虑的吗？"

贤一感到自己的脸变红了。的确正如真壁所说。

在两名刑警的带领下，优子离开了房间。

8

之后房间里剩下贤一、香纯、智代和白石律师。

"关于你刚才的问题，"白石律师开口说道，"即使真的是智代下的手,她应该也不会立即被收监,关键在于她当时是否有承担责任的能力。而香纯基本不会有什么事。伦子的话,不可能完全不受罚。至于优子,很难说会不会被起诉,毕竟她知道真相,却一直沉默。"

"我知道了。"贤一只能如此回答。

"我得先回事务所一趟。"

说罢,白石律师站起了身。

"我需要向所长报告情况,还得制定今后的对策。如果有任何事情,哪怕在深夜也没关系,请打我的手机联系。"

"在很多事上都要感谢你,今后也请多多指教。"

随后终于,又剩下了一家三人。

智代偷偷打开电视,坐在沙发上入迷地盯着屏幕。贤一把遥控器从她手上夺走,关闭了电源。

"我正看呢。"

"现在可不是看电视的时候!"

"说起来,还没吃饭呢。哎呀讨厌,我连澡都还没洗呢。"

"行了,你就安静坐着吧。"

贤一生气地说完后,智代略微露出闹别扭的表情,又立刻对香纯说:"回家的路上别忘了买柔顺剂啊。"

果然,想从她嘴里问出有条理的经过是不可能的。

的确,最近虽然时间很短暂,但智代偶尔会恢复成仿佛大雾放晴的高原般清明的状态,贤一还因此认为她"在好转",现在看来只是空欢喜了一场,本质上果然还是没有任何变化。

今天她能想起"那件事是自己干的",还说"要去告诉警察",就已经是奇迹了。

贤一长叹了一声。

虽然他不想在女儿面前表现出脆弱的一面，但事情突然发生如此巨变，他的神经实在难以跟上。香纯刚才的气势已完全不复存在，只是陪着智代小声地说话。

接下来，要怎么办……

自家肯定是回不去了。光是香纯的发言就已经够引人注目了，再加上智代也有可能是凶手这一点搞不好已经泄露到媒体相关人员的耳中了。

万一在自家附近的窄路上被媒体伏击，便会陷入腹背受敌、进退维谷的境地。

最终贤一决定在这家酒店里再定一个房间，让智代和香纯住在一起。他觉得这是个好主意，因为这样一来，香纯就不可能抛下智代，跑到别的地方去。

三人在酒店的中餐馆里久违地吃了一顿正经的晚餐。伦子被送检之后，他们就基本只靠现成的副食或买来的便当充饥。

然而，即使三人同坐一桌，也几乎完全没有对话。

菜单上的菜价格不便宜，估计味道也不赖，但贤一吃起来却没什么味道。只有智代看起来很高兴，这一点是他唯一的慰藉。

因为感觉会失眠，贤一在酒店旁边的便利店买了很多酒。

优子并没有联系自己，该不会是被逮捕了吧？不，他希望没到那种地步。

在收到伦子发来的不祥短信的那一晚，在无法入眠的夜间巴士上摇晃时，贤一首先想的是"这是哪里出了错，或是什么恶劣的玩笑"。他没有一天不在想，如果这是一场长长的噩梦该有多好，如果这一切都是哪里出了错该有多好。

"哪里出了错吗……"他轻轻地说出了声。

这句话让他感到莫名地在意。

出错，出错，出错……

他不断地重复着这个早已从脑海中驱逐的词语。

"恶劣的玩笑。"

他又不断地重复这几个字。

闭上眼，他总感觉困住自己的全黑房间的大门似乎就要被打开，但最终还是在探索的过程中陷入了睡眠。

"糟糕，睡过头了！"

贤一抓起手机。闹铃在响。现在是早上八点半。

这是他昨晚一边想着该不会睡那么久吧，一边为了以防万一设定的闹铃时间。

他从床上坐起身，一想到今天要做的事情，心情就立刻变得忧郁，只想重新睡回去。

手机又响了起来。

"刚才不都关掉了吗！"

破口大骂的贤一定睛一看，居然是电话，还是香纯打来的。

"喂？"

"我有些事想和你说。"

虽然香纯的语气依然很冷漠，但话里不再带刺了。

"什么事？要来我的房间，还是爸爸去你那边？"

"我已经在你门口了。"

贤一慌忙起身，抹了一把脸，又把头发压平。虽然他还穿着酒店准备的睡衣，但也没办法了。

打开门，香纯和智代正站在那里。两人不知是不是都在早上冲了澡，显得神清气爽。

"我觉得不能放奶奶一个人不管，就一起来了。"

"啊啊，没错。虽然很乱，先进来吧。"

贤一把两人迎进门。

在办公用的边桌和床边的矮桌上还散乱着下酒吃的干果、喝空的啤酒罐和昨晚喝加冰威士忌的杯子。

"要吃点什么或喝点什么吗？"

"不用。"

香纯坐在床边。智代坐在单人扶手沙发上，立刻打开了电视。

"节目里有她喜欢的主播，让她看吧。"

香纯瞟了一眼智代，辩解般地说道。贤一看过去，电视上正在播放晨间综合新闻节目，画面上正在说话的是一名贤一也很熟悉的文雅的男主播。

由于电视的音量不至于妨碍谈话，所以贤一决定放着不管，总比让智代走来走去要强。

"那么，你要说的是什么事？"

"我还是觉得不对。"

"什么意思？"

"我觉得殴打那个男人的不是奶奶。"

"你到底想说什么？"

贤一知道如果表现得太焦躁，可能会使对话中断，但他实在太想知道结论。

香纯的表情有些僵硬，却还是坦诚地回答了。

"我回家的时候，奶奶正盯着旋转的洗衣机看，并没有写下那种笔记。"

她指的应该是那份沾了血迹的"自白笔记"。

"那样的话，是谁写的？那可是你奶奶的字。"

"我的意思是，笔记不是那时候写的。"

"那是什么时候？"

"案件发生之后。"

"沾了血又怎么解释？"

虽然贤一提出了疑问，但他自己也意识到可以先在便笺纸上沾血，然后再在上面写字。这种可能性的确存在。

香纯没能立刻回答。

"那你说，是谁让她写的？"

如果用排除法，就只有一个人选。伦子在案发之后立刻被逮捕了，应该没有做那种事的时间。

"我不清楚，我只是觉得打人的不是奶奶。"

"就算笔记不是在打人后立刻写的，也不能代表你奶奶没有打人。"

香纯无视贤一的反驳，揉着眼睛开始解释。

"那个男人曾经对我说过下流的话。他真是太可怕了，觉得自己无论做什么都能被允许。所以我觉得是我妈在那天晚上，为了不让我和她有同样的遭遇，而做出的决断。"

"你的意思是，还是你妈妈干的？"

香纯点了点头。

搞出那么大的动静，最终绕了一圈，又回到了原点。贤一觉得仿佛连最后仅剩的体力都要失去了。

"就是因为这样，你才想当替身？"

香纯不断地揉着眼睛，点了点头。虽然贤一觉得她的想法太过肤浅，但也不想斥责她。"那天白天，我去'太阳之家'玩了一趟。看到奶奶右手手腕缠着绷带，用左手吃着咖喱。我问员工发生了什么,得到了'她今天不小心摔倒时手撑地,右手疼到没法拿勺子,心情很不好'的回答。虽然案件是在几个小时后发生的,但白天还连勺子都拿不起来的奶奶,当晚应该没法用瓶子打人,还写什么纸条。"

贤一感到这段时间一直不太轻松的胃又沉重了几分。

"这么重要的事,为什么昨晚没说?"

"毕竟再怎么说,凶手不是妈妈就是奶奶啊。我可无法决定那种事。虽然受人家照顾还说这种话有点不太好,但优子小姨的想法也很合理。如果妈妈被判杀人,罪行会很重,但要是奶奶下的手,就有可能被判无罪。她肯定是这么想的。所以,我不知道该怎么办才好,昨天就什么都没说。但是那样一来,奶奶实在是太可怜了。"

"我知道了。"贤一声音嘶哑地说。

"但是,你的优子阿姨好像不知道绷带的事?"

"因为奶奶晚上没缠。她说太痒,就自己摘下来了。"

贤一只得叹气。这来回兜圈的黑暗到底要持续到什么时候?

"我可没说谎哦。"

贤一闻声看去,智代把脸转了过来。

"我知道了。"

"真的,是我拿着那个威士忌酒瓶——"

"都说了我知道了。"

听见贤一语气强硬的回答,智代又把视线移回了屏幕。也许智代是在听了优子的话后,自己也觉得是那么回事了。

"抱歉,你能不能帮忙照看一下奶奶?"贤一对香纯说道。

"嗯。"

"你可以叫客房服务,也可以在楼下餐厅吃饭。隔壁大楼里有便利店，你也可以和奶奶一起去买点什么回来吃。"

"总之……"贤一说着，从钱包里抽出三张万元钞，递给了香纯。

贤一刚想出去打电话，突然发现窗外有一个小得可怜的阳台，没找到鞋穿的他直接光脚走了出去。今天和昨天截然不同，天空阴沉得仿佛马上就要下雨。

本想给优子打电话，却在按下按键的前一秒停下了。

他很难决定要以什么态度来打这个电话。

如果香纯的推理是对的，那么优子很可能站在了她姐姐这边，却没有站在藤井家这边。

不知道优子与伦子商量了多少。然而因为智代有可能因为缺乏责任能力而被大幅减刑甚至被判无罪，便让智代顶罪，这的确是优子有可能想出的方法。

说得不好听一些，比起单纯地袒护姐姐，她更像是不愿让与自己有血缘关系的人变成犯罪者。

该不会是正浩出的主意——

不，应该不至于到这个地步。

对于优子明知道伦子的不伦事件却佯装不知这一点，贤一曾经多少感到怨恨。虽然可以看成是她为姐姐守住了秘密，然而贤一总觉得，搞不好她是在内心期望贤一夫妇的关系破裂。

贤一想起优子曾经说过的话。"姐姐是个优等生，备受宠爱。""我觉得自己是养女"。伦子上高中时，曾经因父亲的转职和父母一起去美国生活。那时在上初中的优子却被留在日本，住在了亲戚家。

这样的安排可能是考虑到优子要参加开学考试等种种因素，

但那时优子毕竟还只是个初中生，会产生"自己被排除在外"的妒恨之情也可以理解。她本人也承认怀有那样的情绪。

伦子不怎么对贤一说她在老家时的事，也许还有其他贤一不了解的家庭内部或姐妹之间的摩擦。

虽然身为独生子的贤一只能想象，但他听说过在兄弟姐妹，特别是在姐妹之间，有一种复杂的爱憎关系。

难道优子想故意忽略不伦问题，使藤井家崩坏？

贤一已经深陷在疑心的森林之中，不知道这森林最终会蔓延到何处，只能不明方向地摸索。这时突然下起让人睁不开眼的大雨，一瞬间就将他的身体完全浇透。

最终他还是没有打这个电话。

虽然他觉得离真相又近了一些，但心情一点都没有好转。

就在他打算回屋，把手搭在门把手上时，有电话打来了。是真壁。

终于来了……

"是要叫我母亲去问讯吗？"贤一率先问道。

"不，不是，是别的事。现在我在楼下的休息室，你有时间吗？"

9

在位于酒店大堂一角的休息室，贤一与真壁对坐。

"既然不是来找我母亲的，那你想对我说什么？"

真壁喝了口咖啡，以像是被烫到的表情开口。

"就智代女士昨天的证言——也就是对于凶手是智代女士这点，你有没有想到什么，或者有没有觉得矛盾的地方？"

贤一无法立刻作答，他尽量躲避真壁的眼神，装作在思考地看向杯中。他在内心期待对方会再开口问点别的，但真壁一直沉默地等在那里。

"那张笔记的鉴定结果出来了吗？"最终贤一问道。

"还没有，但我们猜想那应该是被害者的血。如果那笔记确实是智代写的，她应该不会伪造血迹。而如果还有其他人介入，想必也考虑了警方会做血液检查这一点。不过，搜查员中有人对那天晚上的场景记得很清楚，说智代穿着白衬衫，胸口附近有一点污迹。他当时还仔细看了看，想着会不会是血迹，但似乎只是沾上了咖喱。在她身上并没有发现其他污迹。查看现场记录时我发现，在现场清洗的衣物里并没有智代女士的衬衫。如果把他人的头部打出致命伤，照理来说应该会被喷出的血溅到。藤井先生，你知道些什么情况吗？"

贤一放弃了。也许还能找到别的托词，但他不想再继续说谎了。

"其实……"

贤一把从香纯那里听到的话和盘托出。听罢真壁看上去并不惊讶，说道："我就知道是这样。"

他喝了一小口咖啡，露出一脸苦笑。贤一直接说出了自己的震惊："昨天你就看穿那是谎言了？"

"嗯，毕竟这是我们的工作，总能看出很多问题。比起这个，虽然我也不是不能理解你们家人之间互相包庇的心情，但事情现在可是被你们搅得一团糟。"

要是别的警察，至少会表达几句愤慨，或威胁贤一"不许再做伪证，要是下次再这样，可不会就这么算了"之类的话。

然而，真壁却提出了一个令人意外的问题。

"藤井先生，你直到案件发生为止，都一直相信你妻子吗？"

贤一不由得"咦"了一声。真壁意味深长地笑了。

"当然了。"贤一回答，又在隔了片刻之后，不知为何又重复了一次，"我当然相信她。"

"是吗……"

真壁不为所动地说着，拿出账单，看着上面的字叹息。

"酒店的东西还真是贵，一杯咖啡就顶上我平时的两顿午饭了。"

眼看真壁似乎打算就这样离去，贤一赶紧叫住他问道："刚才的问题是什么意思？"

真壁转过身对他说："虽然我只是个外人，但我觉得所谓爱，难道不就是不管发生什么都相信对方，即使自己代罪，也要袒护对方吗？"

他突然在说些什么啊？

"这是什么意思？"

"昨天我也说过，如果是我，比起庭审结果，会更想先查明真相。"

真壁蓦地转过身，他离去的背影在贤一看来仿佛在说：在你的家人中，最缺少爱的人难道不是你吗？

贤一瘫在休息室的沙发上，在内心反复回味真壁留下的话。

"……难道不就是不管发生什么都相信对方，即使自己代罪，也要袒护对方吗？"

昨天以香纯大闹法庭为契机，大家都开始各说各话，听到的情报变了又变，别说是消化，连好好咀嚼一番都做不到。会不会自己以为已经全都理解，其实却忽略了非常重要的东西呢？

为了守护香纯的人身安全和自己的骄傲，伦子殴打了南田隆司。而香纯为了袒护母亲——虽然手法过于稚拙——试图让庭审中断。虽然伦子和香纯对贤一的态度实在算不上温暖,但贤一觉得自己仿佛看到了她们两人的另一面,又或者只是贤一至今为止都没有察觉她们的这一面?

真壁是在指责贤一对家人太冷漠吗?

不,那个男人真正想说的应该是别的事情吧?贤一总觉得真壁是想说出案件的本质,但为了不超出刑警的工作范围,只能对贤一说些令人似懂非懂的话。

贤一觉得真壁的话似乎与自己在昨天的"家庭会议"上就感觉到的违和感相关。

他一边用指尖按摩两边的太阳穴,一边零碎地回想至今为止发生的事。

那天晚上收到的成为一切的开端的短信;香纯越来越严重的反抗态度;抛开目的不提,从结果来说帮了很多忙的优子的协助;莫名冷淡、似乎看透了一切的伦子的言行举止;依然活在另一个世界的智代;对贤一态度不一的公司里的人;蜂拥而至的媒体——

令人眼花缭乱的事件展现在自己的眼前,其中最有冲击力的,果然还要数伦子的怀孕与堕胎。

不管再怎么叹息,过去已经无法改变。然而,从得知这件事到现在已经快四个月了,贤一依然有排斥反应,光是想起这件事就有呕吐的冲动。

是自己的观念太陈旧,还是心胸太狭隘?为了向前走,也许是时候在情感上做个决断了。

贤一拿出手机,依次检索与怀孕有关的词句,特别是"想象怀孕"或"误诊"等逃避现实的词语。然而,他不仅没找到能拯救他的描述，还不小心点开了"妻子怀了出轨对象的孩子"的帖子，差点儿引发过度呼吸。

他觉得自己仿佛在用指甲揭开伤口的疮痂，正打算作罢，突然，目光停在了与"母子健康手册"相关的信息上。这么说来，伦子怀上香纯的时候，贤一也见过"母子健康手册"。那时伦子把B超照片和手账在桌上摊开，对贤一说"已经是第几周了"等等。然而由于那时正是公司事故频发的时期，自己只随便敷衍了几句。

突然之间产生的联想，令贤一的后颈周围汗毛倒竖。

这真的是伦子第一次怀上别人的孩子吗？他有下断言的自信吗？就连这次发生的事，在从香纯那里听说之前，自己不是也完全没有察觉？从怀孕到流产的一系列流程也太过顺畅——或者该说是熟练了，不是吗？

他慌张地调查母子手册的交付手续、怀孕后的处置——包括堕胎在内，突然又回过了神。他想起了真壁刚说过的话。

"难道不是不管发生什么都相信对方吗？"

真壁的话确实没错，但眼下这种状况，要贤一怎么相信呢？如果真壁站在和他同样的立场，还能说出"相信"二字吗？

说到底，伦子自己说出曾经和隆司约会的事，都是在结婚三年后。

那时贤一只是笑着让事情过去，但心里还是留下了伤口。如今这种感受变得更强烈了。

他的目光又停留在"意外怀孕"这个词上，并点开了相关的帖子，但帖子的内容并不是关于堕胎。

内容是关于是否应该把意外怀上的孩子送给想要孩子却无法怀孕的夫妇。

"意外怀孕，不被期望的孩子。"

贤一试着读出了声。"意外怀孕，不被期望的孩子"，在重复数遍之后，他终于知道了自己在意的是什么。

是"养子症候群"。

但是，为什么会突然想起这个？

妄想自己是被收养的孩子、反抗、愤怒、维护和替身——

说到替身，这次的事件从庭审开始以来，出现了多种替身论，使局面一片混乱。到头来难道仅仅只是引起了骚动，最终又回到了原点？

然而，真的能断定没有替身存在吗？即使已经听了各方的说辞，贤一的心中依然觉得不痛快，感到难以释怀。

总觉得有什么地方不对。有人在说谎。到底是为了袒护别人，还是保全自己？现实中真有可能发生替身这种事吗？

替身、替身、替身。

说起来，贤一去妇产科医院询问情况并吃了个闭门羹时，真壁也在那里。本来贤一还以为真壁是跟着他去的，但后来真壁说是他"有些需要确认的事情"。贤一听了之后还觉得或许真壁也与自己有同样的想法。

当时贤一想确定的是，做了堕胎手术的是不是与伦子同名同姓的人，以及患者在登记时用的是不是别人的身份证明。但是，这些怀疑都被干脆地否定了。

然而，会不会是"没错"却"不同"？虽然"正确"，但却"没有对上"？——从字面来看似乎有些矛盾。不对，这也是有可能的。

就在这时，贤一生出了一个超出想象的念头。

怎么会……不可能有那种事。虽然他试图说服自己，但涌出的疑念已经无法消除。他又回到网上，反复看了几个相关的帖子。无论在哪个帖子里，都没有能否定贤一突然产生的想法的证据。

一想到可能性并非为零，贤一就坐不住了。他回到屋里稍作整装，交代香纯照看好智代，便走出了酒店。他先在百货商店买了只听说过名字的西点，还是最贵的组合礼盒。

接着贤一乘坐JR山手线在新大久保站下车，前往曾经去过一次的医院。

走了几分钟，他便看见了熟悉的粉色看板："楠木妇产科医院"。

心跳开始加快。他看向看板上的诊疗时间，距离下午开诊还有十五分钟。

趁着现在的空闲时间，也许对方会愿意听自己说话。五分钟、三分钟，不，一分钟就好。他咽了咽唾沫推开门，向前台的女性说明了来意。

上次那名将贤一赶出门外的年长女性立刻走了出来。据真壁刑警说，她似乎是院长的妻子，兼任事务长的职务。在她的名牌上印着一个圆圆的"楠"字。

"什么事？"对方的语气还是那么严厉。

"这个点心，如果可以，请大家分享。"贤一把装有西点的袋子递了过去，又立刻低头欠身说道，"我只有一件事想请您确认一下，一瞬间就好。"并赶在对方拒绝之前说出了事项。

"最近我们换了一位新律师。那位律师不喜欢做事前疏通工作，总是说'只要让他们作为参考人出庭就行了'这种令人为难的话。是的，他指的就是这家医院的相关人员……您不愿意去？如果是刑事审判，似乎可以强制出庭。虽然我对他说过这样会给您添麻烦……如果您允许我在这里向您确认一件事，我会试着好好劝劝他的……"

这完全是贤一突然想到的说辞，没有任何事实依据。以前的贤一是绝对不会说出这种话的，搞不好是在上门推销家庭药箱的过程中不知不觉地锻炼出了这一本领。

"我知道了。"

楠护士长说着，毫不掩饰自己的心情之差。

"快说什么事。"

"我想请您再次确认一下我妻子的照片。"

"照片？"

"是的。"贤一回答，并把事先准备好的手机屏幕展示给对方。

"这是我的妻子。去年九月，请您打掉怀上的孩子的是她没错吗？"

楠推了推眼镜凑近屏幕，盯了几秒后，以锐利的眼神看向贤一。

"就是这个人，没错。"

楠又向前台的女性寻求认可，"没错吧？"在旁边听着两人对话的女性仿佛等待已久般凑了过来。

"对，就是这个人。电视上的照片看起来像能面一样，显得不太像她，这张照片照得很清楚。虽然长得很美，但有些冷淡。"

贤一顺便提出想查看当时的诊查申请书，遭到了预料之中的拒绝。

"你刚才说的什么参考人的事，是真的吗？上午警察也来问过同样的问题哦。"

楠瞪向贤一，心情似乎比刚才更差了。

贤一连穿鞋都觉得麻烦，迅速离开医院，在路上给真壁打了通电话。

"真难得你会主动打来电话。"

"我刚与上次那个楠木妇产科医院的护士长见了面。"

"为什么又突然去找她？"

"其实，我有些想知道的事。"

他没有提到警察——恐怕是真壁或他的搭档——已经来过的事，继续说了下去。

"然而，身为普通人的我已经无法再调查下去了。真是愁人。"

"具体是什么事？"

在简单说明要点之后，电话那头突然传出"呼"的一声仿佛漏气的声音。似乎是真壁笑了。

"有什么好笑的？"

"没有，就是感叹你突然又行动了起来。实际上，这点我已经调查过了，虽然为时已晚。"

先到一步的果然是真壁。

"然后呢？"

"很遗憾，我已经说过多次，不能透露调查内容。不过，为了感谢你至今为止的配合，我想真诚地对你说，刚才的事是我'不小心疏忽了'。"

能听到这句就足够了。贤一道谢并挂断了电话。

之后他给白石律师打了电话，问她能不能紧急去见一下伦子。

"什么情况？"

"其实这事不应该在电话里说……"

说明事项后，那边沉默了几秒。就在贤一想说"喂"的时候，律师开口了。

"本来有一件提前约好的事，但我会拜托其他律师去办。我这就去见伦子。"

挂断电话，贤一不顾行人的侧目，靠在了电线杆上。调整了一阵呼吸后，令人头晕目眩的混乱终于消失。他没有继续往车站走，而是向西走去。

他曾经在一次防灾演习中从新宿站走回自己家，距离长达八公里，算上中途休息的时间，一共用了两个多小时。虽然途中他满是抱怨，但走完之后，他感到一种不可思议的满足感。

现在贤一位于新大久保站，如果从这里出发，距离应该更近。这段距离正适合一边走一边慢慢整理思绪。

在那之前，他用手机搜寻了自家和周边地区的垃圾回收日。

10

因为贤一穿的是皮鞋，所以脚上有几处擦破了皮，小腿也十分僵硬。然而，他却意外地没什么疲劳感。

就在他到达目的地时，白石律师打来了电话，仿佛计划好了一般。

他带着祈祷的心情接起电话。

"我是藤井。"

"我和伦子见面了。"不知道是不是错觉，律师说话的语速很快。

"怎么样？"

"虽然她很惊讶，但没有明确承认。"

"但是，"白石律师立刻加了句，"就我的印象来看，藤井先生您的推理应该是对的。让我们协力找出真相吧。"

贤一道谢后挂断了电话，一股脱力感突然袭来，令他几乎站不住。原因并不是刚刚步行了两个小时。

他又在原地等了将近两个小时，偶尔有附近的居民投来怀疑的眼神。他横下心来，想着要报警就去吧，我可是被搜查一科盯上的人。

终于，目标人物回来了。

"姐夫？"

一脸疲惫的优子惊讶地瞪大了眼睛。

起初优子看起来不太情愿，在贤一保证很快就说完之后，才勉强让贤一进了屋。

在优子泡咖啡时，贤一把之前寄放在优子这里的物品从衣柜深处拽了出来。香纯自不用说，就连伦子都不知道自己把这件物品放在了巨大又便宜的运动包里，寄放在优子家。

"来，请用。"

贤一回到矮桌前，喝了一口优子泡的咖啡。她用的似乎是上好的咖啡豆，香气和味道都很浓郁，又不刺鼻。

面对坐在桌子对面，正等待贤一说出正事的优子，贤一先是夸奖了咖啡一番，才进入正题。

"你知道被杀的南田隆司常务的哥哥，那个名叫信一郎的人吧？就是坐在白色捷豹里的那个时髦男人。"

虽然优子以一副"你突然在说些什么"的眼神看了过来，但贤一没有回应，继续说了下去。

"那个人原本是专务，现在是北美总支部董事长。即便如此，我依然叫他'专务'。不只是我，公司里的其他人也仍叫他'专务'，其中并没有什么深意，人总是很难改变对特定人物的称呼。昨天在听你说话时，我感到一种违和感。我一直在想，那违和感究竟是什么。"

"不好意思。"优子罕见地露出厌烦的表情，"我昨天被警察刨根问底地询问到很晚，有点累了。你能进入正题吗？"

"抱歉，我不知道该以什么顺序说——昨天，你一开始管隆司叫'那个男人'，之后变成'那家伙'，最终直接称他为'南田'。一般应该是反过来的。如果是我，对于一个'虽然认识，但和我本人不太亲的人'，应该先是叫名字，在情绪激动时才变成'那人'或'那家伙'。更何况你最后还把这几种称呼混在了一起，这对于一直很冷静的你来说，实在很奇怪。所以我才觉得，搞不好你是为了隐瞒你们两人的关系，才在称呼上费了心。也就是说，也许你和隆司的关系比我们知道的要亲密。于是，我试着做出了一个假设。如果是这样，之前那些令人无法认同的点，就都能说得通了。"

"这就是你想说的？我说过很多次了，我今晚打算早点儿睡……"

"我知道了，我直接说结论吧。今天，我又去楠木妇产科医院了。"

虽然贤一认为自己打出了王牌，但优子的表情丝毫未变。

"虽然很缠人，但我还是想确定伦子真的怀了孕吗？因为我无论如何都难以接受。"

"又来？"

"和以前可不一样。之前我一直在问的是伦子'是否真的怀了孕'，但这次不同，这次我介意的是怀孕的人'真的是伦子吗'？"

"什么意思？"

"我再三请求那家医院的可怕护士，并给她看了照片。然后她明确地回答'就是这个人'。前台的人也是同样的回答。这张照得很漂亮吧？"

贤一说着，把手机屏幕展示给优子看。这是至今为止的相片中最清楚的一张，特写的人脸，像艺人一样美丽。

"反正她们也只是随便说说吧。"

"确实，警察最初给他们看的想必是伦子的照片，而且是在逮捕之后拍摄的，连身为丈夫的我都无法确定那是不是她本人。而警方在打听的时候，肯定问的是'这个人来过这里吧'，那他们当然会回答'是的，来过'。毕竟你们是姐妹，长相给人的感觉很像。"

即使话说到这个份儿上，优子依然沉默。

"虽然公共机关的接待窗口过于松懈的问题经常被报道，但在意识到这个漏洞时，我还是大吃一惊。在这个被ID和密码束缚，动不动就有人像念经一样说什么'个人情报、个人情报'的日本，居然能做到这种事。只要能够取得他人的帮助，或将其封口，就能伪装成他人进行堕胎。去年，不管是怀孕，还是做了堕胎手术的人，都不是伦子，而是你，对吧？"

11

"回收废弃电脑、电视、冰箱，以及其他——"

废品回收车的声音突然插进对话，两人静静地等待那悠闲的声音远去。

"人类果然是会被感情左右的生物。一意识到那可能不是在伦子身上发生的事，那一瞬间，我甚至觉得其他的事都无所谓了。然而，伦子眼下仍是杀人案的被告人，而我的痴呆症母亲也有可能变成替死鬼。"

优子没有反应，贤一又把从香纯那里听来的智代的右手腕受伤的事说了出来。

"我以为你是为了解救伦子，才想让我母亲顶罪。虽然这很过分，但也不是不能理解。然而，实际上你完全是出于别的目的，对吧？出于完全相反的情感。我不知道你和南田隆司是双方同意，还是对方强迫，或者是对方用了你说过很多次的安眠药。也可能你只是利用了眼前的状况，男方并不是南田隆司。总之，在去年夏天的尾声，你发现自己可能怀了孕，并想着如果怀孕，要尽快处置。于是，你瞒着伦子拿走了她的保险证，以伦子的名义接受了诊查。

"我很惊讶这种事为什么至今为止还没有酿成严重的社会问题，但在医院这种地方，只要拿着保险证，并且外表和年龄看上去大致相符，就能伪装成他人就诊。利用这个方法，似乎也能实现保险金诈骗。总之，你伪装成藤井伦子接受了诊查，被告知怀了孕，还做了堕胎手术。虽然需要同意书，但那种东西用什么方法都能蒙混过关。也就是说，你变成了'替身'。替代者，不对，是冒充者，就是你。后来，恐怕是一切都结束之后，你对伦子坦白了这件事。"

虽然贤一很想保持冷静，但情绪还是逐渐激动起来，语速也加快了。但优子依旧毫无反应。

"那个叫真壁的刑警应该也意识到了这点，现在大概正在寻找能够使这个理论更站得住脚的证据。"

"你有证据吗？除了每次看照片的时候都会做证说'对，就是这个人'的靠不住的护士之外。"

"只要当时的诊查申请书还留着,上面就会有指纹,更重要的是,有DNA。"

"DNA?"

"我不是说了吗?只要保有哪怕胎儿的一小部分,就可以对DNA进行比对。"

"那种东西不可能有。"

"然而确实存在。那个护士长,出于信教的原因憎恶堕胎行为,并且对自己协助堕胎抱有罪恶感。所以,她会把堕下的胎儿的一部分——大多是脐带——偷偷保存下来供养。你知道这意味着什么吧?在这世上,DNA鉴定一般都是为了确定父亲的身份,但当然也能用来锁定母亲。"

优子终于张口,声音略微有些嘶哑。

"所以呢?"

"我调查了一下'自首'的定义,似乎在警察明确认定该人是嫌疑人之前,主动坦白是自己干的就行。如果是现在,应该还勉强可以算得上吧?有减轻罪状的可能。所以,你就和我一起……"

"孩子是南田隆司的,性行为是在双方自愿的情况下进行的。"优子不管不顾地说道,"这样就行了吧?"

用这句话结束这场骚动,未免有些太过清爽了。

"告诉我,你的动机是什么?到底为什么要……"

"跟你说,你能懂吗?是因为恨啊。"优子说着,挑起了一边眉毛。

"你恨南田隆司?"

"不是。"她从鼻子里发出一声哼笑。

"香纯说得没错，中年男人的迟钝就是犯罪啊。"

说完这句话，优子仿佛朗读剧本一般地淡然说道："之前我不是也说过吗？我恨我的姐姐，甚至想把她的一切都破坏掉，因为她是我在这世上最讨厌的、仿佛伪善的化身般的女人。"

打开了话匣子的优子连表情都开始发生变化。

"从我有意识起，就在憎恨姐姐了。理由我也说过吧？正是因为'替身'。每当我做了什么坏事或失败的事，姐姐都一定会袒护我，说是她干的。很令人恼火吧？"

优子向贤一寻求认可，但贤一没有回应。

"有一件事我现在还记得。我上小学一年级时，我们家在公务员宿舍的住宅区里，非常狭窄。姐姐和我睡上下床，姐姐在上，我在下。我非常羡慕姐姐，有一次就睡在了上面，姐姐没有叫醒我，而那个晚上我尿了床。当我哭着向姐姐道歉后，姐姐对母亲说是她尿了床。虽然母亲什么都没对我说，但她应该意识到了事实真相。因为从那天晚上起，她就开始对我说'睡前不能喝太多水'。

"你能明白我那时的屈辱感吗？不仅如此，在日常生活中，我的所有失败，表面上都变成了姐姐的错。而父母也知道姐姐在袒护我。最终，就连真的是姐姐做错的事，也会变成'反正也是优子干的吧'。立场倒转了。我曾因为生气，把产自迈森的珍贵装饰品打碎。那时，姐姐又站出来说是她干的，就像之前说的打碎玻璃的时候一样。结果原本大发雷霆的父亲突然开始说什么'没受伤就好'……不需要再举更多的例子了吧？太让人不快了。"

优子说到这里顿了顿，喝了一口咖啡润了润喉咙。

"我好恨，恨到想杀人，无论是姐姐，还是母亲和父亲。这种心情，直到现在也没有丝毫的改变。说实话，我至今仍然相信我是'被收养的孩子'，样貌相似只是偶然。不是都说只要在一起生活，便会长得越来越像吗？不仅如此，无论是小学的课堂参观，还是初中的三方面谈，轮到我时基本都是母亲出席。但如果是姐姐，父亲只要能腾出时间，就一定会出席。父亲从来没出席过我的活动。当然，人不在国内并不能成为借口，毕竟在我上初三时，那些人已经回到了日本。

"曾经有一次，我因被怀疑偷了朋友的钱而被叫家长。只有那种时候那个老头才会过来。他听都不听我说的话，突然就在教室前打了我一巴掌。我向天地神明发誓我没偷，可老师也根本不听我的意见，一边说'算了算了这位父亲'，一边得意忘形地说什么'她的姐姐伦子可是有名的优等生'。赌气之下，我的品行也越来越差，之后就是不断恶化的螺旋。后来我休了学，结果被当成吃闲饭的，踢出了家门。不是比喻，是真的被踢了出去。

"自那之后，我从来没有喜欢上任何人，也没有相信过任何人。"

确实，别说是结婚对象了，就连和优子长时间交往的特定男性都没听说过。也许原因并不是她对男性过于挑剔，而是因为有这样的背景。

"和隆司发生关系，一开始只是出于随便玩玩的心情。我也不是跟男人睡觉还需要找什么理由的年纪了，非要说的话，应该是出于好奇心吧。毕竟他看起来挺有钱的。

"不，不对。是因为那个男人看上了姐姐。虽然那个男人一开始说什么'信一郎如何如何'，但我很清楚那是借口，因为他看姐姐的眼神不一样。所以我在旁边一勾引，他就立刻上了钩，把我作为姐姐的替代品。唉，即使我作势勾引也完全不为所动的，也就只有贤一你了。虽然我不知道你到底是粗神经还是怎么回事,但也许正是因为这样,姐姐才选择了你吧。

"总而言之,既然上了床,就要利用那个家伙。毕竟他到处都很吃得开,又有地位和金钱。怀孕这一点,是我失算了。只有那一次觉得'搞不好要坏事',结果就恰好命中了。人生就是这样啊。"

"为什么要以伦子的名义……"

优子仿佛把贤一当成傻瓜般地哼笑了一声。

"都说了,是因为我恨,恨姐姐和那对父母。我没有想具体把他们怎么样,只是想毁掉现状而已。

"我一直一直都觉得,只有我是外人。所以从我会写字的时候开始,每天都会写下家人令人厌恶的地方,一天不落,像写日记一样。直到现在我的心情也没有变。包括对你、对那个任性得要命的小丫头,以及逃避现实的老太婆,你们这些构成了姐姐的幸福的所有人在内。一开始,之所以会伪装成姐姐去接受诊查,只是想给她找点小麻烦而已。反正无论结果如何,我也没想把孩子生下来。在确认怀孕之后,我逐渐下了决心,要以姐姐的名义堕掉孩子。反正都会给身体留下伤害,就让我把大家的心也搅乱吧。把上面写有姐姐名字的资料存档寄给那个溺爱姐姐的父亲,应该也很有趣。

"手术结束的那天,我一脸苍白地向姐姐报告,她非常惊讶,随后便是担心与说教。关于我冒充她去接受诊查的事,她甚至说只要不会在之后暴露,捅出娄子,这次就这样算了。还说什么'你以后还要结婚,万一被调查到过去,搞不好会被解除婚约'之类的老掉牙的话。所以我就对她那狂妄的女儿说了谎:'你妈妈其实——'。那丫头平常装成一副大人的样子,却被打击到卧床一周。我从来没有觉得那么痛快过。"

即使在医院得到了证言,觉得自己逐渐逼近真相时,贤一仍然无法对优子产生憎恨之情,总觉得她是有什么进退两难的苦衷,或有什么惨痛的内心伤口。他一直努力地去好心揣测,甚至还试图把愤怒和憎恨的情感分开。

然而现在,他分明地感受到:自己在憎恨优子——

把家里搅得一团糟这点固然是原因之一,但最重要的是香纯当时才上初三,有什么必要把她也卷进来呢?不只是憎恨,他甚至感到有些恐惧。真的会有容貌如此美丽,心肠却如此丑陋的人类存在吗?

贤一终于明白那时香纯为什么发出绝交宣言,而自己却完全没有头绪。那时的香纯相信了优子的话,又无法质问母亲,只能把愤怒的矛头指向了没出息的父亲,本应是守护家庭的父亲。

"做到这个地步,你满意了?"

"唉,你真是不明白,这不是满不满意的问题。每当她以保护者自居,我的憎恨都会增加,不会有结束的一天。"

"你为什么杀害南田隆司?"

"那并不是事先计划好的。堕胎之后,那个男人给了我一百万日元左右,说是'抚慰金'。那时我没有再吵闹,并不是因为满意,而是在等待时机。我打算先不急着抛出手中的牌,等以后再以高价卖出。后来有一天,姐姐高兴地对我说你可能会从外地被调回来。我突然涌上一股不快,想把所有事情都毁掉,就联系了信一郎。"

"你联系了专务?"

"'前'专务。去年秋天,他似乎知道了什么,曾经向姐姐提出见面,却被姐姐搪塞了过去。"

优子目睹伦子坐上专务的捷豹,大概就是在那个时候吧。

"在快要回国之际,信一郎正在搜寻打倒隆司的材料,我一联系,他就立刻上钩了。我骗他说我被隆司用药迷昏,并怀了他的孩子。总的来说我没什么目的,只是想把事态搞得一团糟,让事情不可收拾而已。信一郎听了之后欣喜万分,立刻向隆司亮出了底牌,狂怒的隆司便找上门来兴师问罪。我没有把我的公寓地址告诉他,所以他就找到了你们家。之后到他喝酒为止的情况就和昨天所说的一样。"

"他在和你见面时起了争执?"

"没错,他用脏话骂我,什么丑八怪、婊子之类,都是过时的词,结果——"

优子把手握成拳头放在嘴边,贤一还以为怎么了,仔细一看,她是在笑。

"那个老太婆智代居然脸色一变,勃然大怒。没想到她都成了那个样子,却还是讨厌别人说脏话。她握起放在一旁的酒瓶,'嘭'地打了隆司的头一下,只是轻轻的'嘭'的一下。所以,第一下是那个老太婆打的,这的确是事实。我不知道她的手腕受了伤,但那种程度,估计头上连包都不会起。然而那个男人在挨打之后越发血冲上头,上前揪住了老太太。这次换作在一旁看着的我抄起酒瓶打了下去,这次是认真的。我打了第一下之后,那家伙一屁股坐在桌上,捂住了头。我又把他的手挥开,给予了致命一击。也就是说,那家伙其实被打了三次。就是这样。"

"此时,伦子回来了。"

"没错。我跟伦子说'伯母在我差点儿被南田袭击时打了他',在我问'对吧'的时候,那个老太婆还骄傲地点头说'没错'。毕竟我的确没有说谎。"

"伦子完全相信了?"

"谁知道？这要去问她自己了。反正她那时姑且算是信了，还主动提出要顶罪，说既然堕胎时用的也是她的名字，只要说动机是'出于憎恨'，警察应该会相信。然后，在差不多都决定下来的时候，那个疯丫头回来了。"

"伦子为什么会……"

就算是家人，为杀人犯顶罪也有些过头了吧？

"搞不好她已经意识到了真相。反正，是婆婆干的也好，妹妹干的也罢，她大概是觉得自己都有责任吧。我就是痛恨她那种优等生的想法。"

"那晚你和伦子用手机通了话，是为了制造不在场证明吗？"

"姐姐说：'优子也伪装成不在场为好。相关人士越少，越不容易露馅。'并让我先回了一趟自己家，还说搞不好通话记录也会被查。"

"清洗衣服和瓶子的事呢？"

"那是我在香纯回家之前想出来的主意。在姐姐的衣服上沾上像是被溅上的血迹，以及故意在洗衣机里加入漂白剂，都是我提出的。另一方面，由于我在准备回家时穿上了大衣，所以回到家的香纯似乎没注意到我身上有血。我认为警察应该不会在案发当天搜到我家来，就不慌不忙地把沾血的衣服剪碎，第二天一早垃圾回收车来的时候扔进了可燃垃圾里。"

案发第二天是"可燃垃圾"的回收日，这一点贤一已经在来之前调查过了。

"那天早上你到得稍微迟了些，原来就是这个原因。"

"没错。由于瓶子上留有我的指纹，所以姐姐帮我清洗了。还有什么来着……对对，姐姐给我打那通为了制造不在场证明的电话时，我还建议说'为了显得更真实，给贤一发一条显得你很慌张的短信吧'。大概就是这些。"

"你的内心已经扭曲了。"

贤一想说的话有很多，但最终说出口的却是如此老套的台词。

"也许吧。但是，有内心不扭曲的人存在吗？"

"老实说，是谁杀死的南田隆司，对我来说都无所谓。然而，如果你想让我的家人背负莫须有的罪名，那我必须全力阻止。至今为止，我一直说要守护家人，却都只是嘴上说说而已。由于我的心中怀有偏见，觉得自己被家人排斥，便一直与家人保持距离，对他们报以冷眼。没错，从某种意义上来说，我和你一样。而那名叫真壁的刑警看穿了我的内心。如果我不相信伦子、家人和自己，还能相信谁呢？是那名刑警告诉了我这一点。"

"是是是。"

优子一边说着一边垂下眼，小幅地上下晃起头，仿佛在合着动感歌曲的节拍一般，完全没有反省或后悔的样子。

"所以呢？你要把我怎么样？"

"我无法强迫你去自首，但我会把刚才那番话告诉警察和律师。而且我刚才也说过，那个叫真壁的刑警应该已经意识到了真相。"

"是你告诉他的？"

"不是，他应该是之前就有所怀疑。不过，决定性因素恐怕是昨天我母亲的自首。现在想想，我母亲不会说谎，但说的话仅限于一时。'我要对警察说出真相''我要给他们看我的笔记'，这些突然产生的念头会被她迅速忘记。既然是你陪她去的警察局，应该可以在中途劝她折返，然而你却没有这样做，还故意让她拿着沾了血迹的笔记，说明这应该是你的意思。关于这点，连我都会产生怀疑，想必真壁刑警也思考了你这样做的理由——你是想让伦子听到'智代来到警察局自首，说是她自己干的'。为什么？因为公审马上就要开始了。你这样做，是为了让伦子不会在最后关头翻案。"

"本来是想补上一脚，没想到干了多余的事。"优子抬起眼，看向贤一的眼神里含着笑意，"那个痴呆老太太对我言听计从，我还以为会很顺利呢。"

她摇晃着身体和头部，仿佛耳朵里插着看不见的耳机，里面有音乐流淌一般。过了一段时间后，她又小声地开口。

"你回去吧。"

"在那之前，我要对我欺骗你的事道歉。刚才说的脐带和DNA的事是假的，是为了从你口中套出真相而采取的手段。"

"已经无所谓了。"

"那……"

"烦死了！"

优子怒吼出声，把餐具架上的威士忌酒瓶扔了过来。贤一险险避过，酒瓶打在墙上碎开，散发出强烈的气味。

贤一看向碎裂的标签，是"拉弗格"。在看到标签后，贤一改变了主意。

"本来我还想不作声地把这个带回去呢。"

贤一说着，把从衣柜里拿出的运动包打开，里面的东西是一个皮质的书包。

"寄放在你这里时我曾经说过，这是香纯原本要上的第一志愿私立高中的指定书包。由于已经交了入学准备金，所以即使放弃入学，学校也寄了一套过来。虽然香纯说不想看到它，但我觉得扔了很可惜，就先放在了你这里。"

"那又怎样？你要没完没了地说到什么时候？"

优子轻蔑地哼笑一声。

贤一抓住制作精良的书包手柄，甩向优子引以为傲的餐具架。

玻璃随着巨大的声响裂开，里面的陶器也碎了几件。贤一又用书包打了好几下。摆放整齐的高级餐具几乎全都变得粉碎，他还用脚把掉到地上的杯子彻底踩碎。

心情有变得爽快吗？有吗？

贤一看着毫发无伤的餐具架，在内心询问自己。

刚才那场盛大的破坏只是贤一脑海中的妄想。做出那种事，伦子和香纯应该是不会高兴的。

"你在发什么呆？赶紧抱着你那用来纪念的书包，哭哭啼啼地滚回去吧。"

"确实，不值得用香纯的书包打。"

贤一嘟囔着，又把书包收回了运动包里。把运动包放到玄关后，他又回到了客厅。

他双手抓住那张有一定厚度的纯色樱桃木桌板。桌板与底座分开，又是与这间房屋相匹配的小尺寸，所以他能在努力之下举起桌板。

"唔哦哦……"

这次他真的注入了浑身力气，利用离心力，把桌板砸向了餐具架。

12

东京地区法院八一二号法庭。

"那么，我再询问被告人一次。你在殴打被害者时，有意识到'他有可能会死'吗？"

"我不记得了。"

"有没有想让他去死？"

"这我也——不记得了。"

站在被告席上的是贤一熟知的那个优子，她正直视着坐在审判台正中央的首席法官，挺直背部回答问题。和伦子不同，她穿着给人干净感的白衬衫和黑裤子，会使人陷入在看女演员表演的庭审剧一般的错觉。

最终在调查之后，优子被起诉，今天是第一次公审。

刚意识到九月的来临，便已过了两周。时间过得真快。

这次庭审的旁听券应征人数和中选难度比伦子那次还要高，庭内只预留了贤一和伦子的座位。泷本姐妹的父母并没有来。

听说在接到优子被逮捕的通知后的一个小时，在自家的正浩突然抱住头倒了下去，是脑梗发作。虽然保住了性命，但半身瘫痪，别说一个人洗澡了，就连厕所都进不去。为了照料他，妻子寿子几乎二十四小时陪在他身边。

也许这样说不太好，但这样一来，优子的目的确实达成了一项。

贤一瞥了一眼坐在旁边的伦子的侧脸，她正一动不动地旁听。

在贤一说出他认为的真相的第二天，优子就去若宫警署自首了。她一口气坦白了自己犯下的罪行，并提交了几件能够证明的证据，其中当然没有贤一说过的什么脐带。

证据中包括妇产科医院保管的资料，虽然上面的笔记是刻意模仿伦子的，但鉴定的结果证明那是优子的笔迹，上面也确实留有优子的指纹。事到如今，警察也展现出了执着的一面，彻查了优子之前使用的旧手机的通话记录，发现与一个持有者不明的预付手机号有过多次通话。据查证，这是演艺圈或运动界人士通过所谓"地下手段"入手的号码。之后从隆司的办公室查出了一部出处相同的手机。

最具决定性的证据，是在优子的房间里发现了沾血的便利贴，上面没有写任何东西。DNA鉴定结果表明，那是南田隆司的血迹。优子用了其中一张，让智代写下了自白的笔记。之所以没有把剩下的便利贴处理掉，可能是觉得还会有其他用处，或者是出于只有优子自己知道的理由，比如作为战利品保留了下来。

在优子被逮捕并起诉之后，对伦子的审判就无限延期了。据白石律师所说，一审判决优子有罪之后，会对伦子的庭审走个表面形式，判她无罪。现在伦子是在白石律师的努力下处于保释中的状态。

然而白石律师还提到，由于伦子在知道真凶身份的前提下进行袒护，还做了伪证，所以几乎可以肯定，她会因这些罪名被重新起诉。

好不容易保释出来，伦子却强烈希望分居。这既不是因为憎恶对方，也不是为了准备离婚。伦子去了双亲居住的横滨老家，帮助母亲看护父亲。

优子自首后没多久，贤一就辞了职。

并非集团内部的调动，而是完全与前公司一刀两断。这既是公司的期望，也是贤一本人的意思。

对于公司而言，事情的经过无关紧要。贤一的家人打死了公司的高层干部，这一事实已经无法改变。至于真相，也只是凶手从公司职员的"妻子"变成了"妻妹"而已。对于组织来说，贤一仍是想要切除的肿瘤。

贤一对于新工作完全没有头绪，但白石法律事务所为他介绍了客户中的一家公司，是以生鲜为主力产品的超市，以东京为中心有多家店铺。目前决定让贤一在离家最近的店工作，开车不到十分钟。

贤一的工作内容是负责卖场内的事务。公司考虑到智代的情况，允许贤一每天早上先把智代送到"太阳之家"再来上班，傍晚也可以为了接智代暂时离开。虽然到贤一回家之前，智代要独自在家两个小时左右，但也只能让她尽量忍耐了。

就在贤一这样想着时，香纯开始在放学后立刻回家照顾智代。明明贤一没有拜托她，她却还会去看护中心接智代。智代腿脚还算利索，两人可以坐公交或走着回家。

贤一和香纯的关系并没有就此修复，但因为有智代在，两人之间逐渐有了交流，虽然几乎只是必要的最低限度。

"下个月，石神井公园。"

香纯说出了这几个字，意思是"看护中心的例行活动将要举行，如果让奶奶去，需要有人陪"。

"具体哪天？我去问问公司白天能不能离开一段时间。"

香纯看向别处，小声说道："不用问了。是个周日，我能去。"

高兴不已的贤一把前后事项一并用短信发给了伦子。

得到了"太好了"的回复。

这短短的三个字，贤一不知道反复看了多少遍。

今天在法庭，是贤一和伦子时隔两周的再会。

开庭前两人在休息室稍微聊了一会儿，但可能是出于庭审前的紧张，贤一只能想出"有没有好好吃饭"之类的毫无意义的话题。

"我曾经恨过他。"优子的话语引发法庭里的一片骚动。检察官仿佛看准时机般地提高音量。

"请你再说一遍,说清楚一些,让法官和陪审团也都能听到。"

"我,曾经憎恨被害者到想杀了他的地步。我不记得在打他时是否抱有杀意,但那个男人死了真是太好了,直到现在我仍这样觉得。"

"原因是什么?"

"原因是,他没有把姐姐一家毁灭得更彻底。我是期待他把姐姐一家拆得分崩离析,才让他抱我的。谁让他只是性欲旺盛,会嘴上逞能,做事却不够彻底呢。"

法庭内的骚动声更大了。

"肃静。旁听席上的各位,请保持安静。"

法官提高了声音。

记者们记笔记的窸窣声响彻整个法庭。

旁听完第一次公审之后,贤一和伦子离开了法庭。

他们避开媒体和看热闹的人,成功逃了出来。

两人决定去有乐町或银座之类的地方一起吃个午饭。

"要不要走着去?今天比较凉快,从日比谷公园穿过去怎么样?"

"好啊。"伦子今天第一次露出了微笑。

两人上次像这样并肩走在日比谷公园是多久以前的事呢?

"已经隔了二十年了。"

伦子仿佛读出了他的心思,告诉了他答案。

在吹着含有秋天气息的风的公园里,正召开外地特产展销会。味噌田乐烧①的味道刺激着胃部。两人一边缓缓走过成排的帐篷，一边漫无边际地聊天，没有触及优子的话题。

随后两人自然而然地坐在了附近的长椅上。为了掩饰害羞，贤一仰头望向晴空。

"通过这次的事，我终于知道，家人之间的关系并不是撒手不管就能顺利发展的，需要用全力去守护。"

是那个因这次的案件与自己产生了交集的刑警告诉了他这一点。如果有机会，贤一还想再多问问他的事。

"还有就是必须要留在家人的身边。调动定下来之后，你们的笑容逐渐减少，令我感到很难受。"

"不是的。"伦子反驳道，"笑容消失的是你啊。从定下调动之前，你就无论早晚都苦着一张脸。之前一直大家一起欢笑，突然家里的空气就冷了下来。"

"是吗……也许是那样吧。"

果然自己什么都不知道。贤一想着，不知道该觉得悲伤还是好笑。

"就算你被判服刑，我也会一直等你的。"

贤一小声说着，又立刻后悔，觉得这种话不说也罢。伦子不作声地轻轻点了点头。白石律师说会为她争取到缓刑。

"我有一件事一直想和你道歉。"

"什么事？"

"那个晚上的事。"

"那个晚上？"

"哎呀，就是除夕夜那天……"

---

①味噌田乐烧：以茄子、松子、味噌腌渍酱、起司丝、蛋黄为原料制作成的一道菜。

贤一"啊啊"地点了点头。除夕夜那晚，伦子拒绝了贤一的求爱，还打开了他伸过去的手。那对他确实是个不小的打击。

"这次的事引起了这么大的骚动，我怎么道歉都不为过。但针对我们夫妇之间的事，我也想单独向你好好道歉——对不起。"

这很像是伦子的风格。

"因为后来的骚动，我完全把这件事给忘了。"

但拒绝的原因到底是什么？贤一很想问，却忍了下来。他害怕听到"因为我确实在心里怨恨着你"这样的回答。然而伦子却主动说出了理由。

"如果那个晚上我们真的做了那种事，搞不好我会非常消沉，暴露出脆弱的一面。"

"脆弱？"

"是的。我并没有你想象的那么坚强。先是出了优子的问题，后来南田兄弟又因为她的事找上了我，再加上香纯产生了误会，不仅对你，也对我话里带刺。你母亲的症状又越来越严重。"

伦子腼腆地微笑起来。

"'你不要去那么远的地方，留在我身边'。那段时期，这句话一直就在我嘴边。但如果我说出来，毕竟你有急性子的一面，我担心你会做出什么事来。"

原来是这样。优子说得没错，中年男性的迟钝，本身就是犯罪。

"我才是，对不住你。"

再说下去，搞不好自己会没出息地流眼泪。贤一做了个深呼吸，转变了话题。

"那个，也许你不想回答，但我还是希望你能告诉我。"

"嗯？"

"你从一开始就知道优子是凶手吗?"

伦子微微露出笑容,坐在长椅上伸直双腿,看向自己的脚尖。

"毕竟我们是姐妹啊。那天晚上,当我买完东西回到家时,一切都已经结束了。虽然优子说'是奶奶下的手',但我立刻看出那是谎言。"

"为什么?"

"其实我不太想说,那时优子隐约露出了笑容,她的脸上写着:'姐姐,这次也说是你干的吧,好吗'。而且优子也立刻察觉到我知道了真相,但我们谁都没说出口,就那样顺着'儿媳伦子替动手的智代顶罪'的剧本演了下去……真是最差劲的姐妹啊。你生气了?"

"我生什么气?"

"虽然只是剧本,但还是把你妈妈设定成凶手了。"

"你说这个啊……唉,没关系,她本人肯定也已经忘了。"

贤一忍不住被自己这句话逗笑了,这种事也只有事到如今才能笑得出来。

"我还有一件事对你说了谎。"

"怎么还有啊? 饶了我吧。"

"确切地说应该是没有说实话。"

"怎么这么严肃,好吓人啊。"

贤一在瞬间想着可别告诉我你真的输给了寂寞,有过外遇啊。

"你知道优子的'养子症候群'吧?"

"嗯。你被拘留的时候,我和优子经常待在一起,那时聊过不少。"

"有一部分被她说中了。"

"咦?"

贤一不由得看向伦子的脸。

"那不是她的妄想吗?"

"毕竟我们是家人,每天都生活在一起,总会有违和感的。我也感觉到了。"

"什么意思?"

"你不觉得我们两人看起来很像,其实有很多地方不同吗?"

"确实,但不是也有不太相像的兄弟姐妹吗?"

"外人也许看不出来,但我们自己清楚。'这个人,有点不对'。"

"那她真的是养子?"

"也不是。答案是父亲不一样。"

"那就是再婚?"

"也不是。"

"我输了,你就别再吊着我了,快告诉我。"

"那你能保证把这个秘密带到坟墓里吗?"

"我向你保证。"

"是外遇。"

"咦?"

"母亲外遇后,生下了一个孩子。"

贤一现在的状态只能用无言以对形容。特产展销会的吆喝声填满了沉默的空隙。

"我上初中时,逼着妈妈告诉了我真相。那时DNA鉴定还不普及,所以我威胁她说'只要去做精密的血液检查,就能查清楚,到时候我会把结果也告诉优子'。"

"然后她就说出了真相?"

"是的。我妈妈禁不住别人的威胁。"伦子落寞地笑着说道。

"然后呢?优子知道这件事吗?"

"应该不知道。如果坦白告诉她,也许就不会发生这次的事件了——虽然也有可能仍会发生。"

"你打算告诉她吗?"

"我曾经很犹豫。但现在我想,我应该不会告诉她。"

"我还觉得她那强势的性格和正浩很像呢。毕竟他们都喜欢用理论把别人逼至绝境,惩罚时也很彻底。"

"对啊。一模一样吧?"

"咦?"

贤一看向伦子,皱起眉头。

"你这话是什么意思?我越来越混乱了。"

伦子笑着说:"你果然很迟钝。"

"母亲外遇生下的孩子,是我啊。"

在这一年里,贤一已经不知有过多少次因过度惊讶而失语的体验了。

"可能就是因为父亲是那种性格的人,才使母亲着了魔。听说出轨对象是和父亲同一时期进入公司的男性。我还看过那人的照片,笑容很温柔。那天晚上,母亲被父亲施暴,逃出家门,找那名男性商量。那名男性十分体贴地为母亲着想,最终使母亲犯下了仅有一次的错误。后来母亲意识到自己怀了孕,但因为那时和父亲也在备孕,就赌了一把。最终由于我的眼睛长得和那名男性很像,她还是对父亲坦白了。"

"那个人原谅了她?"

"父亲应该也有所察觉吧。至少从那以后,他便不再对母亲动手了。"

"那为什么岳父会对你温柔,对优子严格呢?"

"因为优子是和自己血脉相连的孩子吧。他就是那种性格。"

"也就是说,岳父是在用自己的方式照顾你的出身?"

"大概吧。"

"然而不知道该不该说是反作用,他对自己的孩子优子却十分严格。"

"在询问母亲真相之前,我一直觉得'为什么我总是被偏袒呢'。虽然不知道答案,但我一直因为这件事对优子感到很抱歉,经常袒护她或对她好。在优子看来,这似乎变成了一种优越感。"

"她确实说过类似的话。"

"在知道真相之后,我就更觉得对不起她了。如果没有我的存在,优子也许能更加无拘无束地成长,也许就不会是那样的性格了。"

贤一代替她说了下去。

"所以,就连这次的案件,你也认为说到底都是你的责任,就不由自主地袒护了她?"

伦子点了点头。

"刚被逮捕的时候,如果说没有犹豫或后悔,那是骗人的。在进入拘留所后我便下定了决心,不能让优子进到这种地方。"

一阵沉默。最终,贤一伸出了手,伦子握了上去。

"你就是你,从我最初见到你的那天起,一点都没有变。"

"你也一点都没有变。"

"真过分,我可是认真的。"

两人一起大声地笑了出来,使过路的人也跟着笑了。

笑完后,两人从长椅上站起身,轻柔地握住彼此的手,迈开了脚步。为了使优子最大的目的以失败告终,贤一决定绝不能再放开这只手。

伦子的手指已经不同于庭审的时候，既不热也不冷，就像二十年前贤一在这座公园里碰到的一样，温暖又柔软。

OKAN by Shun Ioka
Copyright © 2017 by Shun Ioka
All Rights Reserved.
First published in Japan in 2017 by SHUEISHA Inc., Tokyo
This Simplified Chinese edition published by arrangement with Shueisha Inc., Tokyo through East West Culture & Media Co., Ltd.
Simplified Chinese edition copyright: 2021 New Star Press Co., Ltd.
All Rights Reserved.
著作版权合同登记号：01-2021-1922

图书在版编目（CIP）数据

恶寒／（日）伊冈瞬著；金静和译．——北京：新星出版社，2021.9
ISBN 978-7-5133-4632-0

Ⅰ．①恶… Ⅱ．①伊… ②金… Ⅲ．①推理小说－日本－现代 Ⅳ．① I313.45

中国版本图书馆 CIP 数据核字（2021）第 164953 号

恶寒

[日] 伊冈瞬 著；金静和 译

责任编辑：王　欢
特约编辑：赵笑笑
责任校对：刘　义
责任印制：李珊珊
装帧设计：人马艺术设计·储平

出版发行：新星出版社
出 版 人：马汝军
社　　址：北京市西城区车公庄大街丙3号楼　　100044
网　　址：www.newstarpress.com
电　　话：010-88310888
传　　真：010-65270449
法律顾问：北京市岳成律师事务所

读者服务：010-88310811　　service@newstarpress.com
邮购地址：北京市西城区车公庄大街丙3号楼　　100044

印　　刷：北京美图印务有限公司
开　　本：910mm×1230mm　　1/32
印　　张：9.375
字　　数：151千字
版　　次：2021年9月第一版　2021年9月第一次印刷
书　　号：ISBN 978-7-5133-4632-0
定　　价：52.00元

版权专有，侵权必究；如有质量问题，请与印刷厂联系调换。